海与土

周韫 著

图书在版编目（CIP）数据

海与土 / 周韫著. -- 南京：江苏凤凰文艺出版社，2024.8. -- ISBN 978-7-5594-9056-8（2025.4重印）

I．I247.5

中国国家版本馆CIP数据核字第2024EG6828号

海与土

周韫 著

出 版 人　张在健
责任编辑　孙建兵
特约编辑　王　璠
责任印制　杨　丹
出版发行　江苏凤凰文艺出版社
　　　　　南京市中央路165号，邮编：210009
网　　址　http://www.jswenyi.com
印　　刷　苏州市越洋印刷有限公司
开　　本　787毫米×1092毫米　1/32
印　　张　9.125
字　　数　165千字
版　　次　2024年8月第1版
印　　次　2025年4月第2次印刷
书　　号　ISBN 978-7-5594-9056-8
定　　价　55.00元

江苏凤凰文艺版图书凡印刷、装订错误，可向出版社调换，联系电话 025-83280257

小说是生命经验的重建

韩松刚

人的记忆往往是潜在的,对于有些人来说,时间久了,记忆便淡忘了,但对于有些人尤其是作家来说,无论时间如何流逝,只要自己有所准备,似乎随时可以激活并迎接记忆。记忆在时间的长河中,通过情感、经验的转场从一种潜在状态变为现实或者理想状态,直至转化为一种小说形态。它在作家的笔下变得愈来愈清晰,呈现出极为生动的生命色彩,以至于让我们模糊了知觉和认识。在我看来,小说最深的根仍然是和过去相连,而过去一定会和现实形成某种不可回避的映照,并共同形成一段崭新的记忆。小说就是对这一记忆的揭示,是记忆中生命经验的不断重建,而揭示和重建的过程,对于作家来说,就是一个做梦的过程,一个思考的过程。从这个意义上看,《海与土》是周韫做的一个梦,也是她对历史和现实的一次深度思考。

《海与土》讲述的是东部沿海滩涂上发生的历史和现实故事,并夹杂着鲜明的传奇色彩。在周韫的笔下,那些过往的历史，如浮光掠影一般，却又充满了一种令人不安的"陌生感"。她试图通过记忆和经验为那些历史中的人治愈创伤、弥补缺憾，并恢复那已然破碎、沉沦的生命形式，以此来构建传统和现代之间的某种内在联系。《海与土》写出了一种让人窒息的历史。在这片澎湃肆意的海洋里，在这块不停淤长的土地上，流放的囚徒和灶丁、神秘失踪的女人、你方唱罢我登场的风波，那些历史中的人和事，如潮水般涌动着灰色的浪花，他们是未被遗忘、未被轻视的过去，并在周韫所铺展的想象下，像孤岛一般显现出来。

　　周韫笔下的历史具有两面性：一面是静止的历史，它植根于时间和空间的深处，一切的书写都致力于保存，保存文化、保存生活、保存记忆；一面是流动的历史，它植根于生活和生命的内里，围绕着这一切的是想象和创造，是揭露和批判，这样的历史代表了和遗忘的对抗，它显现的既是历史自身的危机，也是历史中人的命运。和危机、命运一起呈现的，还有不可回避的现实。因此，小说中除了这条历史的线索，还有一条现实的脉络。海上风电、候鸟迁徙、渔民养殖，共同构成双面历史之外的宏阔现实图景。周韫写的是一个地方的现实，但这种未曾刻意强调的"地方性"不是供读者品用的文化手册，她是通过一个地方看人看世界。她所要展现的，也并不是一个地方的某个时期、某个人物，而是对生命之现实可塑的一种思想隐喻。

历史和现实之外，是让人惊心动魄、令人荡气回肠的传奇性。不管是历史叙事中新四军女兵的曲折经历，还是现实叙事中美丽渔家女的火并故事，既令人猝不及防，又让人大呼过瘾，以此来看，周韫是深谙小说的叙事和结构之道的。周韫把历史和现实都变成了"传奇"的一部分，以讲故事的方式将历史和现实戏剧化，由此便也充当了一个叙事的"观察者"和"承受者"。但周韫所关心的，一定不是那僵化而刻板的历史事实，而是这事实之下所隐匿的杂乱无章的"故事"，以及和这些故事息息相关的生活与生命。她更无意于像文献一样纠结于历史的"真实"，而是以自身的记忆和自己的生命经验去重建一种想象的生活。

　　在《海与土》中，周韫将历史的内涵、现实的变动、人物的命运表现得紧凑而准确，我们能感受到大海的深阔和土地的宽广所带给人的那种无尽的命运的可能，一切的悲伤流转，既有限又无限，我们也由此在小说的叙事罅隙中感受到一种更大的"空间感"，这是独属于周韫的另一阕烟火人间。也是在这巨大的空间和人间里，周韫为我们呈现了很多令人印象深刻的人物形象。坚韧命硬、性格磊落的六姑娘，命运多舛、不见所踪的新四军女侦察员刘兆颖，烈士遗孤、点子大王时金伴，不惧命运、生命惨淡的阿珍，有情有义、有勇有谋的顺然，等等，都在周韫的笔下站立了起来。他们的性格也不见得多么复杂深刻，但每每能见出作者在这些人物身上的情感投射和思想见识。

  小说说到底还是语言的艺术。而好的语言无疑是小说的根本。周韫具有一种敏锐的语言才华，这种才华加之她长期从事新闻宣传锻造出的那种对文字的考究，水到渠成地产生了一种独特的审美风格。周韫善于用短句，而短句既干净凝练，又铿锵有力。试举一例："汐的声音漫过滩涂上到处野长着的猩红海蓬子。夜色中雁鹅子藏在暗处凄厉地一声接一声地叫。冬季小汛，它不出乎堤围，夏秋季就不一样，完全两样了，不时越过海堤。从堤坡下来的时候，汐的声音不再是小语，絮语，而是哗语，一下子嗓门大了，长了脚似的。"两字、三字、四字……句的变化带来语言的间奏和情感的变奏。也因了这短句的形式，而将那悲伤的情绪做了有限的节制，而非无限的延长。

  在《海与土》中，这种语言的才华还体现在比喻的运用上。比喻是灵感的瞬间迸发，是一个作家的心灵对复杂世界最敏锐的情感反馈。周韫擅于运用比喻。"它的八爪细硬，就像是八根针，在绗一床虚虚松松的大棉被。""宝财一日三餐酒，酒上了脸，像个红头虫。""簇在一块的星，像透明冰片。"如此种种，在小说中比比皆是，这些形象而多姿的比喻，一方面提升了小说语言的质地，另一方面也增强了小说整体的"文学感"，使得小说叙事在历史和现实的穿梭中、在现实和传奇的交错中，呈现出一种具有"现代"品质的审美趣味。

苏珊·桑塔格说:"我发现写一部植根于以往的小说是令人愉快的。"我想,写作《海与土》的周韫也一定有着类似的或者共通的愉快,那些沿海滩涂上的故事,是她记忆的过往,是她魂牵梦绕的往事再现,这没有任何编年的叙事,在跳出了时间的重负之后,通过自身无限度的繁衍,完成了一次幸运而绝对的重构。

祝福周韫!

(作者系青年批评家,江苏省作家协会创研室副主任)

目　录

一 001
二 006
三 014
四 023
五 027
六 037
七 046
八 051
九 058
十 068
十一 079
十二 087
十三 095

十四	102
十五	118
十六	126
十七	132
十八	141
十九	148
二十	154
二十一	160
二十二	166
二十三	173
二十四	177
二十五	183
二十六	200
二十七	208
二十八	222
二十九	237
三十	251
三十一	256
三十二	263
尾声	271

一

屋子里忒暖和。成成把空调打得足。主控室的电脑上地龙一样的几道线，红白蓝，像海上风机的心电图。桌上散落着扑克牌。成成被暖气熏得有一点晕，大号的保温杯呷一口水。小东西二十郎当，是常常被自己帅醒的那类长相。打一卦吧，成成有点无聊。以前的师傅是个广西人，不在这儿干了，留下一对木杯珓，半月形的，凸凹两面，阴阳八卦。师傅跟他关系不错，临走的时候说，无事不要打卦。成成是个半吊子，值夜班撑不住了玩玩扑克牌。今天，他想打卦。

走到窗前，下弦月，淡淡的，天快亮了。成成双手合住筊杯，作了三揖，再举过头顶，仪式不能省的。杯珓从头顶自由落体。如是者三。一阴一阳，两次全阳。成成记得师傅还留了张糊里八涂的秘籍，拖开抽屉，翻出来。对了半天，也没卦出个囫囵。这时，手机响了。

堤像一根线，横过舞台中央。

远处灰蒙蒙的，在雳气里排列着的大叶风车，显小，像火柴棍儿，被阳光燃了，一朵一朵闪耀银光。

自从她有了眼病之后，看远处的看高处的东西都显得特别得小。而且，本来直的东西在她的视觉里都有了弧度，这会儿看风车的塔筒就是这样，本来是绝直的，现在凹了，被光蚀刻成了大括号。

眼前的这架风机，女人得脸仰起来看，好高，有戳天感。周围还有些黄背心在施工，噪声很大，她听不见，噙着哨子的工人朝这个方向挥了下手，意思是让她离远一点，不要过来。

这个工人头也显小，细头安在一具大身体上。

意思她懂的，她并没想到那个大坑那儿去，那个大坑离舞台的边边还远，这会儿她的兴致在一个微小的螃蜞身上。她的病眼看逼近的事物是没有问题的。

最初发现它，是在风车的底座上，这个小不点像蔻丹——小时候女孩用海蓬泡水染，把指甲染成肉红。

谁的指甲掉在这儿？

那样的一丁点，一会儿爬上去，又摔下来，爬上去，又摔下来。

而且，它的颜色也有点特别，细看不是肉红，是一种玛瑙红。很少见。她一开始感到发蒙，误以为是女孩脱落的一小片蔻丹。一般的，指甲蟹都是青灰，也有赭石色土黄色红褐色。玛瑙红她见过吗？好像没有。

现在，它肚皮朝上，小爪子乱抓挠，挣扎着想翻过来。她蹲下来，伸出留有尖长指甲的食指把它一挑，助它翻过身来。

她又看到了玛瑙红，有一点玉的透明。

这一天，指甲蟹憋得实在憋不住了。

想从沙里钻出来，透一下气。

刚刚从蜿蜒的道里探出，一道弧光照耀，眼睛有被刺瞎的感觉，蓝荧荧的，比闪电炫。

一吓，缩了回去。

水沟里的水干了，像冬天的树枝伸向远方。

一只母蟹仰面朝天，不是指甲蟹那一点点小，是比它大得多的梭子蟹，躺着，八条细腿护着胸甲，两支螯张开，胸甲已经被鼓鼓的子撑裂。

一个穿黄马甲的人捡起来，咦喂，还活着，这么小就知道生儿屙女，说着，抬手扔进了远远的海水里。

指甲蟹竭力想让自己的思绪恢复到平时，平时它是散漫如意的，这刻不可能，得瞪圆眼睛，它现在陷于一个很大很深的坑，看着大坑上方，时不时露出的一个蛮横无理的大家伙，长着对大螯，就仅仅看到这对螯，它突兀一现身，指甲蟹就感觉自己的眼睛像玻璃弹子慌不择路地弹射出去。

它按着习惯，横着爬向坑外。它的八爪细硬，就像是八根针，在纤一床虚虚松松的大棉被。

针上的毫毛只偶尔被土黏住，并不影响快速横向潜行。

坑外面大螯又是一波土纷纷扬扬撒下来，土是粉末一样的，极细，撒到蟹壳上还蛮舒坦的，它也没看到其他的指甲

003

蟹透过一层又一层的沙朝上面钻，只有它一个。感觉像是沙浴，洗完沙浴它又钻到上面，舒了口气，吐了一个大泡，像印度美女的鼻环。

它不停地往上钻。

而沙土并不是不歇气地倒。

就利用这个时间差。

终于到了地面。也可以说，到了一个舞台的台面。

在一个白色圆盘前，它停了下来。

这是个啥玩意儿？

它按捺不住好奇，朝上面望了望，又开始爬，小心翼翼。那边缘上有点滑，把不住。它不放弃，又继续地爬。这是一个挺倔的小家伙。不幸的是，没爬多高，又摔了下来。而且摔了个肚皮朝上，八只小爪子在空中乱抓挠。

就在指甲蟹一次又一次地挑战圆盘的时候，有一个女人一直在看，也不帮它，有时还蹲下来看，看它的笑话。

这个女人已经很老了，都快赶上戏里的麻姑了。奇怪的是牙还没有掉光，还有一个门牙和三颗白齿。扎着一条海青色的棉质方巾，方巾的边缘磨得有点秃，头发看上去白的比黑的多，并不很显老，一点也不龙钟。脸上的皱纹细，像画了眉眼的老旦。

女人是坐在一辆车辕磨得发亮的牛车上，散散漫漫到了海堤下的这片滩涂。

女人眯起双眼,仰起脸,沿着风车的底盘朝上顺溜,这顶端转着几个叶片弯弯扭扭蜿蜒上去的柱子确实有点唬人,越往上去越细,快要挨着云气。天气有点干燥,好久没有下雨,地上满是浮尘,一辆摩托平平地从海堤上急驶而来,在她眼里这也是个芝麻,屁股拖着屁大的一缕烟。它跳跃着下了堤,秒变庞大,冲着女人直压过来,直到在牛车旁嘎地刹住,成成掀下头盔,冲女人喊道:

"太奶——奶——哎,爷爷走了。"

女人耳朵背得厉害:"你说什么?"

成成凑近了女人的耳朵,声音比刚才还大。

她一个字一个字听清楚了。

"什么时候?"

"昨天夜里吧。"

她平淡不急的样子,让成成有一点意外。成成感到自己反而有一点夸张。扶她上了牛车后,成成推着摩托和她一道走。

顺着一个斜坡,牛车慢慢地上了海堤。远远地看到有三三两两的芝麻似的几个人,在顺着另一条道下去,有一个穿风衣的芝麻还在堤顶上用望远镜望着什么。女人注意到他们,看到在那个使唤望远镜的旁边,有一个芝麻,正拉下裤子,一条腿翘起来。

在搞什么鬼名堂,女人又好奇起来,看不清,忙问。

成成说,没什么,在撒尿,跟狗一样的。

二

一到天气凉下来,没有什么台风,潮汛小了,就得加固海堤,年年如此。这不关渔民的事,上面有专款,组织各乡的民工过来。这一年,在大堤的根脚下面,掘出一块像界桩一样的东西。上了年岁的人说,就是那些马队带过来定疆界的。

那时的芦柴,呼噜呼噜一大片一大片的,从海水退潮之后的潮间带,一直蔓延到那个县城城郊小角落,这当中的头二百里,尽是芦柴的世界。芦柴长得比人还高,看不到天苍野茫。牛羊在各人家圈养着。出行就是牛车。牛蹄硬是在芦柴荡里踩出一条道来,扭来拐去,把时家镢捕捞上来的海蜇春鱼成箩成筐地运到县城,供城里的人吃。运不出去的,就在本港烂臭,运到县里的,吃不了的就在城里臭。七里石板街和血管一样纵横交织的巷子里,充满腥气。春鱼两毛八一斤,带鱼一毛四,油油儿(泥螺)几分钱,海蜇几分钱,便宜得不得了。明清以降,都是这样。

没有只身的敢在这条道上走,都得结伴。

走着走着,怎么就没路了哩,密密层层的芦柴,光线暧昧，下面是黑的，中间是混沌模糊的绿，上面有太阳暴，间或有一片又是一片，金箔似的叶，或肥或瘦，妖媚地向你招手。

心神不宁的当儿，惊起一只灰椋鸟。

芦柴会吃人的，肚子饿了，一下子就把人吞没了。

行路的人都备着些防身的利器，但很少听说出什么命案，几乎没有什么外乡人到这里来。

后来，来了日本兵，也就是占了县城，不向海边去。时家镢还是时家镢，六姑娘还是六姑娘。她男人就在县城，跑码头做南北货生意，两人感情时好时坏。虽说有个窝，但她长年地还待在时家镢，只是从去县城卖海鲜的人那里，晓得来了日本兵。日本兵来就来了呗，有什么大不了的。后来又有传闻，日本兵不爱财，爱漂亮女人，好这一口。有闺女的赶紧把未出阁的闺女嫁了，担子给婆家去担。更骇人听闻的是，日本兵性饥渴，连老太太都不放过。时家镢的女人们听到这话，都当笑话，不以为是真的。

还有人问六姑娘，你怕吗？六姑娘说，有什么好怕的。

海边的女人虽说有些野，还野不到这个份上，况乎，六姑娘还上过私塾，知书达礼。要说真的有什么防护措施，女人们叽喳了半天，想出个用鏊底的黑灰抹在脸上的主意，六姑娘一拍手，说，好主意，活脱一个钟馗，勾小鬼子的魂来的。她自己还想了个招，那就是掖一把剪刀。这就不是消极的防护,而有锐意了。

镬是煎盐用的大铁锅,这儿的地名都与煎盐相关,三灶四灶六灶,说的是灶,潘镬曹镬时家镬,说的是锅。时家镬的人本来全都是时姓,六姑娘就姓时,叫时善珍。后来也杂了其他的姓,男婚女嫁。也有招女婿的,灶招到镬,镬嫁到灶。灶民的房子是用芦柴和泥糊的墙,没有堂屋,里面黑咕隆咚,门就开在顶头的山墙上,迎面一看,像个汉字的"介",俗称丁头府。

六姑娘起身从来都不晚,今天天有点阴,一眼望下去远处的海水亮亮的,横在水天交界的地方,宽窄很均匀像滩涂的围脖。风有点涩,也大,刮脸。六姑娘打算去蹲门那儿刈些草,屋顶的草早就薄了秃了。

套上牛车,忽然想到件什么事,她回身钻进丁头府的灶间,抄了把锅膛的灰,三下两下往脸上一抹,一不小心,黑灰揉到眼睛里去,眼泪刺激出了一大泡出来。嘴里也有。

噗噗,吐着呛到嘴巴里的灰。两个指头把门吱溜带上。

一直往东,两边的芦柴渐渐匝猛了。牛停了下来,在路边慢悠悠地排泄屎,热气弥漫成一团团白雾绕着褐黄的牛粪,像刚出锅的大饼。忽然听见远远隐隐的马蹄声,六姑娘一惊,顺手扯下几片柴叶想把地上的屎包走,新鲜的牛粪又湿又烂,叶子包不住,她抹下头上的绿色方巾往牛粪上一盖,然后麻利地一翻转,牛粪饼子就全兜进了方巾里。"懒牛上场,尿屎直漶。"边骂边拽过牛鼻上的绳子，一偏身进了前面一处更浓更深的芦柴荡里。马蹄渐渐清晰，嗒嗒，嗒，整齐不凌乱。她蹲在牛肚子下面，听见自己的突突心跳。那货也不出声，只管反刍。透过密密匝匝的芦柴，只看到卡在马镫上的重重的土黄色的大头皮靴，还有亮点子闪一下眼，那是皮靴上的金属搭钩。

六姑娘折断一根芦柴，伸过去戳。

没戳着它，又戳了一下。

戳着了，从搭钩的缝里戳进去。鬼子跺了下脚。

六姑娘捂住嘴乐。她默数，几个鬼子，

六姑娘颠三倒四地默数，数到十一或是十二，十二个兵。渐渐地马蹄声远了。六姑娘胆壮了些，从牛肚子下钻出来。一看，日本兵骑马的背影、黄色军帽在茅草里若隐若现，帽两边挂着的布片子扑扇扑扇像猪的两只大耳朵。这些兵到时家镢去了，没见着人，大人都躲了，只有几个伢儿。兵们给他们一人一粒糖果。

没有什么油水，日本人也看见了。就十几间草房，里面黑暗。小孩光屁股，吸溜鼻涕，啃着一片红薯。臭鱼烂虾，没有他们喜欢的生鱼片。房子后面堆着些柴火。土地泛着白芒的盐碱，碱重的地方没法子种菜。那些散布在堤坡和滩上的窝棚，支在灶上的大铁锅，也就是镢，兵们也看了，好奇，没见过这么大的锅，用枪托哐当敲了一下。从作坊里钻出来，看了卤池,拍了几张照片。

那个界桩应该也是那一次立的。

这以后,日本兵好长时间都没有再来。

六姑娘心有余悸,马蹄声消隐之后,她不敢再往前走了,胡乱刈了些芦柴,赶着牛车回去。

虽说是入冬,正午的阳光还是有点晃眼,南迁的雁阵在空旷的天上飞。六姑娘眯起眼看,自语:"日鬼,怎么现在还见雁哩。"

周围芦柴荡静煞,没有一丝声息,老牛突然打了个响鼻,鼻孔里一下子喷出两朵大花,涎水从它嘴角流出。声音很震耳,感觉有点嗡嗡,很快就被密密层层的芦柴给吸收了,又回到空寂中。这时,有极细微的哭声,从芦柴的叶尖上游过来,如一条小蛇。倏忽又消失了,像是被什么闷住,捂住。细,尖,嫩,一会儿又不依不饶地透出来。这声音像是从四周黑暗的漏窗泄出来的光,逃生似的。光争先恐后挤成一支一支平行的队列。许是野猫子野鹤子,或是其他什么鸟,它们跟人一样,难过了也会哭的。不管它,赶快回去,儿子要吃奶了。这么叨念,那声音又来了,六姑娘忽然想到,是不是个毛娃?心一抖,鸡皮疙瘩凸起的同时,无数根芒针刺进乳腺,紧接着奶水就跟溃了坝的山洪一样涌出来。六姑娘不知怎么回事,吓坏了,堵也堵不住,奶水漫出胸衣,从指缝里往下涌流,脚底下已是一片奶洋,被太阳晒干的芦根吸着奶水，周围的土渗出一个个小涡。一群果蝇嗅到了气味，粘在六姑娘衣服上，肥绿的翅兴奋地翕动。六姑娘脱掉罩衣拼命在芦柴叶上拍打。果蝇再一次扑上来，粘满胸前。她索性脱掉胸衣，两个硕大如莲子的坚硬乳头仍然源源不断地喷出奶水。奶柱溅到佩刀似的一片一片芦柴叶上，在明亮的阳光下炸开，哧哧响。果蝇找到了新的目标，半片烂掉的南瓜嵌在两个芦柴根之间，它们陷在渗了奶汁的褐得发黑的馕里，纵欲。

　　这蟹子荡是闹过鬼的。有个从堤西水乡嫁到时家镢的女人，样子细巧，皮肤白，跟这儿土生土长的女人一眼看上去就有差别。后来跟婆婆怄气，一根绳子寻了短见。就葬在这蟹子荡。有人大白天的刈草，看见一个年纪很轻的女人朝他笑，他也笑了一声，那女人忽然吐出一条鲜红的长舌，把他魂都吓掉了，丢下筐篓就逃。其实，那长舌吐出来是吃空中飞的昆虫的，并无歹意，来不及打招呼。但以后再也不敢有谁独自一个人往蟹子荡深处去，得结伴。这回六姑娘是因为要躲避日本人，慌不择路。她是见过那个上吊死的女人在停尸床上的样子，有人把盖在脸上的黄裱纸掀开，哇，好长的舌头！好像是有人拼命地往外搋，跟拔河似的。有个婆婆说是勾魂的无常，有人说死者心里有一股郁结的怨气，不吐不快。想到这儿，六姑娘倒是感到脊椎上有点凉意，不过，她胆子大，差不多的娘儿们不能跟她比。她定了下神，遇上也不怕，人走人路，鬼走鬼道。没做亏心事，怕什么！

女人从路边的芦柴里钻出来时，差点没把六姑娘从牛车上惊跌下来。那女人抱着婴孩拦住了牛车。

过去了好些年头，许多事情不记得了，六姑娘却清楚地记得那一天的情景，时不时地在脑子里冒个泡泡儿，褪了色的地方便重新上一遍色。于是，光影沙土芦柴叶天上有几片云女人和孩子，还有风，声音，全是新鲜的，一点也没褪色。那婴孩裹着绛紫色的包袱皮，露出黑黑的小脑袋。绛紫色沉稳，透着柔和的光，让六姑娘悬着的一颗心渐渐放实。女人一脸的惶恐，疲惫，焦急，放低了声说："大妹子，我迷路了，在这里面转了一天一夜，怎么也走不出去。"

睃她憔悴，头发凌乱，年岁好像跟自己差不多，个头矮一点，身后斜背了个大布包，在胸前打了个结。异乡，走亲的？凑近了看女人怀里的婴孩，那孩眼仁儿黑亮，忽而小鼻孔一皱，嗅到了六姑娘身上的奶腥味，身体在包袱里这么一下那么一下拼命扭动起来，哭声一下子刺穿了寂静的芦柴荡。不晓得日本人走没走，那女人慌乱地捂住他的嘴，仍止不住，哭声挤出指缝，在空气的气流中飞旋、尖锐、嘹亮。六姑娘一把从女人手中夺过孩子，撩起衣裳，把乳头塞进孩的嘴里。哭声秒停。

女人感激地看了六姑娘一眼，也上了牛车。

一只白尾雉踉跄地落在车辕上，像是哪儿受了伤，六姑娘想摸，它爪子一蹬，掠过六姑娘头顶没进了蟹子荡。

女人讶异地朝六姑娘的脸看，看、看什么呀？你这脸上是咋的？

六姑娘在脸上一抹，黑的，又一抹，黑的，这才想起灶膛里的灰。

三

　　这个陌生女子不是来走亲戚的，她是新四军的一名侦察员。她是带了任务过来踩点，看看这一带适宜不适宜开辟新区。观察的结果是适宜：芦柴荡易于隐蔽，还能搭船出海，机动性大，符合十六字宝典"敌驻我扰敌退我追"之类。至于生活苦一点，那倒不成问题。后来又过来五个人，还带了些粮食过来，分给灶民，意思不是来吃白食的。自然的就不会受冷脸。灶民平时缺粮，就吃海蓬子做的饼。

　　六姑娘家也分到一些玉米糁，她知道那妮子叫刘兆颖，是个兵，原来头上盘了个髻，那是伪装的，现在不用再装什么，还原。六姑娘也学着她，剪了齐耳短发。刘兆颖把自己头上的那顶军帽，除下来，戴到六姑娘头上，唔，不错，挺有范儿。在把六姑娘的髻松开、拔下簪子的当儿，有一点意外：金的？

　　六姑娘把她的手臂一推，小瞧人了吧，我就戴不起个金簪子？

　　刘兆颖笑道，我就随便问了一句，绝没有瞧不起的意思。不过，心里也嘀咕。看家里挺寒碜的，里间有一扇很小的窗户，也没有玻璃，只用油皮纸蒙住。

还有一个细节，也引起她注意，六姑娘的姆妈是纤细小足，缠裹过的，六姑娘却是一双天足。

除了六姑娘的姆妈，这儿的女人都是天足，光着脚在滩涂上踩蛤蜊爽，舒服。这儿的沙细腻，几乎没有颗粒感。小潮不到的地方，再有个十天八天不下雨，风一吹，就会扬起粉尘。如果有什么摩托之类的驶过，那就像彗星拖了个超长超大的尾巴。刘兆颖对这儿感到新鲜，包括地名，什么镢呀灶呀仓呀，仓是储盐的，还有"蹲门口"，蹲门口什么意思？她问六姑娘。六姑娘在滩涂上踩蛤子，刘兆颖卷起裤管，脱掉鞋，六姑娘说，你会踩吗？刘兆颖说，不会呀。六姑娘说，不会就学呀。六姑娘踩，踩，蛤子从脚丫里冒出来，拾了扔到篮子里。刘兆颖也踩出几个，说，我问你的话，你还没回哩，啥子"蹲门口"呀？六姑娘笑道，我也是听我姆妈说的，就是这儿烧盐的人，吃饭的当儿就在门口蹲着，手里端了个饭碗也不坐，就叫蹲门口。刘兆颖笑道，这么回事，那，"笆斗山"哩，我怎么没见着山呀？六姑娘拧了一下她的耳朵，好笨，就这么个意思嘛。六姑娘正想说说"笆斗山"，忽而看到刘兆颖走神了，嗳嗳，神跑到哪儿了？刘兆颖说，我想着我老家的山。

刘兆颖的老家在皖西，六姑娘把"皖"听成了"碗"，那儿出门就见山，前后左右都是山，她家就是在半山腰。那山本来都是无名氏,依据她家的位置,前面的叫"屋前山",后面的叫"屋后山"。保长跟她们家关系不好,要烧她家的房,划了三根火柴都没点着,可能是刚下了雨,屋顶上的草是湿的。六姑娘听了笑死了。

月亮堂堂,贼来开仓,刘兆颖哄小孩睡觉,就咿呀这个,六姑娘也会了,跛子撑到,聋子听到,撑到高石坝,遇到鬼打架,撑到三里河,遇上鬼打锣。六姑娘感到很好玩,笑起来了,两个小孩本来都在六姑娘怀里的,一人把着一个奶子吱溜吱溜喝奶。六姑娘给自己的儿子起了个名:大点子,刘兆颖的儿子大两月,就把大点子让给他了。原来的大点子就叫二点子。日鬼,就那回她在蟹子荡喂了大点子奶之后,大点子就再也不肯喝亲妈的奶,赖在六姑娘怀里。刘兆颖气得在大点子屁股上打了一记,没良心的崽,(将来)人身树大,跟你老子一样。六姑娘好奇,他爸咋了?刘兆颖说,在那边干事哩,当官的。刘兆颖不想说,六姑娘也不再多问。

大白天的,刘兆颖关起门来,在屋里睡觉,晚上就出去,不晓得去干啥子营生。六姑娘睡她的觉,也不问。睡得正香,被刘兆颖把被窝一掀。六姑娘跳下床,就捶她。刘兆颖一面躲,一面说,莫打莫打,有好事情哩。一听到好事情六姑娘拳头也就悬着,暂不往下落了,啥子好事?刘兆颖一把把她拽到门口,天还没亮,亮的是月光,空地上有一辆自行车。

你在哪儿弄到的?

顺的日本人的。刘兆颖得意地打了个响指。

六姑娘也不睡了,摆弄起自行车。这车不但在时家镢,在方圆几十里上百里都是稀罕货。六姑娘在县城里见过,也就一两次。她在坐垫上摸摸,车铃一扳,丁零零,是那种扳一下自动转几转的。

锁已经被撬了,刘兆颖骑着在空地上溜了一圈。

你会骑?六姑娘想不到她还会这个。刘兆颖笑道,我不会,难道是把它扛回来的?

六姑娘的好奇心一下子激发出来,说,能不能教我骑?

刘兆颖说,可以呀,就下来换她上去,帮她把住龙头,这么地朝前一脚一脚地蹬。过于紧张,她死劲刹车夹了刘兆颖的手指,刘兆颖疼得叫了一声。

我是不是像马戏团的熊?六姑娘摸了一下刘兆颖的脸,以示抚慰。

连熊都不如。刘兆颖揉搓被夹的手指。

这车两人合用,刘兆颖看着滩涂上旷,就从海堤上直冲下去,一下去就感觉不妙,那滩涂看上去是平坦的,轮子一压上去,才感觉到它的黏、烂。越朝前骑,轮子上泥缠得更厚。这回真的是把车子扛到堤顶上了。轮到六姑娘来笑话她了。这土就这德性,跟潮有关。在堤上溜,潮再妖,也不沾。两人合一辆车,在堤顶上拉风。两旁是刺槐,槐花正开着,一串串,白,香,野蜂嗡嗡绕着,槐树时断时续,两人一车时隐时现。有一辆牛车满载着柴火慢吞吞地在前面,她们很快地就越过它了。海堤两边,西边是烧盐的,东边是在涂上捡海货的,谁见过两个锃亮轮子的玩意儿,而且一前一后两个短发军帽的俏女子,时隐时现,不啻是仙女哩。

疯了一大圈之后回到家,六姑娘的姆妈伫立门口看着她们笑。她也好奇,来看这辆车,眯着左瞧右瞧,一直看到后面的挡泥板,她的视线停在那儿了,并且弯下腰来摸索,车的铭牌不在前面,在后面,嘎着声音说:

"红钩子。"

两个妮子听不懂,啥子红钩子。她轻轻摇了一下头:

"不是日本,是德国的。"

转身又进屋里去了。

那铭牌上的字母,都不认识,刘兆颖说,肯定不是日文,日文里面总要夹几个中国字的,这里面没有,清一色的字母,而且,有个字母"G"特别地大,居中,涨眼,深红色,姆妈说的"红钩子"可能就是指的这玩意儿。

刘兆颖心里转了一下,她怎么认得这个德系车的。

有了这辆车,刘兆颖上县城去更方便。六姑娘不放心,说,你人进城车可不能进城。刘兆颖说,我有那么傻吗?六姑娘说,日本人诡着哩,万一盯上了你。刘兆颖说,不怕,我有家伙哩,再者,芦柴荡里也好藏人。这儿条件好,我们师部都过来了,就安在三仓。

三仓离时家镢不远,估摸三十华里,这儿镢那儿灶的,煎的盐就用牛车朝那儿运,那儿有好几个大仓库,垣商也住在那儿。仓还是个过渡物,上面还有场。一部分盐要朝靠近的场子运,那些场子就在大河边。还有一部分盐就地交易。生意人把财气人气都带过来了,三仓现在也有三四百户人家。间或也有"丁头府",多数的屋都是砖墙瓦房,还有带厅堂带院落的,青石板街,骑巷的青楼,店面酒家学塾。六姑娘小的时候,姆妈就送她来上私塾。

跟我上部队吧,刘兆颖说,你有文化,能干,部队缺,你行的。

六姑娘叹了口气,说,姆妈身体这么弱,离不了我。

刘兆颖看到的,姆妈病歪,睡在床上的时候多。那你的大哥二哥,儿子哩,姐姐妹子哩?

哪来的呀,就我一个。

刘兆颖奇了,就你一个?

我妈不想生,就我,还是因为月份重了,有人劝她,一个人孤零零不行,得有个伴。

那,怎么都叫你六姑娘哩?

这儿的人差不多都姓时,沾亲带故,我年龄又小一点,这么排下来的。

刘兆颖默然,不劝她了。

县城里的小鬼子不吭声,其实耳朵支棱着哩。新四军一师的师部安在三仓,他们很快就知道了。蟹子荡里时不时地有几个陌生人,也就是探子,有一次刘兆颖夜间活动也看到,鬼影似的。不晓得他们有没看到刘兆颖。沉默了一阵子,鬼子终于龇牙,分水陆两路来扫荡,一路步兵乘小轮船从串场河转三仓河,不停地放枪放炮,一路骑兵沿着芦柴荡里那条长年累月被牛车被小贩践踏出来的官道,但并没有他们想象的那么顺畅,风驰电掣。密密匝匝的芦柴都长了脚,直接拦到道路上来,路没了。一贯贵族气派的骑士们还得下马做清道夫,用砍人头的刀疯斫芦柴。斫了一会儿,又出现情况,芦柴斫去,遍野的乱爬的蟋蟀,黑压压,日本人愣住,啥玩意儿,不过,他们马上就回过神,大日本皇军还惧这指甲盖大的小东西,他们把气都发泄到蟋蟀身上,驱马在它们身上来回践踏,噼噼啪啪,碎裂的声音,空气里越来越浓的杀戮腥味,但蟋蟀并没有被吓退,像潮水漫灌,一波又一波。

那边驶入三仓河的步兵也不顺,他们看不见敌人但敌人看见了他们,轮船目标大,吃了几颗大号手雷,被掀翻了一艘。

鬼子不会甘心,初次不顺,二次再来。战力扩了三倍,铁甲车开道,轰隆隆。这回进了三仓,并没有逮着新四军师部的一根毛,鬼子还是很开心,他们有准备的,带了充足的给养来的,留了一部分士兵长驻这儿,占你的窝端你的巢。留守在这儿的人,日子并不好过,虽然有大米白面鸡肉罐头,但三仓的原住民都跑光了。尤其是到了晚上，尖厉的长啸划过夜空，那是从蟹子荡里发出来的，一声接一声，日本人毛骨悚然。周围都是芦柴长草。有个兵白天大着胆子向荡子里走，愈走愈深，日光都蔽没了，不小心一脚踩了个水洼，心都快跳出口。旁边什么地方扑哧一笑，兵一瞧，是个年轻的看上去还挺靓的女人，心就浪起来了，花姑娘的，就三纵两跳，过去搂抱。那女人一笑，吐出一条鲜红的长舌，还要吗？不要不要！兵都吓得尿裤子了，回来向曹长报告，曹长不信，请示了中队长之后带了几个兵，果然见着那个缢死鬼，曹长又是扫射又是炸，那个女鬼长啸一声，从空中扑过来了，兵们枪也扔掉了，转头就逃。那个曹长一脚陷进沼泽，闷死了。

没有多久，日本人撤了。

他们把蟹子荡叫鬼荡。

新四军一师师部又返回三仓。

刘兆颖就在时家镢、三仓、县城这几个点来来回回。

那辆"红钩子"，刘兆颖很爱惜，一有空，就把上面沾的浮泥草叶都搞掉，钢圈擦得锃亮。平时夜间也就停在屋外的空地上。外面的雾气浓厚，刘兆颖起身早，先看见的。红钩子的龙头钢圈全被褐色的铁锈蒙住，手一抹，还是锈，里面松着空着。车身成了个锈架子。她连忙叫六姑娘来看，六姑娘手推了一推，它像个风干的骷髅一下子散了窠。

六姑娘说了两个字：盐雾。

这么一说，刘兆颖还真的咂出空气里的咸味。

盐雾沉甸甸的，往下坠，沾在倒扣的船底，丁头府的茅草顶，屋后的柴堆，菜地。滩涂柴荡，就像降了霜。

刘兆颖没车骑了，照常还出去活动。

四

　　天还没怎么透亮，施工的人，主吊，还有运输塔筒的特型车辆，风机的叶片，一根叶片差不多是波音客机的机身长度，陆续地在进场。都是些巨无霸，相形之下，人显得小，且不说是蚂蚁，也是瓢虫蚱蜢之类的。我们的电视台女主播涛是不会这么说的，通灵电视台，通灵电视台，我们现在是在距离县城一百二十华里的海滩上，进行风电场第一期施工现场的实况转播，这个现场已经围起来了，差不多有五个足球场那么大，所以我们在这儿不可能看到它的警戒线。没有特别许可证，是不可能进来的。只能通过现场直播，满足父老乡亲们的热切期盼。这刻工程师在组装三个叶片和轮毂，这个作业场就得两个足球场那么大，他们在聚精会神，误差不能超过零点三毫米，我们就这么远看，不要干扰他们。现在我们去看一下基础预埋件，我们看到的是露出地面的一个环，这个环是安放塔筒的，其实环的下面，涛脑子里涌上的句子是"有一个钢筋混凝土的坟"，这是她亲眼所见的印象，大坑里有一个穹形的钢筋编成的网，水泥抹上之后，真的像一个隆起的坟，环就像做的顶，夯实的土里也不再有生命，涛当下脑筋急转弯,把"坟"这个衰词,临阵剪裁掉了,在千分之一秒的时长之内,机智地替换成"丘",是一个给予我们未来和希望的丘。好了,那边的风叶轮毂也总算凑好了,现在开始吊装。大个是主吊,小个副吊,先装那个底段塔筒。涛退出画面,镜头移向由于沉重有点趔趔趄趄开向环的十轮重卡。到了环那儿停了下来,大个小个都朝车上的那个横着的大家伙垂下了吊钩,各执一端,由工人绑定外面帆布包裹的钢丝缆绳,然后由大个子主吊先把塔筒的头吊起来,稳住,小个子才开始行动、帮衬。于是,这二十四米长六十五吨重,相当于十五头成年大象体量的底段塔筒,高高地悬空竖起来了,在浅蓝色的天空映衬下显得颇为硕伟。这玩意儿,那底端边缘排着的螺杆,瞄上去有一点像"冻冻钉"。这话是风电场的特邀顾问,原通灵县委一把手时金伴说的。

现在的年轻人没见过也没听说过,冻冻钉?啥玩意儿。现场有懂的,六姑娘懂,但耳朵不怎么灵,听不清说的啥。刚从电力大学毕业的成成不懂,少东家懂的,也见过冻冻钉,不但见过,还掰断了一根手上玩过。就是雪融化之后挂在草房檐下的细溜的冰柱。六姑娘的干儿子也来了,不单是陪干娘,还说是跟这个风电真的有缘,一定要来,不来不依。工地现场指挥一人发了一个头盔,一定要戴上,发头盔的时候脸色难看,对于汤汤水水来了这么一拨子不相干的人是不满的。叫他们就在原地,不要动。少东家说,这些人的安全我负责。时金伴笑道，这话还用得着讲，你不负责谁负责。少东家说，你是顾问，你跟风电场的场长平起平坐，我不过是个兼任助理。时金伴笑道，什么狗屁顾问，你拿钱的，我不拿钱。风电场北京总部给少东家年薪二十万，图的个跟地方上协调好关系。另外，少东家是个多面手，机械行当大路货的也有一点懂，三脚猫，做过生意，行政上也混过。时金伴当书记的时候，他是经委主任，是时的肱股之臣。所以把时金伴请出来压阵。那边主吊把底段塔筒安装好，工人赶紧钻到里面，用液压扳手一个一个紧螺栓，得赶在午潮之前。指挥手里拿着个测风仪不停地看风速，风速超过每秒十二米就得停下来，这个一点不能含糊的。最怕的就是风。中段的塔筒装上去之后，工人师傅就从里面的爬梯爬上去，再在两段塔筒的连接处紧螺栓。一共三段塔筒，都装好之后，高度达到八十多米。时金伴在后脑勺捏，我的妈呀，刚才只顾仰着看，这颈椎疲劳到极限了。

六姑娘忙叫成成给爷爷揉捏。这吊车能伸这么高呀，长颈鹿做它的孙子都没资格。我正琢磨，下面得有个大铁砣平衡住呀？不然的话，不是要翻掉了吗？

少东家说，有的，有个平衡块。

在哪儿？时金伴问，他那个特别灵的脑筋，已经穿过那个超高吊臂下面的那辆重卡的壳，看到藏匿在里面的一个黑不溜秋的足有房子那么巨大的铸铁。

少东家笑道，朝这儿看，指着跟主吊臂有钢丝绳连住的臂，这个臂不吊东西，就是用来平衡的。

时金伴噢了声，还有点将信将疑，只是这个臂就能平衡住吗？死沉死沉的塔筒，重卡不要翘头哈？他还在想着他那个黑得油亮的巨型铁砣。

点子大王时金伴是个活跃人物，发起一个倡议，大家都来抱抱这个大家伙，手牵着手。牵着手前进，时刻准备着，时金伴这边手牵的是涛，涛那边是成成，成成那边是他新交的一个朋友东北娃，东北娃那边是少东家，还有谁谁也加入进来，这样有十来个人，环着底段的塔筒围了过来，时金伴还有一只手空着，着急，这边哩？有人过来了，把手伸给他。时金伴笑道，你这个鬼，从哪儿冒出来的。他儿子时顺然。顺然顺然，顺其自然，这名字是六姑娘起的。六姑娘和她干儿子也加入这个蒙蒙圈里，最后由记者拍了张相。

五

有两天没回来,第三天听说有个女人溃在了卤池里,六姑娘心里一空,套上牛车往盐亭赶。路边的芦柴和草垛也被烧了,空中飘着鸟翼似的黑灰,焦煳气味呛人,巨大的铁锅歪倒在灶边。

她是脸朝下趴在卤池里的。

从上往下看卤池是圆形的,开口很大,四面是斜坡,越向下越窄,像一个敞口的大海碗。其实它的底部是椭圆带方的,俯视极具纵深感。如果跳到池底往天上看,视野阔,不会是井底蛙看到的天空那样。

等候煎煮的卤水很重,漫出池沿,像一张无边的大床。她一动不动,背朝上浮在卤水上,手反剪,绳索缚住。水轻轻地漾,她也就轻轻地动,像是仍有呼吸。六姑娘想把她翻转过来,但手臂像是僵硬了,不听指挥。她的视线潜入到卤水里,终于看到她的脸庞,身上的衣裳被割开,胸膛上不住流血,在卤水里晃动。

六姑娘蹲在卤池边干呕。水变幻着各种颜色和形状,缠绕扭结分散聚合。她一点力气也没有,请两个灶民帮她的忙,用堆盐的板，长柄，伸到卤水里，把她捞上来。六姑娘猛然看到短发上紧紧粘着一只黑色缎面的发卡，那是姆妈送给刘兆颖的，说，短头发夹个发夹，秀气多了。

六姑娘抽抽噎噎，哭出声来。两个灶民有点紧张，快别哭，先看看有没有气。六姑娘试了一下，没有呼吸。两个灶民说，没气了。六姑娘不甘心，又趴在胸膛上听了一下，欢喜地说，心还在跳，在跳！

她力气忽然上来了，也不用人帮，一个人把刘兆颖抱起来搁到牛车上。

往哪儿去哩，她决定了，先去三仓，那儿有她们的师部，肯定有医院。

大黄不知道她心里急，还是那么不疾不徐的，六姑娘骂骂咧咧，鞭子使劲地抽这个畜生，这一鞭子下去都要抽出血道来，才有点知觉。大黄看了她一眼，意思是，我是牛，我不是马呀。眼见着要到三仓了，六姑娘突然一哆嗦，掉转头，不进去了，她看见了什么？看见了"膏药旗"。

没有法子，还是先回时家䤈。姆妈从床上起来，用水缸里储存的淡水，冲刘兆颖身上的盐卤，毒呀毒呀，叹。把伤口清洗，涂了膏药。刘兆颖还是昏迷。姆妈说，时家䤈就这几十户人家，一旦日本人来，没个地方藏。这样吧，先应急，到芦柴荡暂避一避。六姑娘背上刘兆颖，姆妈又嘱咐她带上水罐，还有玉米糁饼。六姑娘到芦柴荡里斫了些芦柴、树枝，用泥巴糊了个临时的窝,地上垫了干草,把刘兆颖平平放在上面,水罐和糁饼放在她顺手的地方。这是她记忆很清楚的,她困乏,知觉消逝,一阵零断枪声把她惊醒,是从时家镢方向传来的,忽然想到只顾安顿刘兆颖,家里没拾掇,别给日本人嗅出什么。这么一想,她揪心了,赶紧向时家镢奔跑。她到了家,日本人已经走了,姆妈很着急,哎呀,我不用你操心,怎么能把她一个人丢在那儿。

她再到芦柴荡里去找,那个临时的窝竟找不着了。

后来部队上也出动了人,在芦柴荡里细细作作地找,也没找着。刘兆颖是死是活,不知道。六姑娘很想找到那个遮掩的窝,又怕撩开一看,人死了。现在找不到,还存有念想,如果她从昏沉中清醒过来,只要手动一下,就有水,有玉米糁饼。

这两天县城里外的人都有些摸不着头脑,搞不清楚日本人吃错了什么药,看到男人就抓,然后押到芦柴荡里斫草。城周边的草都被斫光了,本来芦柴荡几乎挨着城脚,现在拉开一大段距离,天好像也亮堂了许多。人们在猜,鬼子这是要干吗,海边忽而腾起了火光,是鬼子放的,用汽油,这一片那一片,一片一片地蜿蜒起来。人们这才大悟,是要把这个几百里的芦柴荡都给灭了,只是别让火燎到自己。从三仓退出的新四军十之八九藏在芦柴荡里,鬼子这么想,冷不丁就来搞他们一下,鬼子这是要从根子上解除威胁。六姑娘心里想的是刘兆颖,生死不明。火势很大,烟尘蓬蓬直往天空冲。看着烟下面的火光越来越亮,在向时家镢这边横扫过来,灶丁都慌了,向没长草的泥涂逃命。丁头府是草盖的,很容易着火,姆妈不肯逃,六姑娘拖着大点二点跑出去又跑回屋子里,靠在姆妈旁边,姆妈对着灶王爷的像祷告。灶王爷嘴角含笑,姆妈闭着眼睛,嘴唇一动一动。火在蔓延,借着风势,上蹿下跳。

姆妈说,随它去,天意。

六姑娘一听,更急了,血直往脑子里冲。什么也不顾,也不去想,朝蟹子荡里奔。正是小阳春的天气,天干,整个芦柴荡被灼热的气浪裹挟着,那些还没燃着的芦柴,在热浪里焦躁翻卷。她只是朝那个方向去,那里的路径,曲里拐弯,边边角角,其实是找了千百遍的,那么多的人拉网式地找,再找也是徒劳。那么,她来干什么哩,她问自己,有了悔意。她想退,还退得了吗?大火已经四面八方围过来,睃着青青的芦柴被火一舔立马焦了,已经无路可去。她往一棵树上爬,刚爬到上面,树身轰地一下也着了火,下也下不去,高处看整片蟹子荡都成了火海。这刻,她的心情反而定下来了,像是听见了水声,汩汩,一点也不迫促,但你能感到它的内力,从树上面看不见,上面只见芦柴荡及一片浮跃着的火焰。是潮水,她能肯定,援手低调地到了,不一会儿就出现了水火相激的情形,蓬起一团团雾气,火势更汹,六姑娘赶紧从树上下来,潮水已没了她的脚踝,她得赶紧逃,现在不是怕火,而是怕潮。

载着姆妈的牛车慢慢地经过篱笆墙,伴她的是推摩托的穿黄背心的成成,竹子的栅栏上开满了紫色的扁豆花。姆妈说过,婆婆特别喜欢扁豆花。婆婆过世这么多年了,长得跟羊眼似的扁豆还是年年挂满篱笆。在扁豆花与花之间有些奇形怪状的小人儿,扭头探脑,姆妈和成成是看不见的。小人儿看见我。我也看不见我,在飘荡,有时清楚,有时混混沌沌。下面这些人在忙什么,忙什么。扁豆花它那朵儿柔柔的,有两枝蕊,花瓣好吃,揪下一朵,塞到嘴巴里。婆婆没看见,又揪下一朵,又一朵。后来,又吐又泻。从嘴巴里抽出一根软不拉儿的长虫。她们不知道是吃了扁豆花,以为吃了油油儿。滩涂的海蓬子,红得像血。每一根茎都很饱满,掐一根就会流出鲜红的汁液。伸个舒服的懒腰,忽然一束刺目的阳光照过来,于是,叶和茎就定格在伸与收的那一瞬。

人是分等次的,葬礼也就有差别,像逝者这样,做过一个大县的县委书记,除了本人有遗嘱从简,一般的都得在县城开个隆重的追悼会。时家镢这儿也就是设个灵堂,亲朋好友来祭奠,然后坐上大巴去县里。

六姑娘从牛车上面下来。成成扯嗓子喊:"妈妈妈妈,出来扶一下。"红珠忙从屋子里出来搀扶,嗔道:"就你鬼喊。"

六姑娘先去看了一下逝者，揭开黄裱纸，她细细地看他的脸，说了句跟睡着了似的。她的病眼里，絮状地飘浮着网纹似的黑纱，随着眼球动，或上或下，旁边有几个异类的小人儿在嘴动鼻歪，跳来跳去。

六姑娘弯下腰来看，一愣，怎么也是细头大身体？

那几个人冲她笑，她也咧开嘴笑笑。

一闪，不见了。守灵的人说，是啊像在睡觉，然后就要扶她走，她不让，神情很平淡。

怕她勾起伤心的事，红珠忙搀扶她去厢房休息。

陆陆续续地有些人来。哀乐本来一直是低回用来烘托气氛的，怕她伤心，就把声音降到最小了。那边东墙上有个64寸的大液晶电视，在循环播放逝者时金伴不平凡的一生。有不少人在看这个大屏幕。这当中有相互认识的，风电场的少东家跟电视台的女主播涛。涛的老公也跟她一起来了。时金伴的孙子成成，就是那个把六姑娘从滩涂找回来的黄背心，也是在风电场工作。还有个大家都不怎么熟，脸皮褶皱像核桃的老爷子，他自我介绍，说是六姑娘的干儿子。大屏幕上展示着逝者时金伴的生平，黑白旧照颜色照片都有，有的照片还是第一次见。

有一张黑白的，女人抱着两个婴孩的照片，引出大家的好奇。

停，少东家发出指令，成成按了一下遥控，定格，这个女人是谁？老爷子抢着说，我干娘。涛的老公扶了一下眼镜，凑近看了一下，说，这两个小孩，哪个是你？涛臭了他一句，你懂什么，瞎插嘴！成成说，不是不是，是我爷爷和我叔爷。成成的意见，是最权威的了。少东家问，哪个是你爷爷，成成指认了那个吮指的婴孩。少东家说，哎呀，这张照片太珍贵了，绝版。

有一张照片，是时金伴在疏浚三仓河的工地上，在用大锹挖土方。少东家说，那时候有句话，站着指挥不如干着指挥，喊破嗓子不如放好样子。

还有一张是在北京人民大会堂照的，时金伴佩了朵大红花，领奖，百万担皮棉县，只有一张纸质奖状，没有奖金，少东家搔搔头皮，这事情我有印象，都过磅秤的，一定要百万担，掂斤掂两，好像还差一点不能达标，你爷爷就提出三找六净。

成成问，那棉桃壳里的殭瓣，算不算？

少东家支吾，具体的我也记不真了。

涛的老公脱口说道，那不是造假吗？

涛白了他一眼。

少东家摇了摇头说，不是不是，两码事，棉田里拾棉花，通常都拾不干净，就由它去，现在哩不由它去，三找六净。一点也不假。说到有些殭瓣，也难免。这世界上没有百分之百纯度的事情。

成成道，能有个百分之六十的纯度，就谢天谢地了。

少东家说，伢儿懂什么，不要乱讲。只是小的误差，不会有什么大的出入。

成成没再接茬儿，他对这个没兴趣，烦少东家叨这些事。

涛的老公的神已经不在这个话题上，顺手拿起旁边的一支唢呐，呜地吹了一声。

刚才说造假，涛就有点火，这刻发作，抢过他的唢呐："无不无聊！"

少东家忙打圆场，心想，在外人面前，也不给自己的男人留点面子。

涛的老公是部队转业的，在舟山服役，也是带一百几十号兵的连长。遇上战友，涛说，凡在部队当过兵的无论哪个战区都是战友，战友战友，见面斗酒，喝得稀里糊涂。还有一次，大门关了，门卫睡了，轮到他值班，他就翻墙进去。一从墙头上跳下来，就踩着一个软绵的东西，原来也是喝醉的战友。涛晓得他有时把持不住自己，也就多了几分管理的责任。用涛的话说，有一天不管他，他就皮痒。

少东家哪儿知道这些就里，不过，一会儿他就知道了。当大屏上在走一段视频，出现涛的镜头，那是风电场初创，在滩涂上竖一座测风塔，那是一个八九十米的裸着的钢质塔架，没有叶片，里面有仪器。少东家，时金伴也在，涛在现场导播。涛的老公看着视频，赞美涛的播音，像极了李瑞英。

涛不动声色地睨了少东家一眼,少东家这才懂得了,什么叫咸吃萝卜淡操心。

大屏上又出现了十几个人在手拉着手,环抱着一个巨无霸,那是风机的塔筒。

这是你爷爷想出来的,少东家说,你看你看,那个手拉手偏过脸来对着镜头笑的,就是他。你爷爷数了,一共是十四个人,才能环抱住。

掼蛋,掼蛋!成成觉得气氛有点压抑,值了个大夜班,又守灵,不耐烦少东家叨叨,把帽子撸到后脑勺,嚷道。

涛的老公是巴不得,涛本来是很认真地跟在少东家后面看大屏的,听成成嚷掼蛋,也来了精神,应道,好。

三缺一。成成又蛊惑少东家,我跟你打对家,保你赢。

少东家老大的不开心,又不便发作。这孩子一点不懂事。

成成边洗牌边叽歪三缺一。一抬眼看见从外面进来的三点。来得巧呐三姑奶奶,快来快来。

手正痒哩。三点利索地甩掉围巾,从成成手里接过牌。我和涛对家,把你俩小子剃光头。

轻轻地一挣脱,自此再无关碍,尘朝上不断地升,翻了几个空心跟头。暗蓝的气流把尘卷进去,又抛出,小玩意儿。像乒乓球,抛来抛去。这偌大弧度的涡流里面正在沸腾,一口大锅冒着许多气泡。兀突一个月亮,冷冷地待在锅沿上,像蜡丸。风机倒霸气得很，像个黑黢粗大的如意根，穿过星流星光星雾，直接刺到最上端的那一片粉红淡紫的火焰样的星云。朝下面的人寰看，看不见丁头府，唯见灯火。

六

"V——V——"

两个估摸三岁光景的小男孩在退了潮的沟汊里玩耍。远远的,就像两粒小螃蜞。咘噜咘噜,一群勺嘴鹬从芦柴丛里飞起,它们要飞过瀚海,到南半球,大老远的,西伯利亚到那个澳大利亚,利亚到利亚,国际航班。候鸟在这儿只是歇一歇脚,继续往南飞。这里是它们的休息点。

海水就像失踪了,远处一线仍然是烟灰色的滩涂。

男孩奔跑着,指着飞鸟大叫:"V——V——"

六姑娘在不远处踩文蛤,双脚踩泥,不能停,一停,脚就陷进去了。右手耙一钩,棕黄色上面有精致花纹的文蛤就出来了,麻利,流水,快得就像文蛤一个一个跳进了网兜。听到孩子们的叫声,她头也没抬,回应道:

"是飞——不是 V。"

浅滩上麻脸似的满是小沙窝,真真假假,一个螃蜞十八个洞。如果没有紧急情况,螃蜞们更乐意待在滩上晒太阳。儿子们已经转移目标,撅着光屁股,抠螃蜞洞。哇哇,二点子突然大哭起来。正在窝里睡觉的一只螃蜞被惊扰了,小钳子狠狠夹住了来犯者，拼命甩，蟛蜞挂在他手指上晃荡，小钳子就是不松开。听到哭声，六姑娘转头来看。却见大点子一把抓住蟛蜞，一揪，可怜见钳子还没来得及松开，就被扯断了。大点得意哈啦地举着蟛蜞向姆妈奔去。姆妈捧住小脸蛋，亲了一下。大点想起什么，羞羞地一笑：

"姆妈，好。"

六姑娘说："嗳我们家大点真孝顺。"

大点把筲箕倒扣在沙涂上，说："姆妈，坐坐。"

六姑娘心里有几分数了，就坐了下来，大点子等她坐下来之后，就往她腿上爬：

"姆妈，奶奶！"

六姑娘笑，食指在他脑门上点了一下："怪不得的，这么孝顺，原来是要骗奶喝呀，二点可没你这么坏。"

被揭穿，大点的嫩脸蛋嫣红。

说曹操曹操就到，二点也忙纥纥地过来了。

六姑娘一并款待，一人一个奶。大点一边喝，一边还斜着看六姑娘，小手指在奶奶上弹着。

心情忽然暗下来了，她想起了刘兆颖。

她在蟹子荡里走，寻找。每一条路，每一处柴，以前熟稔，现在怎么没感觉，盯久了都差不多的样子，绕来绕去的晕。想起头一回刘兆颖跟她撞上，就是在蟹子荡迷了路，转了一天一夜。现在她倒也困在这个迷宫里，绕来绕去也找不到一点刘兆颖的痕迹。无论是生，是死，一概不知。就是落到日本人手里，也不会没有一点消息。

她恨死自己了，但有一老两小，驮在身上。

她男人，一个比她大十三岁的跑码头的，二点的亲爸，也十天半个月，顶多也不超过半年来一趟时家锹。这桩亲事是一个婆婆牵的红线，她隐瞒了男方的岁数和身份，只说是做南北货生意的，给人的错觉是有资产，其实只是一个首席打工仔。给六姑娘看了一张八寸的黑白照片，在上海王开照相馆拍的，半身照，光头，穿了个周正的棉袍，笑不露齿，挺上照，有点范儿。不过，东家很信任，跑上海那边的生意都放手由他一个人去，并且把他的名字宝财改成了幼卿。但六姑娘不这么叫，还是叫他宝财。两人在县城租了间房子安了家，六姑娘也把姆妈带过去。通灵县城是串场河由北向南几百华里串的十几个盐场当中最繁华的城市，之珠级别的。六姑娘刚来的时候有点不合群，在时家锹习惯了，后来很快就上了帮。吃的穿的她倒不是怎么上心，三朋四友，打牌看戏，七里长街戏园子就有好几家。戏班子来得勤，也能请得动程砚秋荀慧生周信芳这些大腕。剧种更是五花八门，京越淮扬锡黄通吃，都有票房人气，吕剧豫剧冒个泡就走了。宝财只喜好京戏，一听到京胡脆拨的声音就亢奋，他不唱只听，合上眼摇摇脑袋。六姑娘倒是有时哼几句："我好比笼中鸟有翅难展，我好比虎离山失了孤单。"可能是这两句合她的心情。

六姑娘本来不抽烟的，宝财劝她，她也就抽了。她是个居家的女人，没有收入，香烟都是宝财买。宝财自己抽大前门，给她抽白姑娘。六姑娘本来对于自己没工作，什么都得丈夫赏，心里就憋屈，这一气，就把烟戒了。宝财一日三餐酒，酒上了脸，像个红头虫。吃相也让她嫌恶，挟了一筷子菜的手停在空中，嘴张大，脖颈也抻长了，舌头屈尊从口腔伸到外面去迎。宝财也许没觉得自己做错了什么，别人家的老婆还没烟抽哩。男人在外面挣钱，养家活口，女人不挣钱，就得好好伺候男人。这是家庭分工，别的人家也是这样的。六姑娘不想服从这个分工，以后有了小孩就一心一意地伺候小孩。宝财千错万错，不应当想在经济上拿住六姑娘，有时给钱有时就不给，迫六姑娘屈服。六姑娘性子上来了，不辞而别，带上姆妈，大点二点，坐牛车回了时家镢。

宝财这一下子慌了，他心里还是满意这个老婆的，人有样子又有文化，只是想驯她。既然驯不成，就改换策略服软，雇了辆牛车去时家镢。带的礼品有给丈母娘的，有给老婆孩子的。劝她们回城，丈母娘依六姑娘不依，宝财也只好妥协，从长计议。长年累月地在外，这次是从上海回来，一脚头就往时家镢。他也晓得，六姑娘收养了个义子，岁数比他儿子大几个月，大点二点。带给小孩的玩具也是两份，一个小熊打鼓，一个万花筒，两个玩具不一样，可以换着玩。到了吃晚饭的时候，宝财照例是要喝酒，卤菜也是他带过来的，他挟了一块给二点,也挟了一块给大点。感情的天平还是在二点这一边,从一个细节可以看出,他用筷子从杯里蘸酒让二点舔,被六姑娘止住:

"好了好了,你是不是也要把二点培养成跟你一样的酒鬼?"

丁头府空间有限,两张床本来是姆妈带二点,六姑娘带大点睡,现在两个点子因为两个玩具情绪高涨,跟宝财很昵,都要挤到六姑娘这张床上。两人撕咬了一阵子,用不着哄,很快就睡着了。夜深人寂,吊诡的是,没有舔酒的大点睡得很沉,舔了宝财蘸酒的二点反倒醒过来了。感觉挤,小手一摸,身边多了一个人,这个人还趴在姆妈身上,这是他在被窝的一团黑暗里摸索到的。他吓得哭,哭声完全地被闷在被窝里。用力推,一点推不动,顺着摸,摸到了一个光屁股,他就推这个光屁股,没别的招。屁股也不理会他,自个儿在不断抖。一会儿,屁股不再趴在姆妈身上。二点稍微安了一点心,酒力发作,又睡着了。

入了秋,台风就成了时家镞的常客。这趟来的台风,风力比起以往加三倍,风打着唿哨,呼朋引类,远远近近高高低低,忽紧忽慢忽长忽短,盘旋上升又猛地俯冲。六姑娘被惊醒了,这风大得像要把丁头府整个给掀了,她有点惊惶,唤姆妈,姆妈没答应,手一摸,床上是空的。把灶上的油灯捻亮,门下面咕嘟咕嘟进水了。六姑娘想到海潮倒灌,从脑到肢体，每一个细胞都紧急动员，三下两下把衣服穿上，再给小孩穿已经来不及，水已经淹到膝盖。被子一裹，把大点放到大黄的背上，叮嘱要抓住牛角，不能松手，二点就搂在怀里。

屋前屋后没看到姆妈。潮水更加汹涌，小腿都感到它的巨大的力。这都是一瞬间的事，回看，丁头府像纸糊的，塌到水流里了。姆妈没了，她悲恸，哭都噎下去了。

水还在涨，她身体感到要浮起来了，怀里还有个二点哩，赶忙抓住大黄的尾巴。

大黄好像不怎么紧张，还是按它的慢生活，只是这会儿是在水流里，它在汹水，它的沉着也给予六姑娘感染力，六姑娘这刻拽住大黄的尾巴，也是半漂在水里。但还得提神，除了怀抱里的二点，还得看住大点。大点表现很好，用劲抓住大黄的角。

六姑娘向四周扫了一眼，一片汪洋，浮着些物什，哭喊的人，也有几只小舢板，上面有人。她们家也有的，平时不出海，小舢板就放在屋后，跟牛一样拴着。这次她没想到用，人家却派上用场了。

在水里的人，不知下面的深浅。看上去一抹平，却是误入了一条大河的河道，也许就是三仓河。六姑娘感到脚底下完全悬空了，身体直往下沉，幸而她死死拽住大黄的尾巴，但她已经呛了几口水。二点在怀里，也呛了水。大黄压力山大，背上是大点，抓住它的角，它的牛头露出水线，但没有能把它的庞大身体完全浮出水。也晓得女主还有个小主，在水线下面，如之奈何。它只有奋挣地游。

六姑娘也晓得命悬一线，如果单是她一个人，十之八九选择放弃，但现在不行。

她只有两条腿还有机动性。

忽而想到，鱼儿不就靠尾巴在水里摆？她把两条腿并拢成鱼尾巴状，在水里一扭一摆一扭一摆，作返祖的尝试。

身体渐向上漂，脸庞鼻孔终于出了水线。

她抹了把脸上的水，想把二点也放在大黄背上。

这时，过来一个舢板，上面有几个人，眼熟，时家镦的，看见她怀里抱着个孩，就朝她伸过手来。她盯了那人一眼，没错，是时家镦的，就把二点递给了他。她要上船，那人急着摆手，不行不行，坐不下。这话实诚，还有大点，还有大黄，六姑娘也就作罢。

到了天要黑的时候，潮流的力量渐渐减了，芦柴露出，水也退到膝盖下面。大点坚强，一直没哭。六姑娘心悬悬地到了二点那儿，水又往回退，舢板应当也朝东顺潮走，那个伸过胳膊抱二点的人也是时家镦的，叫时善存，不怎么爱讲话，是个闷子。这么念着想着，到了三仓，三仓的房屋是砖混结构，大多数没被冲掉，人们有的还待在高处的瓦上，有的下来了，先忙活应饥的。大黄这一路不怠慢自己，芦柴露出来了,它就这一嘴那一嘴,掐个尖。大点肚子可咕噜咕噜叫呀。

六姑娘乏力,抱不动大点,又怕一不小心把大点弄丢了,便把大点夹在两腿之间,向路过的人乞讨。

好爹爹好奶奶大姨大叔舅舅舅妈,给口吃的吧,吃的。

有个汉子说,吃的有呀,碗哩?讨饭还有不带碗的。

有个一脸横肉的婆娘抢白他,人家是逃难,不是讨饭花子,你眼睛长哪块啦?

这么说,端了一碗糁粥过来,吃吧吃吧,碗也给你了。六姑娘忙托住大点的腋窝,快给姑奶奶磕头,磕头。那婆娘摸了一下大点的脸,多乖的伢儿,真乖。

时家镢的丁头府都给海潮吞了,活着的人还是心心念念,奔时家镢去,那儿有他们赖以活命的鳘、灶墩,网具。对于六姑娘来说,第一要务就是找到时善存,二点在他手上。其他的跟潮流的舢板早就又随潮回来,只有时善存的舢板没有回来。女人们都安慰,不会出事的,六姑娘号,嗓子都哑了,我的命呀,我的乖呀。这会儿落潮,水净,海水又失踪了似的,滚到要多远有多远的地方。六姑娘从眼巴巴到绝望,有个女人又自作聪明地说了一句,会不会把二点拐跑了?时善存生了四个,都是丫头,想男伢都快想疯了。六姑娘听了,心里一急,立马就晕厥过去了。

三魂六魄再回到躯体里,听到游丝般细声音的哭,大点?

睁开眼,大点正用小手摸她,鼻涕眼泪糊了一脸。围在旁边的人们见她醒了都欢喜,安慰,不要紧的,不要紧的,有个着落,时善存抱走的。有个大爷吸了一口旱烟,徐徐吐出,说,有名有姓就好办,他还能躲到天外去?还有几个女人在抹眼泪,抽抽噎噎,不是为二点,是为自己的伢儿,落在水里,给海潮卷跑,凶多吉少。别的人比她还要惨呀。

通灵暴潮。农历七月十五,潮溢,昼夜不减,潮高二丈余,狂飙大作,毁范堤,浪卷庐舍,舟行城市,溺死者四万余。退潮后,浮尸遍野。

宝财也是,初听到二点丢了,暴躁,年过半百,就得这一子,怎么可能不宝贝,后来听说是一个熟人抱走了,比那些淹死的要强很多,现在的目标和任务,就是找这个时善存。姆妈没了,房子冲了,宝财劝她带大点一起先回县城。六姑娘死活不肯,她要待在时家镢,说不定时善存又会在这儿出现,或是有什么消息,她要在这儿守候。宝财拗不过,听听也有道理,就依她了。

七

时间一晃,几年过去了,大点也渐渐大了一点。早晨他还在睡,还没有醒,六姑娘就把牛绳塞到他手里。他揉揉眼睛,从床上下来,六姑娘递给他一个玉米糁饼。这早晨的草新鲜,叶尖还有露水,大黄爱吃。大点憋了一夜的尿,尽情地释放。最有趣的是,他和大黄有个默契,当他两腿分开,把家伙从开裆裤里掏出来,这刻大黄竟乐呵呵地把牛头迎了上来,承接大点的气势如虹——从半空中划过的一泡尿,它伸出毛茸茸的舌头去舔,一滴也舍不得浪费。别以为大黄是个闷子,它舔得开心吃得满意,就哞哞叫,撒开四蹄,在芦柴荡里恣意奔跑。大点任由它跑,跑得很远很远没影儿了也不要紧,只要大点吹个口哨,它保准听见,原路返回。先是看见它的两支角露出,继而是牛头,是胸脯和整个身体,这是一个由远及近的过程。六姑娘对大点说,大黄可是咱们家的恩人,没有它,咱们娘儿俩的命早没了。大点说,如果大黄驮的是二点,二点就不会丢了。六姑娘听到这话,情绪就冲动起来,难道你就能少吗?你们两个少了谁都不行,都是姆妈心头的肉。这几年,大点看见的,姆妈时常一个人呆坐抹泪。她不再叫大点，而是叫点。大点也郁闷，两个玩具丢了一个小熊打鼓，只剩万花筒。以前是两个人抢着玩，给我！给我！现在没人抢，反而倒没意思了。大点现在跟时家镢的小孩一起玩，玩这个万花筒，对着太阳瞧，一转一朵花，再转又是一朵花，怎么藏着这么多颜色的亮晶晶的花，他很好奇，有一种想把它拆开来看的冲动，但想到二点，二点是不会让他拆的，他就不拆了。

时家镢叫个镇，其实是个孤悬在海边的村，四不沾依。伢儿没得地方玩。尤其到了晚上，大人有活动，细伢干什么哩，困觉嫌早，而且困早了生物钟天不亮就醒，大人又不得安生。不如放他们一马，他们想怎么样就怎么样，又能怎么样，肚子饿了犯困了自然回巢。这一帮子，一抹头儿，六七八九，还有十一十二周岁，到了龄还没入学的，谁是个伢儿的王？点是。点虽然年方八岁零两个月，但已经背起了书包，并且有点子，傻大个都服，更不要说那些尾巴尖子。月光下，一星半点大的指甲蟹是他们追逐的对象。它横着爬，像风一样快，琴键上划过的一串琶音。很快钻进一个小洞里。他们就用指头挖，掏，沙土松软，一会儿就被捉住。捉了很多，放在预先准备好的一个脸盆里，盖子盖上，拿块小一点的石头压住。

点是他们的头，这是种与生俱来的气场。海堤外面有块地方叫斗篷，就是一大片蓬蓬勃勃长海蓬子的地方，其他地方海蓬子稀稀拉拉,瘌痢头。有次他跟大人上城里看戏,一个女将披了件大红的披风,咚咚咚敲鼓,敲得起劲的当儿,那大红披风哗地抖开,点的心一震,这不就是咱那儿的斗篷。点回到时家镢,唯独这一片,颇有气势。秋天的时候好似一件巨大的斗篷,风吹动起来,披风角像是钩住片云彩,一哆嗦。几个麾下围着点。戏台上的大披风,你们见过吗,红彤彤的,就跟这海蓬子一个色。他从蒿地里站起来,用手比画,在脖子上打了个结,再一掀,活像真的有这么一件大披风。然后,身体原地转了这么两圈,几个傻大个和尾巴尖子都看呆了。

他们搬来几个棱线裸现的块石,这是固堤多出来的,垒成一个灶。他们用劈柴的斧头,斫了些长长短短粗粗细细的树枝,火点着,烟挺大,他们跳开闪避,石头烤得滋滋冒水。裂开。盆里的蛴蜞激烈地挣扎,骚乱,顶不开盖子,不闻声渐悄,终究要在胸甲画十字了。一个小尾巴尖嗅了嗅,香气溢出来了,咽了下口水。点揭开盖,青色蟹壳都变成通红,一丁点,点捏了一只,塞到小尾巴尖嘴里。小尾巴尖嫌不过瘾,又抓了几只塞到嘴里。

但,点低低说,咱捉海去。

傻大个和尾巴尖子嘎吱嘎吱,嚼得来劲。

在时家镢的土话里,海与蟹是一个音。

咱捉海去,点又重复。他们没有反应。

傻大个、小尾巴尖听成咱捉蟹去。

他们不可能有王者的思维。

天黑暗下来，星星闪耀。伢儿们在篝火旁边玩他们的。傻大个把手抬起来，像盖帽似的，不动，那些小尾巴尖把指头顶在他手掌心。傻大个说，风来了，小尾巴尖们齐着声喊，不怕。傻大个说，雨来了，小尾巴尖喊，不怕。傻大个说，龙王庙的鬼来了，尾巴尖们喊，不怕。傻大个说，天塌下来了，尾巴尖们扯呼，四散逃命，傻大个只捉住一个尾巴尖的手指。点说，怂货。

还有些没烧的树枝，各人挑了一根，点燃，点说，捉海去。

也不晓得捉什么，就这么糊里糊涂跟着。

天尽，有一小片残霞，显出不甘被黑暗吞噬的样子。一下子鼓舞了伢们，他们争先恐后，把自己手里的火把扔向天空。这有什么用哩，不如残霞还能残在那儿。有个小尾巴尖没舍得扔，他的那根粗，火势旺。

也不知海逃到哪块去了，只见辽远无垠的沙涂，他们失去了方向感。点在前面，傻大个、小尾巴尖跟点走。还得留神脚下的枝枝丫丫像暗蓝血管一样的沟槽。点感到脚下忽而动起来，没稳住，小屁屁着地。那滩面晃荡得越发厉害，伢儿一会儿不见，一会儿又冒出来，像坐过山车。沙涂下面一拱一拱，波浪一样弧一样的。天尽那残霞的地方拱起好多圆头的山，太阳在山的后面看不见，只在那些圆头的轮廓镀出金线。

　　伢儿们惊奇嘻哈，他们打出娘胎始，眼睛一睁，看见的不是沙涂就是海，这会咋冒出这些圆头山，大人也没说过。点还在想，没见着海，海在哪块，是来捉海的呀。

　　这么想，那一小片残霞已经暗淡下去，圆头山也不见，黑暗完全地笼盖，不见星光。点的牙，嗯嗯两下。疾风横着吹来，小尾巴尖手上火把的火焰，被扯成了一匹火布。他吓了一跳，忙把火把递给点。点也害怕再熄灭，当宝贝似的呵护，几个伢围住挡风。这一点火光，太渺小，并不能逼退黑暗，无论朝任何方向去都是这样。他们进一步，它退半步，一旦换个方向，又跟上来，像贴骨蛆一样讨嫌。听到很空洞的蟹爪搔爬的繁密声音，一幅暗蓝的飘带由远及近，上面画着一只靴子、一只跛足的猫。

八

这刻，在海堤上眺，仍看不见海，一大片浑蒙壁立的烟灰。倘若沿堤坡下到滩涂上，枝枝丫丫龟裂的沟汊里已经开始有了水，水在缓缓地流动，越流越快，并且在往上涨，这一处那一处漫出沟槽，并且这一大片那一大片水相互在感应、汇聚，于是，造物主便让汪洋大海登场了。

在这儿劳作的人，都能预知的，捡海货的将要到时辰自然就会收手，去做刈柴煎盐的事。这儿差不多就是蛮荒，天高皇帝远，现在皇上逊位他们也不知道，辫子兹事体大，对于他们来说也不大，他们不去编这个劳什子辫，任由头发蓬乱，沾草沾泥。火一燎，滋的一声长的也给变短了。有人眼睛都给烟熏瞎了。皮肤给盐渍成腊肉了。三百六十行，没有烧盐这一行，差不多都是流放过来的罪犯干这事，苦之最，贱之最。"犯"有了那个偏旁就不是人，给他们专门编了个籍，叫灶籍，入了籍的连科举都不得参加。灶户男多女少，落单的光棍堂儿多。这刻他们正为一件事亢奋，跟他们差不多一起烧盐的时丢儿从扬州搞来一个美女，这个美女这刻就藏在他的丁头府里。丢儿把门闩起来，不让进去。他们就猫在屋子周围,听得见里面嘤嘤的哭声。丢儿虽然也做煎盐的事,但跟他们不怎么一样。一是身份不怎么一样。丢儿是灶民,灶民是自由人,灶民还管理灶丁;二是技术不一样,时丢儿喜欢琢磨,他煎出来的盐,雪也似的白。这名声都传到扬州,传到大盐商江十春那儿,江十春就奖了个美女给他做老婆,美女是他的小妾。这份恩宠有点过了,丢儿也不傻,打探出究底,这个小妾叫顾红珂,把江十春贩卖私盐的事,无意中透露给了前夫,前夫就拿这事来要挟江十春。贩私盐虽然是个公开的秘密,不然的话,盐商怎么暴富,但有了证据有人出头,就不一样了。轻则坐牢,重则杀头。江十春花钱把这事摆平了,不惩罚一下顾红珂不能泄愤。无论顾红珂怎么求情,怎么解释,怎么领罪,他就是铁石心肠。于是,她就这么凄凄惨惨戚戚,来到了时家镢。

这两天,一直不吃,绝食。

蜷缩在被窝里,一动不动。

丢儿说,祖宗,你看我都跪在地上求你了,你吃一点点好不好?

好像听到她在说什么,声音很小,丢儿忙凑到跟前,终于听清了:

"你要把这个畜生,杀掉……"

兹事真的不小,丢儿迟疑了一下,赶紧应承:

"行、行,我一定杀了他,替你报仇!"

丢儿想,这会儿她在气头上,过些时候她自己就会想到这个想法不靠谱。谁知过了些日子,她并没有放弃这个想法,丢儿正在急吼吼解她的纽扣时,她把他的手推开,一字一字说:

"你如果骗了我,先杀了你,信不信。"

丢儿情绪没了,蔫了。

顾红珂像是听到什么动静,从灶台上的洗锅水里舀起一瓢,向窗外一泼。这些日子,一直有人来听壁脚。丢儿不在家的时候,他们更张狂。有一次竟把裤子脱了,两手撑在地上,直接靠着窗子倒立。还有一次,早上门一开,摸到门上一片黏答答像鼻涕一样的东西。人都快要崩溃了。

你什么时候出发?她问丢儿。你忘了?哄我的?丢儿这才回过神来。他唉声叹气,说是一直在想,想不出个招来。顾红珂就把江十春的生活习性说给他听,有几个时机都能下手。丢儿想,还真的要干。他不想去干这种高危的事、大概率赔上性命的事,但他晓得,一点不能把真心话说出来。这个女人已经疯了,她又说了一次,哄我,先杀了你,声音平静,眼里却有刀锋一样的寒意。

三天之后,顾红珂给丢儿准备好行装,向扬州出发。

丢儿一去不返。

找了根绳子,从梁上绕过来,做了个圈,打了个死结,站到凳子上,把脑袋伸进去比试了一下,下颌朝前去一点,不要勒到舌根。这些预备做好了之后,下面就是闭目抿嘴。这刻一个硬东西砸在她小腿上,她一哆嗦,从凳子上摔了下来。一看,是个海蓬子饼。她朝窗外一看,没见人,把门闩开了,谁呀?她被自己这么朗声的叫,吓了一跳,才发现自己并不真正地想死,也不能死,仇还没报,这么死了算什么哩。肚子咕咕叫了一声,手里捏的这块饼子就塞到嘴里去了。吃得太快,咽住,难受,她不住地抹胸,眼泪流下来了。这刻一个粗壮的胳膊把她抱起来,向屋里去,把她扔到床上,就撕她的裤子……

一阵混乱之后,红珂跳下床,怀也不掩,披头散发赤裸着身子追到门外,手里挥舞着那把剪子,嚓嚓,嚓嚓嚓嚓在空中剪,剪空气,来呀,你们来呀!

没有人再敢碰,她回到屋里,把门闩上。人就得这么活,早该这样。她这么想。也不知什么时辰睡着的,醒来的时候天已经黑了。她起身,把灶上的油灯点亮,看到自己的影子庞大,映在芦柴糊泥的墙上。外面起风了,飒飒,有人在叹息,长长地吁了一口气。又来了,她想,摸索到那把剪子,把门打开,像一个战士迎敌。

并没有人,只有初月在天。

又听到叹气,吟了句诗:"偷闲一刻是乘凉。"

这刻,有一个闪闪灭灭的团子从黑暗中飘过来,到了跟前的时候,散作万万千的荧火虫,向她包围过来,把她围困在当中。她逃不出去。一个声音就在她耳畔低语:"偷闲一刻是乘凉。"

她想去搂抱这个声音,繁星点点忽而散开,又成一个团子向远处的旷野去了。团子在前面飘,她在后面追,也不知多远,忽而不见了。她四处寻找的时候,被一个坚硬的东西绊了一下,是一块石头,手摸了一下,边缘方的,一块扑倒的墓碑。

感觉到不一样是从两个奶子开始的。有一边溢出了水,无色之中见稀黄的,像奶,又不怎么像,吓了她一跳。再摸一下,比原先大了些,也硬了一点,鼓胀的感觉。她心想,不好,这才想起身上也好久没来了。该死的江十春,混账的时丢儿,还有那些急吼吼的活鬼。半夜她骂着,嘶喊,号,用拳头接连地砸肚子。杂种,狗杂种!

第二天,她穿了件丢儿留下的破大褂去了盐亭。要养活自己,也要连带把肚子里这个孽种给灭了。

晒好的盐用笸箩挑到仓廪里,来来回回,两百斤朝上的担子。盐煎出来还得晒,晒盐也是晒人。毒日头下面哪个灶丁不被水分蒸发成为人肉干子?这些活儿不是人干的,盐亭没有女人,更没有小脚女人。

顾红珂拣重的担子挑,但她哪里挑得动,两只小脚直戳戳，踩高跷似的左倒右歪。

旁边的人肉干子停下手里的活计，看热闹，笑。

汗水哗啦往下流，顺着她的鼻翼流到嘴里，湍流不息。眼睛完全地不能睁。两条腿没有什么知觉，小脚翘翘，心悬悬的，直怕栽倒。挣命呀挨命呀。忽而汗水一滴都不淌了，轻松得多，人也飘起来了，担的盐一点也不重，跟担一根灯芯草差不多。忽然眼前一黑，晕倒在白晃晃的盐堆上。

管事的不忍，分她去刘草。

这人有老婆，偷偷地跟她好。女人不就是男人的菜。她想了很多办法要把肚子里的这个种搞掉。让这个男人在她身上猛颠，刺得越深越好。拼命喝凉水，冰冷的水，下到胃子里肠子里应当也会到子宫里，那个肉块还是不出来。

天黑下来，她一个人爬上海堤，感觉稀冷的。褂子被风吹贴在身上，手一摸，小腹已经鼓了一个弧。

海堤下面，远远近近的是煎盐的灶火，之间也有磷火，磷火蓝绿，一跳一闪的，那是鬼魂的影，灶火是不跳动的，吐出的火苗是明黄透亮的，映出在周围的活动黑影，烧火的，搬柴的，担水的，一群蓬头垢面，肤如腊肉的活鬼。

她眼下就生存在这群活鬼中间，拜江十春所赐。一团一团的火星在往上升，映出的天空，充塞着呛人的烟气烟雾。

想看一眼苍天都不可能。

这活地狱。她还得活。于是，她俯下身，平躺在堤上，然后翻转再翻转，身体像一截木头向堤下滚去。海蓬子那么柔软，鼻子压到它，红色的浆液进到嘴里，怎么有血的腥味？旋转、旋转，脸朝上的那一瞬间，她看到黑黢黢的鬼影朝她头顶压过来。

九

想活，小东西也不想死。这小东西求生欲太强了，怎么折腾也没能杀得掉。顾红珂看着肚子越来越大了，想想算了。老天也看不过她太遭罪了，给她送个贴心贴肉的人儿来。

这一年的冬天，顾红珂在芦柴荡里刈草时生下了六姑娘。给这个娃取名时善珍，跟时丢儿姓。总不能等她长大之后，跟她说，你的生父是谁都搞不清，能这样跟女儿说吗？不能。有了孩子，顾红珂完全认了命。她跟管事的要求去烧灶，烧灶可以多分得两块糁饼。

灶丁以灶为生。灶神菩萨是灶丁头顶的七尺神明。时家锹的灶神可不单单管着灶台边柴米酱油的芝麻事，每年农历初五，开灶祭祀的日子，也是灶丁一年中最隆重的仪式。灶王君管着十里八乡的灶仓、亭场，怠慢不得。

六姑娘出生在芦柴荡，她还能记得，小的时候，蟹子荡往东一大片广阔的亭场。烟灰色的细沙柔软光洁，大沙脊辽远得伸到海里又连接天上去，若隐若现。小脚丫踩在上面特别舒服，从脚趾缝里冒上来，有些烫有些痒痒的感觉，直往上钻，钻到私密处身体奇妙得像被姆妈温暖的手抚过一般，再往上就钻到心里去了,心尖上也痒痒的,就想把身体全摊在沙上。那是春夏之交,太阳还是温吞吞的。到了大伏天,滩涂完全暴露在灼热的阳光下,亭场的盐工裸着上身在卤坑和大灶间忙碌。几座大灶砌在废弃的堤坝上,说是堤坝也就是一个大土堆。晒场要平整,海潮旺人气旺的开阔地带。大灶哩,又要砌在海潮不容易浸漫到的高处,叫盐墩或是灶墩。姆妈就在灶墩子上,穿着斜襟的土蓝色大褂,粗麻质地,突出一粒粒纺得粗细不匀的小疙瘩,被卤气汗水浆过的大褂硬硬地撑着姆妈的身体。在火光里,就像一片幕后的皮影重复着同一个动作,喂草。大灶张着血盆大口,不断地吞吃草料。六姑娘想去帮姆妈烧火,被姆妈恶狠狠地喝开去。靠近火门的一瞬间,几乎要被灼烈的热浪烘化了。小女娃儿便号啕起来,旁边的盐工把她抱开,给她一颗黑黑的石莲子当玩具。

姆妈讷言但爱干净。从盐亭回来会把自己里里外外梳洗。丁头府的里间有一扇很小的窗户,用油皮纸糊着,不透一丝光亮。外间是堂屋,大些也敞豁些,有一个方形的玻璃小天窗。炉灶砌在北角,占据了几乎小半个堂屋。灶台洁净,一大一小两只铁锅,榆树木的锅盖也是干干净净的,透着烟火的暖光。

烟囱旁的龛壁里供着灶王菩萨,那是一尊釉彩陶瓷塑像,浑身镀金彩,金冠金袍金皂靴,右手持金笏,面目清秀,颏下光洁,没有胡须,腰间蓝色丝绦,中间还镶着一块椭圆形的绿玉，细长眉丹凤眼两耳垂肩，嘴角含笑。姆妈特别钟爱这尊帅气的灶王爷，每天擦得金光灿灿，然后，点上香，摆上僵桃酸梨，念念有词。六姑娘听不懂姆妈跟灶王爷祷告什么，也不敢问。小的时候，很害怕姆妈入了魔似的敬供灶王爷，听得浑身发毛，直起鸡皮疙瘩。长大了以后已经习惯了。斜阳从天窗里漏进几缕昏黄，灶王爷白瓷的脸映在昏黄里，柔和明亮。姆妈会长久地立在灶王爷面前，直到天色完全暗黑。

这是时家镢唯一的一尊瓷质镀金的没有胡子的灶王爷。

邻居家的灶台边通常贴一张灶王爷的画像，长年的烟熏火燎，灶王爷的脸黑油油的，胡子也脏兮兮的，画像的纸卷着脆黄的边角。送灶神的那天会把旧的画像烧了，吃了一年油烟的灶王爷就上天言好事去了。正月初五再接下来的时候，贴一张新的。新的灶王爷神采奕奕，门神财神，还有井神厕神中不溜神全是新的。

六姑娘刚断奶，姆妈就教她识字，话还没说周全哩。盐亭有只大破鏊，姆妈带回丁头府穿了根绳子挂在墙上，用灶膛里的白草灰在上面写字，给女儿认。写了个"一"，教女儿念，又写了个"二"，不仅是念，还要学着写，又写了个"三"，小东西不耐烦了，当当当，敲，兴起的时候，踢两脚。鏊挂得不高，那么重，泥糊的墙也吃不住。靠在墙角的地方再固定了一下。姆妈教得耐心，你姓时，时家镢的时。你的爸爸叫时丢儿。丢了东西了吗？丢到哪里去了呀？六姑娘问姆妈，我怎么没见过他？去把他找回来。顾红珂不耐烦了，凶她，丢了就是丢了，找不到了！写你自己的名字，善——珍。这什么破字，太难写了，写不起来，不写不写！六姑娘踹两脚破凳，跑了。顾红珂拿她没法，在肚子里那么一通折腾，差点命都丢了，都没法子，出来了更搞不掂。

这事过去好多年了，六姑娘再跟刘兆颖提这事是当笑料说的。两个女人在灶膛边坐下。六姑娘把长长的火钳，伸进膛洞里，轻轻捅了一下，余烬里的星火得了灵符般地飞了出来，小虫似的撞到身上脸上。塞一把干草在灶肚子里，再划一根洋火扔进去，火光一下子充满了灶膛。两个年轻女人的脸立刻被映得透红。左手边是姆妈码得整整齐齐的草把，绑得结结实实的，跟砍好的柴火一样长短。姆妈习惯整洁，哪怕是在火门的后边。

烟火气迫不及待地顺着烟囱往上爬，以为冲出了炉火的禁囿，奔向广辽的天地，没想到冬的坚冷一下子把它吞没，升腾的烟前仆后继地变成雾气，消融在凝白的冬晨里。

"你妈真把你惯坏了。"刘兆颖笑道，"后来哩，就不学了？"

"不会放过我的，她想了个法子治我，把我送到三仓，跟一个老夫子后面，那老头下手狠，我一不听话他就用戒尺打我的手心。"

那一次，顾红珂并没有真的离开，她在学塾的窗子外面偷看。

听到戒尺打手心的声音，每打一下，她的心一跳再一跳。

不能再偷看，她到三仓街上转悠。

传来打铁的声音，哐当，哐当，从耳膜一直震到胸腔，越靠近声音越响。看到了铁匠铺子，一块从未见过的庞大铁砧，上面枕着像牙齿一样排列的铁块，已经烧得通体红亮，不怎么亮的地方泛着暗蓝，像是趴在岩石上的大海星。旁边有个开裆裤的小男孩蹲着，地上有他刚撒的尿，他在墙角只顾玩他的，堆积着一些小铁块，砧上的錾就是这么些小块拼起来的。他没有积木玩，就玩这些小铁块，跟拼图似的，小铁块的边缘阴阳凹凸，男孩把一块凸面插到另一块的凹槽里。拼完一块，又去翻找另一块，不一会儿，拼成了一只斗缝合榫的大錾。作坊一直摊到街上，几乎占了半条街。火炉也上了街，火炉旁有个体形庞大的风箱。老远地就能感觉到混杂着浓烈的血腥一样的铁锈味道的热浪裹挟到脸上来。小街烤肠似的架在炉上，肉末杂碎滋滋冒油。五个赤膊的汉子，系着条像是从狗屁眼里拖出来的龌龊不堪的围裙，走近了才看清中间有一个是女人，正用铁铗死死夹住錾边沿的齿牙的位置，听凭另外四个抡着铁锤。起，落，起，落，每一锤砸下去，那铁砧上的大錾便有不计其数的金针朝四面八方迸射，汗水从腋下湍流，那重磅大锤高高抡起的时候，腋毛偾张，

062

如黑色的火苗狞魅。打铁的苦，女人怎么掺和进来哩。一锤砸下来，随着女人尖利的咆哮，仿佛那锤复仇般地落在快要跃出破汗衫的两只雪白大奶上。女人软绵绵水渍渍，像要支撑不住垮下来。男人不为所动，火候不等人。风箱嘶哑地低吼，热浪一波一波推过来时候，那风箱会突然加速，冲上一个制高点。在这个强烈的节拍和恍恍惚惚的空气之中，街上的行人变得弯弯扭扭，不像是走。一个一个轻得没分量似的，在浮，在飘，像是踩在海绵上似的。最高潮的部分是淬火，休止符。女人满满一桶水，朝着砧上的大鳖兜头倾下，炸开，白雾汹涌，看不见抡锤的汉子、女人、玩拼图的小孩，慢慢地作坊风箱和烤肠一般的小街都被吞没不见了。

顾红珂在浓雾中往前走，白翳渐退，瞳孔渐渐露出。

街边有一堆人围成一圈看热闹，长衫短打的都有。顾红珂好奇，踢开脚边一个箩筐，挤上前踮起脚往里面看，里面几个人七嘴八舌，好像在聊天，心想，这有什么稀奇好看？问旁边一个年纪大的人，他们在干什么？老头看她是个小女子，把她让到前面，指着圈里一个灶丁模样的青年说，泰州府来的，讲山海经。讲山海经，就是胡侃闲谈的意思。

那人穿着粗布短衫，看上去二十来岁，最明显的特点是海里人的皮肤，红，黑，毛孔粗，海风吹的。旁边有个瘸腿的人问，我家院里有棵老槐树，根顶得墙快要倒了，但我不能砍树，也不能挪。这棵树是我们家上上上一辈的太爷爷种下的，动不得。

那就把墙推了呗。另一个人说。

瘸腿的睨了那人一眼，推了你帮我找落地（地方）重砌个房子。

我凭什么帮你重砌？我有病啊？那人反讥道。

围观的一伙人哄笑，顾红珂也好笑，什么鸡毛事啊。

灶丁穿着的年轻人慢言慢语地说，挪也好，推也罢，都不打紧，你最后决定做什么，你就去做，不要再纠结。

那个人还没怎么懂，顾红珂听懂了，插了一句嘴，先生的意思是做什么事都有难处，犹犹豫豫一件事也做不成。

"这位大姐说得对！"年轻人一眼看出了顾红珂跟这些小贩灶丁的不一样，有来历的。随口又说了一句："大行不加，穷居不损。"

说到顾红珂的心事。年轻人捕捉到她脸上瞬间的表情变化，又说："来者犹可追。"

顾红珂回应道："先生说的是。无处无时不是天。"

旁边的男人们看到一个年轻女子，自然是兴奋。一个问："我们烧盐的连个老婆都讨不上，亭场那么多光棍堂，我三十好几了，女人碰都没碰过。每天干完活倒头就睡，但一大早醒过来，那玩意儿直挺挺地竖着，摁都摁不下去。"

是呀。我也是。灶丁都哈啦哈啦笑。有时候竖一夜哩。

顾红珂偷笑，心想，这事也问得？难不成让他变出几个女人,给你们一人分一个。

"大姐笑什么?日常生活得件件去做。"先生又转过脸来对灶丁说,"你如果觉得特别难受,就自己撸几下子,"他比画了一个手势,"把它放掉。"

来来往往在三仓街上,顾红珂有些失落。真的成了一个烧盐的婆娘了,细思极恐。灶王爷越擦拭越亮,过去的事情每每想起倒淡了,模糊了。女儿渐长大,也渐知事,孝顺。长年累月,姆妈肠子都被灶火灸干了,粪便排不出来,次次都是用手抠。六姑娘打听得一个偏方,扁豆花种子能治干肠症,羊子屎一样的种子磨成粉,泡水喝。喝了也没用,姆妈嘟哝。每次大便用指甲抠,抠出来一粒粒的,又还原成了种子。

顾红珂在扁豆花下吃种子。大点子咽了口唾沫。想吃吗?看着他笑。大点子不想吃种子,想吃淡紫色的花朵,扯一朵再扯一朵。一眨眼,扁豆花全不见了。花哩?花像雾似的倏忽散了。

浓烈的海腥味,黑浪,乌云打着旋儿在身边飞。七潮八潮如马跑。早晨花朵上的露珠是长圆的形状,顾红珂有预感,这是台风要来的兆头。每年夏天都会来好多次,习惯了,没怎么当回事。

三天西南风,沙蟹都归洞。蟛蜞们像往常一样缩进窝里,等待潮水漫过沙洞睡个软软的觉。顾红珂坐在坑边大解,这是痛苦扭曲而又漫长的过程。身体现在也像腊肉,像数九天挂在屋檐下一条风干的鱼。潮来的时候,她没动,把褪到膝盖的裤子向上扯了一扯。潮水漫上沟沟汊汊,像徐徐拉开的布幔,又像探路,小心地伸向四面八方。先是小舢板浮起,有人爬上小舢板,随着潮。不久,搁在浅滩的大船也浮起来了。破破烂烂的帆片鼓荡。船首画着一对大眼睛,海里人相信这是神灵的天眼。一条大船造好之后下水之前最隆重的仪式就是画眼,择了吉日,画眼的人先祭一下海神。天眼一开,这条船就活了。海上行船,天眼能看到水下的鱼群,看到远处的灯,各路神魔遇到这双天眼也会隐而不现。这一次,有点不灵。相互打架,小舢板撞破了天眼。雷声,不是从天上,隐隐从海的深处传上来,钝,闷,有一点缓,但很沉着的脚步。

顾红珂似乎听到六姑娘的呼喊:"姆妈——"

解手的地方就在屋后几棵树中间,小杌子的四只脚陷在坑边的泥里。

姆妈年纪大了不能长时间蹲着,六姑娘请木匠做了个小杌子,中间挖了个大圆洞。

她也不喜欢坐马子,倒呀刷的麻烦。就这样挺好。经年累月的卤水进到身体里,是不是肠子腌得像羊肠一样细?

钝闷的声越来越近。她看到好多条细细弯弯的水蛇蜿蜒向她游过来,水蛇当中有一点红,本来这一点点是不起眼的,很容易疏略,就因为这红。

　　这一点红停住。她把眼神儿尖起来看,是一只小得玲珑的指甲蟹。真好看!从未见过,她忍不住赞叹。红玛瑙颜色,有一点玉的透明,好奇心大发。

　　她伸出手想去捏住它,它却不动,向她示警地举起两只细螯,怎么会想到示警?

　　这刻,原本还是在推来涌去的水,突发排浪,排浪过去,木机上的顾红珂不见了。

十

少东家问时金伴,成成现在派他干个什么差使哩?听场长的安排,时金伴说。场长说,想听听你的意思。时金伴说,不要蹲办公室,上一线去,吹吹风,淋淋雨。少东家说,也行,就先干维护吧。成成到风电场上班也有些时候了,先是这儿跑跑,那儿看看,跟在少东家后面,那格局是管理岗的意思,现在叫他干维护,他也没意见,维护岗是两个人搭档,他就提出来跟东北娃,场长也同意了。他跟东北娃认识,是一次员工会议的时候坐得近,场长在上面讲话,也是这一带通泰地区的口音,东北娃听不懂,身子仄过来,问,什么沙条?成成没反应过来,沙条?场长讲话他根本没好好听,东北娃说,听、听,又说了。成成一听,乐了,什么沙条,他说的十二条。东北娃笑道,晕,我把十二听成沙,哈哈哈。风电场的人跟外面没有什么接触,自己有个小院落,辟了块地种菜,自己吃。没事的时候很无聊,东北娃就买了本曹全碑的帖,用半透明的纸蒙在上面,学着写毛笔字。成成在旁边看了一会儿就不耐烦了,把笔一夺,说,出去遛遛。

两个人一人骑了一辆电动车,就这么无目的地遛,有个大爷站在风机下面朝慢悠转动的叶片瞅，看见他俩过来，招呼停下，说，你们咋搞的，这东西往这儿一竖，树上的假牛（蝉）都不叫了，吓跑了，假牛皮（蝉蜕）也没有了，假牛皮做药的，单是这一项，我每年就要损失这么多，他竖起两个指头比画，不知是两百两千，还是两万。成成说，不关我们的事。大爷有点火了，怎么不关你们的事？成成说，你找场长说去。东北娃比他懂礼貌，说，该赔的我们会赔的，大爷你放心。上了电动车还跟大爷挥了下手再见。娃比成成还小一岁。老人筋，你懂不懂三大纪律八项注意？懂呀，洗澡避女人。那是早期的，最老的版本，现在的不是这样，改过了。现在用不着避女人了？

　　成成本来以为，维护就是到处看看，没想到还要登塔。两人是头一回进到塔筒里面去，里面不黑，每往上一截就安了盏灯，映照出溜滑的金属光，能看得出筒与筒连接的那道箍，再朝上望就跟在一口深不可测的井底视线朝上拉升的感觉一样，越往上去越细，所不同的是不见井口。壁上有爬梯。成成说，我的妈呀，这才是真正的天梯，喜马拉雅天梯，你敢爬？敢。那你爬呀。那你爬不爬？不爬，摔死了找谁认账？我先爬，你跟在我后面。东北娃深吸了一口气，把安全绳扣在腰眼就开始爬。成成嘟哝，快一点好不好，我的头挨着你的脚了，哇，好臭。东北娃提了速，成成的声音远了，垂直度肯定有九十，让不让人活。娃大声说，眼睛向上看，不要向下看。声音冲出口,在壁上一撞,放大了好多倍,回旋着往下传,不要向下看不要向下看向下看,娃被这诡声吓住了,不再敢说话,紧着往上爬。他听不到成成的唠叨,想,会不会摔下去了?应当听到一声惨叫,没有听到,他也不敢向下看。只听到自己出气越来越粗。

从上面下来之后,成成问,感觉怎么样。东北娃说,屁股酸得快要掉下来了,听不到叽里咕噜,还以为你摔下去了。成成说,爬不动,识相,早就下来了。在下面看着你爬,狗熊似的,挺笨。东北娃说,好容易爬到头,有扇门进去,顶上风劲,都要把人扫倒,赶紧趴下。那叶片好恐怖,像巨灵神,也不像在下面看的那么慢吞吞地转,一圈一圈转得好快噢。成成说,你能吃这个饭,我不能吃。那你干啥哩?随他们,我有恐高症。刚刚你快要爬到顶,我就在想,如果上面的风机起了火,断了你的退路,你在顶上怎么办。这个我没想过。你腰上不是系着安全绳吗?你就攥紧那根绳子慢慢往下坠。注意,是从外面不是从塔筒里面,里面手机信号发不出去。这样,你就悬在半空中等人来救。

隔了一天,东北娃对成成说,你跟场长想的一样,是个不是办法的办法,场长赞你灵。

成成跟他爷爷说,我不干这个了,换个岗吧。老爷子说,才干了几天?成成说,想想看,那么高的塔,八九十米,每天得爬上去一趟,上去一看,屁事没有再下来。老爷子说,没装电梯？成成说，哪儿有哇。老爷子说，刚刚开始，难免有些不周全，面包会有的，牛奶也会有的，瓦西里同志这样教导我们，锻炼锻炼。成成说，你去锻锻看。老爷子笑道，好啊，叫你爷爷去创造一项吉尼斯纪录，是不是？有这个雄心没这个力，如果小上十岁，我爬给你看。

成成说的触动老爷子想起夜里做的一个梦，梦见去通灵县城的郊外，郊外有个庙，叫泰山寺，庙前面有个牌坊，牌坊上有几个字，口气还不小，泽被江淮。这不是梦的内容，真正梦见的是一座砖塔。这座塔并不是跟庙配套的，庙清代塔唐或五代，也就是塔早就有了。

> 通灵塔。州治东北西溪东，唐贞观年间监造，双层塔身，密檐，塔高七丈，底宽两丈，为东海船户辟邪示航。（《通灵悬志》第55页）

大点子第一次见到塔，是在十二岁，六姑娘把他带到城里上学，个子不小了，还只上三年级，还是宝财找人帮了下子忙，算跳级。小孩散了学，就要到处去玩，听说有个陆家滩，他就很快活，赶忙溜去看，哪儿有什么滩，是一条两边分叉的巷子，还有个海道桥，也不见海，有一个条石横着的桥，桥蛮高的，下面有河。

他有点蒙，问六姑娘，六姑娘说，以前这儿是海，现在海都退到时家镦那边。

他不信,六姑娘说,不信我带你去看老海堤,老堤就在城脚下。

相比之下,还是塔有些看点。这座塔他数了,有七层,最下面有个门洞,没有门,里面黑咕隆咚,他待在里面,往上看,渐渐地能见到塔里面,空的,空心大佬倌,啥也没有。没有梯,不能上去玩儿。他有些失望,有些灰直落到眼睛。顶上有个铜葫芦,在阳光下闪亮,这是在外面看,得眯起眼,不知是什么宝贝,很想摸一摸。塔檐下面,还有一个一个排着的佛龛,里面藏有小泥偶,野鸽子探头探脑。塔有些宽,有些肥,像个壮汉,大点真想掐它一下。

这刻,他有了尿意,把小家伙掏出来。鸽子忽然呼噜噜狂飞起来,吓了他一跳,他把尿柱对着它们射,根本射不着,徒劳。他想把小家伙掖进裤子,可那还是硬着,不回软。

倒没法子你了,他气恼地想,这刻听见轻轻的笑,不远处开满蔷薇花的篱笆,有一个皮肤白白的小女孩在朝他看。

他裤裆那儿还翘着,也不想掖进去。她朝他笑他也朝她笑。

小女孩挺大方地轻盈地走过来,伸出小手握了一下又松开。

因为发烫觉着她的手有点凉。他喜欢她握。还想她再握,她已经走开,走远了。

大点想念老黄牛了，来的时候一直拽着牛鼻子，央求六姑娘给带上。城里的房是租的人家的，那是个四合院的格式，房东住朝南的一面，他们住朝北的一面，天井不大，别说养牛，养几只鸡都逼仄。牛棚搁哪儿哩，草倒是不愁，城边边上有的是，早先被日本人刈掉的芦柴，又疯长。牛棚哩？牛棚搭哪块？六姑娘问。宝财说，搭墙旮旯，没得事。宝财心急，生怕六姑娘再出幺蛾子不肯回城。

房东陈先生和陈师娘恰好不在。老俩人刚得了孙孙，在小伙那边忙活。宝财用油布杂棍支了个棚，在厢房窗子下面，屋子里的光线顿时暗了许多。几天下来，宝财就有点悔了，大黄就是一吃货。整天除了嘴巴动，哪儿都不动，就那么大点地方，它那庞大的身体想动也动不了。没草吃的时候就反刍，没刍反的时候就磨牙。半夜宝财说，听见了没有，划玻璃的声音。六姑娘说，我没听见。

有一天，大点跟六姑娘说，姆妈，我要骑牛去，上学。

六姑娘的表情亮了，说，好。

学校在城的东面，要穿过两个十字街，在穿过第二个十字街口时大黄很自我地拉了一大堆屎。

这一路上，小孩去上学的，看见大点背了个书包骑在牛上都围上来瞧稀奇。揪尾巴的，跳起来扳角的，有个跟大点同桌的搭了大点的劲，爬到背上，驾驾，当马儿骑的。背上爬满了，角也没空着，一边吊一个，晃来晃去，荡秋千。还有个皮猴子把拳头杵进了大黄鼻孔洞洞里。大黄再好的脾气也炸了毛，一个无大不大的响鼻，皮猴子像一颗炮弹似的，射了出去。结果，门牙磕掉半片，胳膊脱了臼。爸妈吵到学校，大黄跟个罪犯似的，也不能露脸了。

小把戏调皮，没得数。宝财袒护儿子。

不管怎么说，是你们家惹的祸。班主任说。

宝财破财了事。

每天一放学，大点要去城河边割草。抄近，过一条细窄的巷子，叫海曙巷，两边墙高，墙角边满是青苔，阴，不怎么见阳光。过了海曙巷就是汤家园，草长且多。响鼻事件后，大黄一直没精气神，两只耳朵耷拉着。那天被皮猴子的妈用帆布裤带狠抽了几下，消气。大黄眼睛湿润。幸亏六姑娘不在现场，不然的话，要把裤带夺过来反抽她了。大黄郁闷，大点带它出去散散心，到空旷的地方遛一圈。进了海曙巷。走着走着，坏了，卡脖子了。这一段是巷子的蜂腰，更细更狭。大黄身躯庞大，一下塞住了。推也不灵，拉也不松。大点急出一身子汗，巷子堵啦。有人经过过不了，着急的就从大黄身上爬过去。有人把六姑娘喊来，六姑娘想了个法子提了一壶棉清油，慢慢注到墙皮之间，然后请牛头那头的人帮着推，大黄自己也给力，赖住屁股往后退，终于退出了华容道。

大黄生病，吃货一点也不肯吃了。医生开了药，砂锅煎了,待温凉之后劝它喝,不喝。六姑娘摸摸它,说,喝几口吧,求你了,病好送你回去。嘴上这么说,心里却舍不得。她回了趟时家镦,有个本家兄弟能给六畜看病,劳他到城里来一趟。这人一进门就咋呼,你们这是养牛的啊,坐牢哩,好好的畜生没病也能憋出病来。这人嘴丑心好手艺好,要不然大老远的,六姑娘也不会把他请来。他带一只开口削尖的毛竹筒,把药倒在里面,跟六姑娘说,你抓住绳子,往上提,要快,促一下,它嘴巴就张开了。果然,大黄鼻孔朝天时,本家兄弟一只手迅速伸进牛嘴里,压住舌头,另一只手把竹筒里的药倒了进去。

本家说,妹子,我帮你找个下家卖了它吧。这城里不是个养牛的落地,你难受,它也难受。

不成不成,六姑娘连连摆手。永远不卖的。

交给我养,你总放心吧,三天冒九,想到就去看看它。

容我想想。六姑娘说。

大黄的去留成了六姑娘的心病。跟宝财商量,宝财说,依你呀,不过,有件事得跟你说,陈先生陈师娘回来了一趟,说是夏天之前要搬回来住。这话一说,六姑娘没价还了,定下来送大黄回时家镦。

大点嗓子都哭哑了,舍不得还得舍。

伴着木趿拉儿敲打石板路的声音,热天就来了。木趿拉就是做成脚型的木板,上面钉了片帆布,站在巷子头就能听到拐了个弯的看不到的巷子尾传来的木跂拉声,在一方一方青石上特别脆。大人穿木跂拉走路是一下一下的,嗒,嗒,沉着有节奏。小把戏们则不同,哒哒哒哒,机关枪似的,一阵风卷起来,人影早没了,声音还在远远地响着。

"惯呃惯,十八担!惯呃惯,十八担!"陈师娘哄着小孙孙,自己也累,半睁半迷糊。小天井的窗下,宝财买了口大水缸,一根从中间剖开的毛竹挂在屋檐下,天落水就沿着竹片流进水缸。

下晚的时候,六姑娘在院子撒些井水,晒了一天发烫的青砖慢慢凉下来。空气中夹杂着沾了水和尘的热气,一点点光斑在大水缸上暗淡消失。竹榻、藤椅、摇摇桶一样一样从屋子里搬了出来。一张一米见方的大方桌,那是六姑娘的嫁妆,放在院子当中。晚饭是稀粥,麻油拌海蜇搭粥。琥珀色的海蜇不值几个钱,海里的亲戚上街,一带一大桶子,泡在矾水里。有时候吃油油儿,大点不喜欢,那玩意夹沙,要用牙咬住小小螺舌,阻住后面的螺尾并用筷夹掉,很烦。洗过的澡没用,汗还是照淌,盐潮卤辣的,很不爽。宝财光膊搭块毛巾,时不时擦一擦脖子。

热煞了!陈师娘一边摇着芭蕉扇,替小孙孙赶蚊,一边说。脚底下踩着摇摇桶,一刻不能停,那声音离大点睡的方桌很近。与地面撞击的闷响,还有榫头之间的摩擦。

天空是方的,呈暗红色,如剧场垂挂的肮脏的幕布。想到白天无意中瞥到陈师娘宽大裤衩里黑红皱巴的一块,咚,踩一下摇摇桶,那儿就闪一下,一踩一闪,大点想看,又觉得恶心。摇摇桶是不能停的,不管是睡着还是醒着,只要一停,小孙子就会突然哇的一声,陈师娘只好抱起来,哦、哦,乖乖不哭,边哄边在院子里转。天井像个笼子,四面不通风。六姑娘把一根蚊香点着,放到桌子下面,那蚊香是纸卷,裹着六六粉,像条白蛇,味道呛人。呛人也得受,蚊子溜远了,也有一两只顽强的逆行者,冷不丁叮一口,迅速逃离,不会在耳边聒噪。

合上眼睛,大点有时候会恍然躺在丁头府外空地的门板上。没遮没挡。海风经过芦柴荡的飒飒声,似乎还有潮水声,汩汩从地底下跑过来,门板也有漂在水里的感觉。姆妈在找北斗,指给他看。奶娃一哭,惊得睁开眼,摇摇桶又一下一下钝闷响起来了。六姑娘在替他扇扇子,人睡着,手却一直没停,在摇着。

屋檐的板,青黑有些糊,东西南北像个框。星空从这个方框看不完整。他蜷曲在桌面上,脸庞朝上没什么东西看,就是看星。

除了那些琐屑的有亮芒的星群,那深处,还有好多星,大点的好奇引发出来。

对于远星,他竭尽全力想看清楚,身体使劲往上探,那个框不知什么时候已经消逝了,空辽得没有边线。

簇在一块的星,像透明冰片。

还有的星子在动,水漾一样的,像崖壁像渊。

身体凉透,下意识地摸了一下,方桌还在,他安下心,任它浮去。

忽而看到一个暗红的弯着的,有点像他薅草的刀,在身体的左下方,他愣了一愣之后,才想到是月亮。

方桌旁边,一面给大点扇扇子一面迷迷糊糊打瞌睡的六姑娘,一睁眼,怎么人不见了?撒尿去了,她想。再睁开眼的时候,大点又蜷曲在桌面,摸着身体有一点凉,她给他盖了条薄被。

十一

六姑娘喜欢看戏，她不跟宝财一起去看，她有她的伴，她的伴都是些半新不旧的女性，不是那种只知道伺候男人仰男人鼻息的。绣花裁剪，嗒嗒踩缝纫机，声音如小人国里打机枪，六姑娘自己也置了一台沪产蝴蝶牌，伴儿里也有从良妓女，都是些闲女人，懂玩，不一定识多少字，六姑娘是她们当中的知识分子。巷口有一户人家，男人判了刑去监狱改造，判得不轻，十二年，留下两个女人看家，一个是正房，一个是妾，六姑娘跟这个妾投机，六姑娘让大点叫她小师娘，那个大的叫大师娘。大点对那个小师娘印象特深，她喜欢笑，一笑就露出门牙右侧的一颗金牙。大点问六姑娘，那牙是不是金的，六姑娘说，是的，包的一层金皮。大点想起那个七层宝塔，那顶上的葫芦是不是也是包的一层金皮，六姑娘说，不是，那是包的铜皮。小师娘也爱看古戏，比六姑娘还爱，淮剧六姑娘一般是不看的，小师娘要看《牙痕记》，她也就陪。一个江北佬的戏在上海滩打出一小片天地不容易，出了个腕儿。六姑娘更喜欢越剧京戏，她嫌淮戏里的词粗拉，草台班子起的家，没有雅人给写出雅的词儿来。"鹅毛大雪乱纷纷，北风扑面少行人。"《牙痕记》里的唱词。行也行，也不差到哪儿，又是一种味儿，六姑娘更喜欢《贵妃醉酒》"海岛冰轮初转腾"，喜欢《野猪林》"朔风阵阵透骨寒，彤云低锁山河暗"。小师娘不考究这些，看热潮，消磨时光。《牙痕记》碰到六姑娘心病，女主瓦车篷产子，没法子养活，咬了个牙印以便日后认。台上大悲调，台下的六姑娘更是不住地擤鼻涕。小师娘后来才晓得，六姑娘丢了自己的亲生子，难怪看戏的时候哭成那样。好了好了，不要哭了，想不想金殿认子呀？不想，六姑娘说，只求平安。到时候长成个大小伙，站你面前你都不认得了。六姑娘听了心情松了点，也想着能像戏里的，找到二点就好了。

大点跟六姑娘好，跟宝财怎么样也是隔。宝财喜欢用两个手指头，食指中指的拐，夹大点的腮帮子，大点特别地不舒服。大点跟六姑娘说，不喜欢他老弄我。六姑娘也跟宝财说了，宝财也应允了改，可还是忍不住，又去夹。大点正在长身体，逆反。宝财盯着他看，他就怼。宝财馋小孩，摇摇桶里的那细货儿也不待见他，一碰就哭，陈师娘跑过来，噢哟哟，爷爷惯你哩，不识。

有件事让宝财特别地开心，开心得上弓腰都抻直了。六姑娘双身子，肚子里有了动静。双身子是通灵人的话，意思是说怀上了。宝财是家中长子，底子穷，几个小孩有两个送去当和尚，一个给人家抱，当和尚的老二流浪到上海，被静安寺收留，老四还待在原城原乡成了乞丐，那个被人家抱养的老五已经改了姓但还记得这个哥哥，偷偷给了他一个米饼。后来老四流浪到南京，灵谷寺收留了他。后来和尚遣散，他又到一家街道印染厂看门，衣褴褛，却穷大方，施舍，口头禅"你别跟我客气，我有"，有个鬼呀。穷家就重点地培养宝财，上过几天私塾，开口不白，能说出势成骑虎之类的话来。写的字也行。这也是后来老东家对他的评价，不一般看待，让他跑上海。宝财中年得子，很宝贝二点，二点被人家拐走了，至今下落不明，大点毕竟不是亲生的，终究要飞走。现在六姑娘双身子，宝财的心不怎么空了，那边在找，这边又有，有人接续宗支。

　　老东家就住在海曙巷，就在大黄的身体被卡住进不得退不能退的地段，那一小段苔藓滑阴气重，里面有个套院，里面的人不怎么出来，不串门子。宝财倒是脚影儿不离老东家门，久而久之就能感觉出一个人实诚不实诚，老东家是识人的，宝财对他没有二心。他是打心眼里服老东家。解放后宝财理论上的地位提高之后，也是这样，这就能看出一个人有没有反骨。公家要跟私人老板合营，南货行业的经理是公方代表，老东家当了副经理。新旧交接，老东家趁着手上还有点权，黄花菜还没有完全凉的当儿，给宝财加了薪水。给他定了除经理副经理之外最高级别的薪水。宝财因为家贫，老底子赤贫，当上南货行业的工会委员，跟老东家的地位渐渐倒过来了。

他瞧不上那些小商小贩，这也是打心眼里地瞧不起，逢到他们来进货，掂斤掂两地计较，他就勒头暴眼，骂：狗日的。他爆粗也就这三个字，日的发音很个人化，像揉，狗揉的，宝财不像有的人满嘴开花，想都想不出的脏话，这些小贩，这刻他们不宜冲着宝财开花，宝财手里有权，他们有求于他。这当中有个小贩相当地有水平，给宝财起了个雅外号："资尾"——资本家的尾巴。这外号就传开来了。也起得没错，不仅仅是对老东家，对其他的"资本家"，宝财也诺诺，一直到革命高潮来了，罚资本家去劳动，干重活累活，他都暗地里关顾他们，有的资本家还记住，在家史里写上。

大点走了，离开通灵县城了。刘兆颖的一个战友，也就是最初来开辟新区的五个人之一，从野战部队转到了军分区，要把大点带走。六姑娘也就同意了，心里还真是不舍，把大点搂在怀抱里。大点倒无所谓，忽而想起什么，我那个万花筒呐？六姑娘说，这么大了，还玩这个。六姑娘一直收着，递给了他。他欢欢喜喜揣到了包里，说，姆妈，到那儿定当下来，给你信。六姑娘说，不要把地址写错。大点说，怎么会。欢欢喜喜跟那人走了。

六姑娘成了地道的闲佬倌。索性把很宝贝的沪产蝴蝶牌，搬到小师娘的窝里，其他的玩腻了换个花式玩玩，缝纫机踩上几脚，做一做小毛娃的毛衫之类。几个女伴也很兴奋，叽喳，比自个怀了孩还要亢奋。大师娘小师娘都没生过，看着六姑娘渐渐鼓起的肚，满眼的羡妒恨。还没出娘胎的三点已经有了好几位干妈妈。贴肉的小人衫是不能机打的，小人太娇嫩，得用手工一针一线地缝，小师娘女红最精致，手工活计全她包了。大部分辰光她们在绿藤架下玩纸牌，留声机上唱片在一圈一圈地转，换着放《荒山泪》《锁麟囊》《梁山伯与祝英台》。

珍是善珍的昵称，六姑娘还有个名字——时佩芬，那是刘兆颖起的，大师娘从来不叫——我觉得你这胎还是个男。大师娘用右手食指沾了沾舌尖的口水去沾纸牌，纸牌轻巧地跟着手指，插进左手的一堆牌里。那种纸牌比一般的扑克牌长，但是窄了三分之二，是麻将的纸质版本。

六姑娘笑了笑。她对男孩女孩倒没什么，宝财有点在意。

我喜欢女孩。小师娘说。如果是，就送给我吧。你再生一个。

啊呸。六姑娘笑骂。我可生不动了。你自家找一男将试试。

丝瓜的藤从架子上垂下来，叶的淡影在女人们脸颊手臂上晃动。几支瓜长长地挂下来，头上顶着一朵花，嫩黄嫩黄的。

小师娘嘴巴努了下丝瓜，一本正经地说，男将有什么用，我有天吊瓜。说完，自己也忍不住捂口笑了。

几个女人笑得手上的牌都撒了。小师娘接着说，丝瓜就叫天吊瓜，还叫纯阳瓜，你懂，你懂？

罢，罢，今天不打牌了。看戏去吧，《女驸马》。六姑娘揉揉笑疼的肚子，三点踢我了。

《女驸马》是当天一看就了的，还有连台本戏，孟丽君郑巧姣，意思大差不差，都是女扮男装，上京赶考，有了功名之后，去搭救落难的小丈夫，一天一本，多到三十本四十本，春天看到夏天，这就跟电视连续剧的意思差不多，戏台上的女子金殿面君拯救小丈夫，是女人大着胆子到男人世界去抖呵一下的一个梦而已，很符合六姑娘小师娘这些女人，看完戏，再搭伴去后台看卸了妆的戏子。不如在台上好看。面皮有点黄。感叹几句。日子回到家常里来。连台本戏也有瘾的，上了瘾就丢不下，天天到戏园子里去看，一天不落。哪怕是最后面的三等座——有个桩的长条凳，也得花几毛钱。女人们本来是去享受的，三等座何谈享受。合计了一下，就开了间裁缝店。小师娘裁，其他几个负责打洋机（缝纫机），有一搭没一搭接活儿，既不累着自己，手头也宽裕得多。

三月清明鱼赛宝。这个宝就是春鱼，春鱼不是小黄鱼，小黄鱼的肉柔细，春鱼的肉比较板整，有一点蒜瓣状。县城的冬去春来，没有什么艳丽的花，也不看柳，檐头的冻冻钉开始融化、滴水，从下面过的时候，稍不留神，后脑勺就先感受到了。而最华彩的，在皖西，是漫山遍野的杜鹃，通灵这儿是春鱼。春鱼春鱼它顶着的名头就是春，光临县城的时候没有任何先兆，一宿过去，巷子里满满当当的鱼腥，街上也是，像遭遇一大波袭击。挨门挨户消费春鱼，食府酒家也是，盛事差不多一直延宕到端午。时家锹的亲戚送来一大筐，几家子分了一分，六姑娘的一份，都送到小师娘这儿来，她现在双身子越来越显，宝财又不怎么归家，在外面吃，宿店，六姑娘也差不多全在小师娘这块。春鱼的鳞白的，像苍白的脸，这么多的鱼怎么吃得掉，又没有冰柜储藏，只有把内脏扒了，鳞刮去，用绳子串起来晒，从檐下天井，一直蔓延到巷子里，像一片片三角旗。小师娘的天井不大，是个微型天井，上面覆盖着一个爬满藤蔓的铁丝网架，要晒还得从小梯上去。这事情让一个从良妓女去做，只有她做，六姑娘双身，小师娘又是小脚，她岁数也小一点，扎了麻花辫，嘴里叼着根烟，扶着小梯就上去了。在上面拉起几根绳，纵横，然后把一条一条春鱼挂上去。事毕，从良妓女从上面下来，六姑娘张开双臂，像迎接凯旋的战士，小师娘忙叫道：

"小心……"

是提醒六姑娘，六姑娘月份重了。

从良妓女还在梯子的半腰，就咋呼：

"假的，假的。"

"什么假的？"小师娘问。

原来她说的假的，是说的街两边的门店住户的屋檐檐头都竖了一块板，板上雕饰还有窗，乍一看不是平房是个二层，从良妓女在高处一看，看出是个假二层。

"你才晓得呀。"小师娘哑然失笑。瞧不起从良妓女，看不惯她那个麻花辫。

从良妓女是六姑娘带来的，外地一朋友，六姑娘帮她，小师娘一笑置之。

假二层，而且七里长街都这么弄，参差错落，雾气中看，不遑海市蜃楼，是通灵的主政官，县委一位书记的主意，不能不说，这是一个既省钱又妆了市容的妙招，以后的历任，都认可这一做法，还有个平面雕塑，跟通灵大礼堂几个字配的，一只衔绿枝的大胖白鸽，接任的书记听说是舶来品，就把它铲掉了。

十二

　　六姑娘生了个女孩,由于早先说过,生个女孩就送给小师娘,这话是小师娘提起,说是六姑娘应允的,六姑娘没印象,小师娘说她耍赖皮,后来经这帮女人集体研究,有三人证实六姑娘是答应了的,一人没印象,一人弃权,这样就达成合养,小师娘姓庄,六姑娘姓时,女孩就姓庄时,乳名哩,小师娘起了个红珠,六姑娘起了个三点,大点二点三点这么排下来的。女人们轮着伺候,你哄她抱,三点倒也不哭,只是尿布换得勤,晒鱼的绳子也不撤。

　　难得宝财也喜欢三点。百天之后,都是宝财亲执,带了上大澡堂子洗澡。大澡堂子有一大一小两个池子,小池桑拿,躺在木架上蒸,大池的人多,里面的水不烫的,男人在里面洗上身,洗下身,也没人注意三点,那时男孩女孩都穿开裆裤。先给三点洗好,宝财抱上来,精赤着身体给她穿小衣,六姑娘不能进来,只能在外间等。春秋的天气还行,寒冬腊月就有点难为宝财,毕竟也是过五奔六的人。什么是养育之恩?这就是养育之恩。那时通灵还没有女浴室,男人的澡堂有四五家,女人一个也没有,男女不平权。三点到了三岁四岁，不能再上男人的大澡堂子，也跟六姑娘在家里洗，搁一个澡盆。从良妓女也帮着给三点洗，两个大人伺候一个小孩，没有暖气，没有浴霸，手脚要快。小孩洗好添水大人洗，从良妓女洗好了倚在床上，被子下面露出雪白的大腿，三点就趴在她腿上。大腿根部新贴了一片膏药，药味很浓，三点皱着鼻子，吸了吸，好奇。

忽然看到一根弯曲的黑毛从膏药里钻出来。三点眼睛圆了：这儿也长头发了？

喔，嘀嘀。咳，咳，乖乖，这下面也有个头哩。从良妓女笑得呛了风。

六姑娘正用毛巾擦抹湿淋淋的头发，嗔道，教孩子学坏。

这孩子也怪，天生不喜欢女孩子的打扮。小师娘把压箱底的料子拿出来，精心做花衣裳花裙子，三点根本不领情，不肯穿，扯掉。小绣花鞋，蹬掉。从头到脚套一件宝财的中山装，把整个光身子罩住，像个野小子似的，到外头的巷子里，从巷头到巷尾蹿。中山装里面藏着一只小猫。路上捡的，她给它起了个名老拉拉。睡觉也跟老拉拉一起睡。她爱它又虐它，把它按到水缸的边上，假装要向水里推，老拉拉拼命挣扎，爪上的刺在水缸边上刺啦刺啦，惨叫，直到三点耍够了才松手把它放开。老拉拉忒配合三点的恶搞，跑进裁缝店，几个女人嗒嗒嗒打缝纫，小师娘在一旁案板上剪剪画画。忽然，一个毛茸茸的花团子飞上案板，撞翻案板上小师娘自制熨斗里的热水。新鲜的布料上印上了一串梅花印。

烦人！小师娘骂，手上的画粉砸向花团子。

花团子忒快，一眨眼躲进三点衣服里去了。

女人们嗨翻。小师娘找块布来收拾。笑、笑，下次轮到你们哪个遭殃。

六姑娘伸出手，一下子把犯罪分子从三点的庞大中山装里面揪出来，掐了一下耳朵以示惩戒，然后就抱在怀里，哼叽：

一个猫儿一张嘴，两只耳朵一条尾，

四个梅花脚儿搬呀搬，

三画三，里画里，

两个猫儿轮到你，

两个猫儿两张嘴，四只耳朵两条尾，

八个梅花脚儿搬呀搬，

三画三，里画里，

三只猫儿轮到你……

三点打断，哪来的三只猫呀？

小师娘正在给她额头上画个红朵朵，听了这话，说：怎么没有，还有一只是你妈。

还有一只哩？

还有一只，就是你。

大师娘对六姑娘说，你家原本是个小子，投胎的时候跑得急，不小心把"小鸡鸡"跑掉了。

三点难得有安静的时候。疯了一天，累了。偎在六姑娘怀里。小师娘细巧玲珑的天井比白天添了些凉气，铅丝网架上藤萝月影，碎碎驳驳映在四面的墙壁和地上。

看，凉月子升上来了。

三点一激灵，也不睡了，蓝月子？大睁眼睛，顺着六姑娘手指的方向，蓝月子在哪里呀？我怎么看不到啊？小丫头话还没说周全，凉蓝分不清。她努力地从覆盖在头顶上方的叶隙里寻找，只看到玻璃一样的闪亮的片，风一吹，黑糊的叶片一遮，又不见，她仄过脸庞找，又看见，亮片。

不能摸，三点冒出这么一句。

六姑娘笑，三点把它当玻璃了，她跟三点说过，玻璃要小心，割手的。

乖乖，我抱你上去看。从良妓女伸手来抱三点。亏你想得出，小师娘拦住不肯。梯子都朽了。三点不依，要看要看。留声机里唱片在转，呜呜咿咿，唱针划过刻槽的哧哧声。老拉拉好奇这个东西，伸出爪想去拨，把三点的注意引过去了。

来年开春，六姑娘带三点回了趟时家镢。那个把大黄带回去养的亲戚捎口信说是大黄病了。六姑娘想起大点来信还问起大黄可好，正好回去看一看。

大黄不是病了。大黄是老了,太老了。

牛棚是个特制的大草垛,更像一个牛窝,中间挖空,只要张开嘴就能吃到草。它的牙像石磨子,磨啊磨,亲戚说,一座草山用不了几天就磨没了。现在,它不磨了,卧着,看上去好几天没吃了,苇草垂下来已经挂到它额上眼睛上鼻子上嘴巴上。六姑娘拨开它脸上的草,原先那么浓密的长睫毛居然全掉光了,眼皮变得又皱又薄,使两个圆球似的眼睛看上去坚硬鼓突。这会儿,它紧闭着。六姑娘抚摸它,轻唤,大黄、大黄。大黄身体微微一颤,睁开双眼,然后,它努力地站了起来。一旁的本家兄弟惊说,奇了,奇了,它都好几天不吃不动。

三点到了空旷的海边,还不是撒开脚丫子乱跑,六姑娘喝也喝不住,一眨眼人就不见了。她跟着一只叫哭宝小的船出海了。船主的外号叫哭宝小,那船的名字就叫哭宝小,名字都是随口叫,侉婆麻虾落毛鸡米囤子啥的。哭宝小三十大几,按辈分比三点还小一辈,应该叫三点姑奶。他喜欢这个假小子,把她带上了船。正是春鱼的大汛,哭宝小夹在形状不一的船里撑起了帆。这是一条由木帆船改的机帆,哭宝小巧,会动脑子,木帆船平底适合泊在沙涂上,方头会影响速度,但是抗风,稳。哭宝小在木帆船上装上柴油机,保持了原先的优点又提了速。这条船最大的缺点就是也老了。哭宝小祖爷爷留下的家私。舱板有的地方木头都烂糟了,舱里更是臭、脏、呛人。视察完每个角落,三点很不以为然,说,哭宝小,你的船太破啦。话还没说完,光脚丫卡进一个洞洞里。哭宝小扳掉四周发了黑的木头,才把三点的脚弄出来。

行到死深鸰(当地土话),哭宝小说,就在这儿吧。其他的船也都远远散开,张网捕捞。三点帮着哭宝小理网,问,为什么叫死深鸰啊?死深死深的沙地呗。哦哦。三点假装懂了点点头。

船的四周黑沉,全是鱼,发出很响很响的吱哗声。三点乐得直蹦。是吵架吗?为什么吵呀?海里的鱼不但在争吵,而且相互用身体撞击,顶脑袋甩尾巴。有两条鱼吵着吵着,跳进船舱里,身体弓成U字形助力一个弹跳飞向对方。三点扑上去,把其中一条摁在自个小肚子下面,另一条失了斗殴目标,拍打舱板发泄。一块烂木头很快咧开嘴,海水咕噜咕噜往上冒。三点丢下鱼去踩水,噼啪噼啪溅得满脸满身。哭宝小也不来堵洞洞,看着三点疯,嗨笑。水满了自个儿溢出船帮,破船安闲地在海上漂。

到了潮落尽的时候,船搁浅在死深鸰。哭宝小带着三点检查支在鸰地上的一张网,长漏斗状的渔网朝着海潮的方向,一只海鸟贪嘴,缠在网里出不来了。绿色的尼龙网里兜满了海货,那只鸟的嘴巴很长,伸到网子外,身体却卡在网里,这么一扛,那么一拱,在里面乱挣扎。三点嚷,给我、给我。哭宝小拨开一些小杂鱼,小心地从网里拽出鸟。这是一只萌萌的小胖,嘴尾脚,还有一对眼睛,都是黑的,肚皮白的,头顶背部和翅膀是由浅入深的棕红色。你看,它嘴好长,像不像勺子?就叫它勺子嘴吧。三点顶开心的是从时家镢带回了勺子嘴,哭宝小做了个小笼,挑了两只了大的文蛤壳子粘在支架上,一只做水杯,一只当食盆。

六姑娘却很伤心,几天以后,大黄还是死了。

六姑娘以为它能挺过来的,能吃就能恢复体力。她一边喂它豆皮一边摸它的毛,大黄两颗黑眼珠渐渐有了神,站立的时间也越来越长。站不动就趴着,趴着吃。六姑娘说。大黄曲起前腿慢慢跪下来。过一会儿又站起来。等放了假让大点来看你,大点可想你啦。六姑娘看到大黄掉光了睫毛的眼皮眨了眨,它听懂了。本家兄弟说,妹子,它能吃能喝就没事了,你放心回去吧。就在准备回县城的那天夜里,大黄突然叫起来,哞——叫声响得不得了,像一头发情的壮牛不管不顾。六姑娘起先不以为是大黄叫的,不要说现在的大黄垂垂老矣,就是当年,大黄也从来都是温顺没脾气的。

月色有些淡,草垛黑黢黢的,看上去像个大坟包。

怎么啦,六姑娘问。

大黄立在草垛中间,身体模模糊糊,在黑暗里。六姑娘凑近它,感受到它鼻孔呼出微热的气息。大黄低下头,用鼻子蹭六姑娘脸,六姑娘摸到它鼻子上穿绳的两个洞洞,她用手指穿过去,脸贴住。似乎有一只牛虻飞撞到脸上。草垛里发出窸窸窣窣的声响。她看大黄，大黄也看她，默默，她看到大黄眼睛里的瞳孔，有一点亮，那一点亮发自孔的黑暗深处，这引起她的好奇，有一个小小的人在那深处，坐在一块大石上，是侧坐，脸庞也不怎么看得清，是个女的，六姑娘想起一个人，汗毛都炸了，失声叫道，兆颖！遮住月亮的浮云被风吹散，树林飒飒。

她把眼神聚成锥尖一样地锐，想看清楚，但大黄的瞳孔却渐渐暗淡。

十三

三点野惯了，不喜欢上学，那时候通灵县城还没有幼儿园，一上学就是一年级，三点抱住电线杆赖皮，后来左哄右哄，才哄进了校门，一进去就蹲在地上撒了泡尿。那时男孩女孩一二年级都穿开裆裤，撒尿屙屎方便，大人图个省事，有时还会有尿不净、滴到裤子上的情况，那就由他去了。三点屁股尖，坐不住，长条凳腿的榫头杵在外面，戳得屁疼。同桌的小男孩看她扭来扭去的，就来摸光屁股蛋，一摸，手感挺好，继续，三点也摸他，手感也挺好，互相摸。后面的小孩，头伸到课桌下面趴在地上，瞧稀奇。这一来课堂乱了营，老师急眼了，过来看，一看，忙忍住笑，课堂秩序得维持呀，老鹰啄小鸡似的，把两个摸屁屁的拎了出去。

学堂就在海曙巷前面，当年大点上的是通灵最好的实验小学，宝财找关系才上到的。三点是最孬的，工人子弟小学。六姑娘说，女孩靠家近就行。再说三点根本就不肯上学，好的孬的都一样。靠家才好管束。

放学的时候，几个捣蛋鬼把三点的同桌抬到裁缝店门口，喊，小女婿上门啰，小女婿上门啰。小师娘颠着小脚蹬出来，哪里来的野毛孩？男孩们哄地鸟兽散。三点不喜欢跟女孩玩，混在男孩中呼来啸去。旷课是常态，有时候为了敷衍老师，六姑娘还帮着圆谎，哎呀呀，这几天伤风了。其实，三点正在小人书摊上看画画书哩。有同学看到向老师举报，老师也拿她没办法，因为她成绩还说得过去，每次考试都能混个中偏上。

日子紧巴起来，原先一礼拜还能吃一次炒肉丝或是鲫鱼汤，渐渐地，连不怎么吃的青菜都难得见。有回三点在菜市场看到平时穿得很体面的语文老师偷偷捡起地上掉的胡萝卜缨子。籼子饭山芋干没个汤，怎么咽得下去哦。三点把碗敲得叮当响。老拉拉以为敲碗是喊它来用餐的信号，搬着梅花脚儿一路小跑，屁股一挫，跳上了桌。

下去！三点正冒火，一筷子敲到它小脑袋上。

老拉拉不肯下去，又是一筷子。

六姑娘看三点难以下咽的样子，说，冲个神仙汤吧。

神仙汤名字挺诱人，其实就是酱油加白开水的酱油汤，比起清汤寡水倒是多了点色香味。有时会在汤里滴两滴棉籽油，两滴油花溅到浅褐色的汤水上迸出更细碎的小珠珠，再洇开来，亮晃晃的，给人上面漂了一层油的错觉。

神仙汤泡饭再搭块萝卜干，是三点中饭的标配。那几年宝财也不大回家，在店里宿，节省家里的用度。偶尔会带三点下次馆子，喝碗羊杂汤顶多再加个菜包子，也难得。

家里的猫饭碗空空，老拉拉只得自谋生路，原先六姑娘喂它也成了有一搭没一搭，饱一顿饥一顿的，现在连那一顿都没有了。有一次六姑娘在房梁下挂的竹篮里藏了块鱼干，用布包密实，再拿毛巾遮好，老拉拉还是嗅到了腥味，从窗台跃上立柜的顶，对着竹篮扯着嗓子，喵——哦，因为这之间有一段距离。然后，抻长了身子去够，怎么可能够到哩，六姑娘早有防备，篮子四周没有任何可以搭脚的地方。老拉拉把自己抻成了一支长长的棍，还是差了一大截。于是，惨叫声中奋不顾身地向篮子扑上去。不得不承认，老拉拉的身手还是不凡的，至少在猫类当中。它前爪的刺钩住了篮子，挂在竹篮下这么荡来荡去荡起了秋千，六姑娘好气又好笑。

　　烦人！

　　老拉拉的活动路线大多时间是在屋顶上，通灵县城的平房鳞次栉比，宽窄巷子，窄的巷猫在上面一跃，越过，很轻松，小菜一碟。它们在上面挺自由，那是它们的天地，人类惹不到它。猫对狗常怀戒心，现在狗也上不去。听到上面轻轻瓦响，有时很激烈，那是它们自己在上面打架。老拉拉独来独往，俯瞰芸芸众生，它有骑士气质。它也有领地的，它的领地不容别的同类或者异类觊觎。有一次背上被揪掉了一大撮毛，露出红肉的伤口。三点给它抹紫药水，贴上膏药，刚贴上就被它扯了。啥玩意儿，老娘不需要。接下来的几天，又是带伤回来，几处抓痕，一只肿得合不上的眼睛。

天快要亮的时候，三点听到天井水缸盖上咚的一声，那是从屋檐下来的声音。然后上床钻到三点的脚头，先是皮毛的冰凉，不一会儿，就暖洋洋的了，随后老拉拉的细腻呼噜声响起。

白天精神养足了，夜里除了群殴还要解决肚皮问题。

当然，先要温饱才有力气。谁家屋檐下挂了一小截腊肉，太硬，不太嚼得动，扯下来再说。最好是鱼，虽没家里烧得好吃，但那味道还是蛮开胃的。说到开胃，记不清哪天吃过鲜鱼了，连鳑鲏儿都没了。想到这儿，夜行者直泛口水，狠狠扯撕檐下鱼干。

有天夜里饿得前心贴后背，老拉拉溜进废品收购站搞了一张兔子皮，皮上的血腥味刺激鼻子，一路倒退着拖回家，真难为它了，不这么办，咋拖？躲到床下舔。六姑娘晓得来路不正，最近一段时间，不时有邻居来告状，老拉拉成了众人指认的女贼，是它干的不是它干的，都赖它，众口铄金，它成了冤大头，又不会申辩，六姑娘只好赔人家钱。

养猫的人家多哩，怎么就认定是老拉拉干的？三点不服气，凭什么啊？

女贼也有湿鞋的时候，常在江湖飘，难免挨两刀。一连好几天老拉拉不见人影，三点有些急了。夜里凝神听屋顶上的动静，瓦响，是从容的梅花爪经过，有时马挂銮铃，是三五成群的，呼啸而过。屏着呼吸等着"咚"，跳上水缸盖的声音。没有。这当中没有女贼。六姑娘说,别担心,会回来的。果然,一个星期后,老拉拉回来了,表情淡然,好像什么也没有发生。只是脖子上多了根布带子,拖在身后。被人家捉住?不过,捉的人好像没有恶意,是想养它的,老拉拉长得不错,皮毛黑白黄,像百衲衣。

打那以后,女贼常常三天两头地不归家。有天晚上,它叼了条水滴滴的鱼闪进了大门,鱼的身体嵌在它尖牙里,上下挣动,鱼鳞闪着银光。这是条活蹦乱跳的鲫鱼,它把它叼回来是想躲到床底下慢慢享用,结果六姑娘把它赶开,做成红烧鲫鱼,给三点享用了。老拉拉趴在桌角,死死盯着盘子里的鱼,眼睛里有毒,是它逮的鱼,应当归劳动者所有。现在,剥削者还要把劳动者从桌子上撵下去,这世界还讲不讲理?老拉拉就偏不下去,看你们还吃得下去。当然,最后它也吃了鱼汤拌饭和鱼头鱼尾。

几个月后,老拉拉生下了一窝小猫,原先老拉拉是没个窝的,或者说哪哪都是它窝,爱睡哪儿睡哪儿。有了小猫不一样了,得有个安全的地方喂养幼崽。三点偷偷跟踪了几次,都没找到老拉拉把小猫藏在哪儿。六姑娘不肯三点跟,说母猫发现有人跟踪就会频繁换地方,断了奶之后就好了,耐心等几天。三点还是忍不住好奇,终于发现西厢房杂物间角落里四个毛茸茸小家伙。幸好老拉拉没发觉。晚上,恐怖的一幕发生了,四只血淋淋的小猫头并排出现在床上。女贼竟然杀死自己的孩子，惩戒报复三点，发泄心里的怨毒。

老拉拉性子犟，三点又喜欢捉弄它，有一次把它按到了学校厕所的马桶边上，下面是臭气熏天的粪坑。老拉拉一边爪子死命抠住木板，身体往后赖，一边喵哦喵哦惨叫。这个玩笑开得有点大，按水缸也就算了，还按粪坑，它恐惧、愤怒、屈辱。三点恶搞完了才心满意足放了手。老拉拉闷着头跑出女厕所。

接下来又是几天未归。

三点也没觉得事态有多严重，老拉拉被恶搞也不是一次两次，这点抗打力还是有的。

十天，半个月，二十天，依然没有回来。

三点懊悔了，拖着六姑娘一起找，四周的巷头巷脑犄角旮旯都找遍了，不见猫影。小师娘劝娘儿俩，别找了，它若能回来早回来了。

又被人家捉了？三点问。

六姑娘说，若是那样反而是好事，说明人家喜欢它，比你对它好。上次它不也跑回来了吗？三点犟着要找。

她用三色笔画了张老拉拉的像，贴在学校门口的电线杆上，跟天皇皇地皇皇叠在一起。大约过了两个月，三点真死心了。那天，同桌的男孩说，我找到了。

三点乜斜着眼，撇了撇嘴，骗人。

不信跟我去看。拉着三点，跑到街对面的废品收购站，远远就闻到刺鼻的霉味腥味。三点看到,废品收购站的墙上樑上挂满了兽皮,兔皮羊皮狗皮,一张熟悉的黄黑白三色猫皮就挂在樑上。

三点求那个老板,是她养的猫,把皮还给她。

老板说,不行,得给钱。

三点从衣兜里掏出零花钱,买下了那张腥臭的皮。

十四

　　从海堤下去老远，东北娃才看到成成，成成光着脚丫，手上拿着一个大号雪碧瓶子。做什么的？东北娃问。捉鱼呀，成成晃了一下手里的瓶子，那瓶子的底已经给剪了，做法就是在落潮的时候，把瓶子按到丫槽里，鱼顺着水进了瓶，就被卡住，出不来了。

　　旁边有个塑料桶，里面大大小小，有了几条。

　　东北娃说，叫我来就是看你捉鱼的？

　　成成说，别急，人就到了。

　　成成新交了个女朋友，女朋友开了家微型酒吧，叫真知味，成成进里面瞅瞅，真知妹？女吧主说，你眼仁儿不好使吧？成成说，怎么不好使？女吧主说，那你再瞅，这个字读什么。成成再瞅，坏了，读错字了。女吧主胡卢而笑，你小子不是读错字，你是使坏。成成惊得眼镜都要从鼻梁上滑下来了，你怎么知道的？这么一来二去，两人就成了朋友，女吧主就管成成叫成哥，成成管她叫妹子，或真知妹。马铃儿响来玉鸟唱，我跟成成哥去滩上。真知妹是刚到这边来，尤其是想看看海上的风机，现在风机都在朝海上扩，二十里，三十里，四十里，现在到了离堤岸四十里。成成一直说要把东北娃带到真知味去，这一次算是第一次见。妹子突突突开了辆拖拉机过来，后面拽了一长拨子狼烟。近前，从拖拉机上跳下来，东北娃打量了一下，一愣，低声说，巴基斯坦的，巴铁？

成成说，巴铁？你想哪儿去了？

要么，印度人？眉心的痣？

眉心长了颗痣，就是印度人？亏你想得出。

不过，真知妹黑眉大眼，眼白有点发蓝，是有一点东南亚裔的味道。

那拖拉机差不多一直拄到他们脚下，东北娃这才注意到，有什么地方怪怪的，看在眼里不顺，成成说，这机器我改过了，不一样就不一样在轮子上。东北娃一看，橡胶轮胎换成了自制的钢架大轮箍，空心的，上面焊着一块块钢片，这样不会陷到沙涂里，有水的丫槽也能过。他们就这样一摇二晃三颠出发了，目标是离得最近的24号风机。成成已经不在维检这一块，调到了场部的主控制台，东北娃还在维检这一块，身上有进塔筒的钥匙。

现在的风机，已经装了升降机，用不着再爬喜马拉雅天梯了，爬梯还在。升降机封闭的，东北娃说，只能上两个人，成成硬要上，一进去红灯就亮了，只好退出。

塔筒内分了好几层，升降机像个小号集装箱，沿着导轨一直钻进上方的小孔就不见了。成成在下面干等,也不见升降机下来,打手机不接,成成难受,想到那个箱,孤男寡女,真知妹大胸,不要再燃起来了。想到东北娃看她的那个眼神,成成后悔自己没有先上,把东北娃留在下面。

　　好一会儿,两个人才从上面下来。东北娃说,赶紧走,起雾了。成成说,不起雾,你还不会下来。

　　雾浮在旷远的滩涂上,薄薄的一层,雾气里有些黑的点子在动。

　　那是什么,真知妹指着那些黑点子问。

　　赶海的渔民,东北娃说。

　　看出来了看出来了,是些人,在动。

　　就在涂上捞海货,鱼呀虾呀蛏呀蛤呀,很辛苦的,下身都不穿裤衩。

　　雾渐浓,那些黑点都消失,看不见了。

　　真知妹打开雾灯,拖拉机的屁股后面射出一束郁闷的红光,映出了转动的钢架大轮箍。

　　前面的灯坏了,真知妹说。

　　不要紧的,是朝着海堤的方向开吧?

　　是的。

　　突突突,又突了好一阵子,突然不突,熄火了。

　　雾消散了些,拖拉机停在一条干涸的河道里。

　　这是个啥子地方呀,成成问。他已经打瞌睡了。

马腰,东北娃低声说了这两个字。

什么马腰呀,成成听不懂,东北娃叫道,不好,我们把方向弄反了,是朝海里开呀,赶紧掉头。

马腰是当地的说法,潮水来来去去,近堤岸的地方冲出来丫槽枝杈,龟裂似的,离得远的地方,潮汐倚托海势大力沉,在滩涂上拉出跟江河的河道一样的,渔民称它为马腰,潮从这里进,又从这里退。

他们仨本来是玩得差不多准备回去,方向反了,方向反了是因为雾,拖拉机倘若不熄火,还能从头再来,现在不可能了,因为,因为马腰出现了缓缓水流。

这么坏的运气,成成说,我真正怀疑人生。

马腰的水越流越快,说不恐怖是假的。成成牙齿嘚嘚了两下,汗毛都要竖起来了,你感觉怎么样,他问东北娃,娃说,看见了死神。真知妹喊,我可不想死,不想死。

成成想起师傅留下的那对木杯珓。这个时候打它一卦,不知道是吉是凶。于是,他闭上眼,念念有词起来。假装手里握着杯珓,举过头顶。真知妹不知道他在玩什么巫术。吓傻了吧,把他举过头顶的手臂打了下来。成成正想发作,万一是个吉卦不就被这女人给破了吗?

一抬眼,看见通往大海的那一头,有两个像筏一样的东西出现了,上面疑似有几个外星人,布蒙着脸,只露出眼睛,发现了他们三个,便顺流漂了过来。真知妹欢喜得跳起来,在这儿,在这儿。原来这是渔民自制的浮泡船,泡沫塑料外面裹紧了好几层薄膜。真知妹猴急,要往浮泡船上扒,那玩意儿摇来晃去的,一下子掉水里去了。东北娃一个倒挂金钩,抓住她的一只手,那边的人也赶忙抓住另一只手,搞得像五马分尸,成成关键时刻发挥作用,死命拽住东北娃的两只脚。谢天谢地,都没掉到水里。

上了船,就用不着他们仨操心,跟着渔民走就是了。真知妹装作漫不经心地注意了一下,五六个汉子真的都没穿裤衩,也看不出什么,都给泥浆糊了,怀敞开,应当有纽扣的也没扣,腰这个地方拢了根草绳。

他们说谢,汉子说不用谢,有车在岸上等着,他们把些海货装上车径自走了。

三人到了真知妹的酒吧,成成嚷肚子饿,真知妹说,还是先冲一下,身上都是泥。那个淋浴间很小,毛玻璃上有椰风海韵。真知妹和成成先进去冲的,成成把头探出来,你也进吧。东北娃巴不得,嘴上还说,挤三个人挤得下?成成说,再装,就不让你进了。好嘞,东北娃赶忙三下五除二,把衣裳都脱了。

时金伴跟六姑娘说,这父子俩越看越奇怪,一点不像我。说的是成成和他爸。

六姑娘不同意,怎么不像你哩,成成不正经,你不也顺口溜，说话不带舵。

那，时顺然哩？

顺然顺然，顺其自然，这名字不是你认可的吗？

是、是，我认可的，你老人家起的名，不过，这孩子自小就不顺其自然。

怎么讲？

打小就喜欢待在海边，跟渔民的伢儿玩，让他到县城来就是不肯。

没娘的孩子，怪可怜，喜欢待哪儿，就随他，这不就顺其自然了？

亲娘嗳，你这是叫我顺其自然，不是叫他顺其自然。

六姑娘说，当初，夏参谋长叫你留在部队发展，你不也没听他的，回来了嘛。

老夏对我好，有人看不得，别别扭扭，天下大得很，走哪儿没饭吃。

时金伴也没到别的地方，直接回时家礅。时家礅朝东的一面，新筑了一道海堤，这样，能把潮水挡住。东边，滩涂还在不停地淤长。这道海堤用不着多少年，又会变成废堤，如同县城那儿六百里长堤。烧盐的灶差不多全塌了，烧盐成了故事，甚至像个谎言。时家礅这儿情况还没到这个地步，虽然不烧盐了，要干点别的营生，譬如说种地，地在哪儿，不可能有什么飞地，还在原地，就那些烧盐留下的晒灰场子，太阳一晒,满眼都是白花花的盐霜,这就提醒,烧盐还是昨日的事,隔了层纸。这些地,被盐渍得太狠,熟不长粮,荒不长草,叫盐碱窝。时金伴回来的时候,大伯大爷三舅母六姑爷也觉得没法子活,在想法子,法子是不是法子的法子,套上牛车到百里开外挖些熟土回来,把盐碱地的皮子剥掉,熟土覆在上面。

哪儿来的熟土?六姑娘问。

偷呗。

偷?

说是挖,其实就是偷。话虽不大中听,折损了咱爷儿们的面子,其实真的就这么回事。我们摸黑过了范堤,去人家地里挖。也不能都集中在一块地,得分散开来,这儿挖一点,那儿挖一点,两条船装得满满。经过范堤的通济闸,管闸的给了两包烟,人家深更半夜地起身,转动绞关,把那死沉的石头闸门提起,放行。好奇,晃着马灯近前瞧,看船上满满地装的些啥,一看,是些土。不晓得派什么用。

这个法子好笨,六姑娘说。

我也说笨,他们轰我,大点才大了一点,就充老了?我说,挖的这个土,也熟不到哪儿去,真正的好土,人家能肯你挖?去偷去抢,人家要跟你拼,这不是个长久之计。再说,这个盐又不是死的,它是活的,上面换了,它不能从下面跑到上面?我一说,他们不吭声了。就这个换的土,虽说能立苗,也是往边边上长,中间不长长箩筐,秋收一担挑上场。我这么胡哏,没注意乡长在旁边听,乡长咳了一声,开腔了,大点呀,你在外面见了世面的,有什么好主意,帮帮乡亲们。我说,我能有什么好点子,都是些傻主意。不过,我想,盐这个东西,它应当是怕水的。旁边有人臭我了,这不是一句废话嘛。乡长说,继续说。我说,我们这儿下了七八天的雨,淹了,涝了,盐会不会也跑了?我是用开玩笑的口气讲的,他就当了真,跟一个随他来的技术员说,你去测一下,看盐分降下来没有。一测,真的降下来了,原来一亩地百分之十五六,现在不到百分之二。乡长擂了我一拳,行呀你小子。

这个乡长对你好呀。六姑娘说。

什么对我好,利用我呗,后来我出了事,他也墙倒众人推。真正对我好的,就两个人。

哪俩?

一个夏参谋长,我妈的老战友,还有一个就是你。

你少说了一个。

你是说二点,我晓得的,我一直在心里,是我的一块心病。

二点少不掉的,时善存肯定把他当宝贝,不晓得躲在哪儿,不让我们看到找到。六姑娘想说,你亲娘没死,我亲见,话到嘴边,咽下去了,像是有个声音压低,在对她说,不能泄露。

109

见到大黄的孩子了？六姑娘问。

见到啦，以前我自个儿回过两次时家籁，那时它还小，像条大狗，角已经冒出了一点点，像个疙瘩，我摸摸小疙瘩，摸它的耳朵，它舔我的手，我想到小的时候，尿尿到大黄脸上，现在不能这么干啦。

我每年都给本家一点钱，算是小黄的生活费。六姑娘说。我说我老了还要坐牛车，回时家籁住的。

小黄被你宠坏了，娇气，不像它娘任劳任怨，吃的是草，还要挤奶和血，这不傻吗？这次我回来，小黄不小，长成汉子，该干活还得干。时家籁在闹翻身，人不能懒，牛也要出劲。盐跟水去，得把三仓河的水引过来，在我们这儿绕个弯儿，淡变咸，再还到海里。数九，滴水成冰，那个地本来就板结，再一冻，冻结实了，大锹都挖不动，小黄罢耕，拖着犁就跑了。

你打它了？

没有，怎么会，小滑头，我跟着跑，怕犁铧伤了它。

对了，那会儿还没穿鼻环，到处跑，撒欢儿。本家舅跟我说，小黄不吃滩上的红蒿子，趁人一不留神，就钻进屋前屋后菜地里，大快朵颐。吃点也就罢了，这小滑头还把人家的菜踩得稀烂。

六姑娘笑道，仗着出身好，功臣之后，不晓得收敛些。你可不要学这小畜生。

小黄这么受宠，是因为大黄只留下这么一条根，当年生它时还难产，剖腹生。

大点睥了一眼六姑娘，说，有一次很险，差点送了自己小命。

六姑娘说，我晓得。本家兄弟也跟我说过，那次之后就给它打洞洞上鼻环了，不然的话，真拿它没有办法了。

这小子，犯嫌，智商倒是不低，跟它妈一样。大点说。

那次事件，本家兄弟说的时候还心有余悸。家里老婆子怪他没事找事，相当于给人家带个孙子，责任大哩。出个纰漏，你担得起吗？

没那么严重，不就一头牛吗？怎么说，也是个畜生。我治了一辈子畜生，还治不了它。

本家晓得六姑娘母子宝贝小黄，喂饲尽心。老婆子嘴碎，话痨。又是啃了菜秧子啰，又是踩了快成熟的小南瓜啰，最多长竹竿子赶一赶，倒也不真的抽。再者，这小畜生不晓得个轻重，靠近了，还用刚长出来的肉疙瘩角，顶老婆子的肚子。本家婆干瘦，个头小，冲到菜地里，嚯，还没挨上边，倒被小畜生顶了个四脚朝天。肇事者溜之大吉。本家给她换了支长竹竿子，别跟畜生动真气，远远地吓它一下。

家门口转悠，游手好闲，到了碱地。碱地在改造，长了好多好多绿肥，紫云英，苕子，箭筈豌豆，满江红……满江红开花是一片嫣红。小黄是这里的常客，最爱吃的是紫云英。

春天紫云英开花了，粉红的花瓣这儿一搭，那儿一丛，小黄挑最嫩的骨朵，毛茸茸的大舌头一卷。越走越远，小黄胆子也越试越大。这天，晃到了滩上。穿过芦柴荡，叶的清香气让它有一种久违的亲近感，好像这里曾经来过很多次。滩涂很大，浅滩芦柴尖上停着体态娇小的鸟，小黑点点大。偶尔也有长脚的鹤、鹳。

小黄撒开四蹄狂奔起来，一牛平川。

啥情况？晒太阳的蟛蜞火速归洞，这一蹄下去，不成海鲜美味捣蟹渣了吗。蹄印子和蟛蜞洞都汪着水，傻傻分不清了。

这地方主人的确没带它来过。它不喜海蓬子，开春的时候也不吃，涩嘴。

畜生还这么挑食，真绝怂，没见过。老婆子敲敲食槽，不吃拉倒。

灰色滩上大片大片的海蓬子，一路飚过去，忽觉蹄子有点刺痛，好像嵌了一片碎蚌壳，像刀片，不舒服，蹭也蹭不掉。

有点累了。河汊边有一只小木舢。

到船上歇一下呗。这么想着，放慢脚步，一只前蹄曲起，跨进小木舢，船身剧烈仄了一下，差点翻了把它倒扣进去。慌忙缩回蹄子跳到岸边。想想不甘又试了一试，找到平衡点，好在它体量还不庞大。小船里居然还铺了些干草，简直就是专门为它准备的。折好前腿，调了一个最舒服的睡姿，酣然入梦。不知道梦到了什么，小船开始摇摇摆摆，浮上云端，小黄感受到从来没有过的惬意。

涨潮了。

它不知道，睡得正香的时候，本家兄弟和婆子却急得直跳脚，找遍了四周，没见着小畜生的影子。邻居们也没看到。这要是自家的牲口丢了，心疼一阵子也就罢了。别人寄养的，尤其是六姑娘，简直是当命宝。

赔钱，都不是人家的心事。老婆子嘟哝。

偌大个芦柴荡，一头小牛犊，进得去，还出得来吗？

后来，本家告诉六姑娘，当时，急得汗直冒。六姑娘心里焦，嘴上还只好安慰，多大个事，就是真的丢了，你也不是故意的。

小船摇呀摇，摇到外婆桥。

一只蟛蜞，少见的玉质红玛瑙，爬进了木船，爬上了牛背。痒，梦中的小黄以为是蜱虫，使劲甩起尾巴。尾短，够不着。况且，这"蜱虫"很顽皮，好像有意捉弄它。一会儿跑到鼻子上挠两下，一会儿又跑到背上撒欢，奔跑，声东击西。不像别的蜱虫，要么贴着毛的缝隙睡觉，要么深扎一下吸几口牛血。尾巴左甩右攻，疲于应付，还是不得要领。小黄终于趴不住了，一个激灵站起身来，亲自上阵，要把这个可恶的家伙赶走。"蜱虫"咻溜一下蹿到那条败下阵的尾巴尖上，

113

就像戴了一朵满江红的小红花。

木船主人发现了小黄,没发现它尾上的红玛瑙。

或许红玛瑙见有人来就溜了。

大伙儿议论,这牛神啊,怎么没被潮水卷走哩。

你得好吃好喝供着,神牛可不能怠慢。乡亲打趣本家。

想想后怕,啥神不神的。本家决定给它穿鼻环了,牵着,拴着,看你还满世界跑。

仪式是必须的。交配、骟卵蛋、犁地培训,都要选黄道吉日,穿鼻环当然也得要。这一点,本家不含糊。牛不是天生会犁地的,也不是天生听话的,你得教它、驯它。选定吉日,牵到田埂边,向前向左向右,怎么听号令。聪明的两天就学会了,笨牛得一个礼拜。学不会就扯鼻绳,又痛又痒,一个喷嚏,又一个。悟性好的,还能在犁地的当口,碰到什么主人没想到的没培训的,动脑子变通。比方说,前面有块不大不小的石头,主人的指令是向前,不能绕道,咋办?愣头青哩,你让我向前,就只管往前走,出了岔子怨不了我,眯着眼,跨过石头。咣,后面的犁铧断了。要修。多耽误事儿。愣头青免不了挨一顿抽,心里委屈。有经验的,停在石头边,不动,示意主人前方有障碍物,得搬开。时间长了,牛和主人默契,绳子左一晃,右一晃,再轻的动作,牛鼻子都能感应到,朝正确的方向行进。这就是心有灵犀一点通了。

鼻子是牛身上最软最敏感的地方。穿牛鼻子是个细致技术活儿，没有骟卵蛋手起刀落的爽利，要胆大心细，尽可能地减轻它的疼痛。

　　选一段粗细均匀适宜的细毛竹，削尖，火上烤一烤，消一下毒。请一个壮劳力抱住牛头。本家一手抠住牛鼻，撑开鼻孔，一手用毛竹尖对准鼻中隔，迅速刺穿，老婆子递上事先搓好的稻草绳，穿进扎好的鼻洞，另一边打个疙瘩结。说是鼻环，事实上是一根搓得光滑结实的稻草绳，铁环易锈，不是上好的选择。那绳子也不是一般的草绳，浸泡再晒干，然后用榔头锤软，这道工序特别重要，最后手工搓，稻草环保亲肤，甚至丝滑，还有草香，于牛而言，还能有比这更好的吗？

　　小黄肉乎乎的鼻子上全是汗，错愕间，稻草绳已经穿鼻而过，留在鼻子上的疼慢慢弥漫到全身。

　　哪儿也去不了了。小黄无忧无虑的童年就这么结束了。

　　这什么土，时金伴蹲下来，摸了一摸，面子上雪白的碱色，底下的硬，不亚于石头，天底下有这样的土吗？怪胎。可以给它起个名，盐碱混凝土。他想了个法子，叫社员找来一个锛子，一把锤子，坐在地上，一下一下凿，硬是凿出弯弯扭扭的一道缝，他操起一把大锹，蹬着把刃口插进缝里，一使劲，撬动了一块。他拍拍手上的渣滓，说，你们来吧。

　　一个社员学着他的样子，把锹插到缝里撬，撬不动。

　　时金伴笑道，服我不服你，再加把锹。

加了一把,还不行。

又有一把锹加入进来,三把锹才算是把它请动身了。

好大的架子,时金伴笑。

六姑娘有些话不好跟他说,他也有些话不能跟六姑娘说的。因为改良盐碱地的事,他冒了尖,有了名,而且名气不小,就有粉丝来追,每天都要收到几封信,多的时候有十几封。有个资本家的小姐,高中一毕业,干脆把户口都迁到时家锄,这样跟她的偶像可以天天见。这个女孩叫方青叶,岁数也跟时金伴差不多。他想起塔下篱笆的那个女孩。应当也长大了,跟方青叶差不多大吧。平时他跟女孩不啰唆,没有什么接触,就那一次。这是他的隐秘,跟谁都没有说过。方青叶住的房子,要由村里安排,恰好有个外地人,植棉专业户,嫌这儿的丁头府黑暗,自己盖了一幢砖瓦房,两边厢房,中间堂屋。就跟他协商,把一间厢房借给方青叶住。跟周围的丁头府比,这就看得出待遇不同,方青叶一面在房间里安排拾掇,一面唱《让我们荡起双桨》,时金伴听着挺享受的。方青叶自己带了个小相机来的,这玩意儿时金伴在军分区当娃娃兵的时候也见过,给方青叶拍了一张戴草帽扛锄头的照片。时家锄没有洗照片的地方,他到城里开会带去洗,并且加了彩。他想了一想,还是把洗好加彩的照片给六姑娘看了一下,六姑娘说,挺好的,笑着用眼神挖了他一下。趁六姑娘没注意,他顺手牵羊,拿了一瓶小分量的雪花膏。第二天,方青叶就嗅出来了，时金伴闹了个大红脸，方青叶说，我还就喜欢嗅你身上的汗味。时金伴说，那就让你嗅个够。一个熊抱，把方青叶抱到怀里。方青叶两手捧住他的脸，在他嘴唇上轻吻了一下。时金伴把她的小手从脸庞上拿下，那东西掏出来，朝她手心一塞。哎呀，方青叶都没反应过来，烫了一下，想甩脱，时金伴不容她甩脱，还把她的另一只手也拿过来，也放到这上面。

这以后，她好像受了惊吓，白天再也不出那个屋子。只有晚上才悄悄出来，由时金伴接应，在夜色的掩盖下，越过海堤。滩涂宁静，罩在一片青阴的月光里，偶有雁鹅子的凄叫和远处不眠的渔火。

时家镢的男人女人晚上都不出门，只有伢儿们到滩涂上去耍一阵子，大人也放心得很。掏小螃蜞玩，也会钻到一艘废弃的木船船舱里，吹吹牛皮。这回一进去，里面有两个人，吓得跑了出来，从来没有过的。

有的伢儿回到家会说，大人听到两个人就有数。也有好奇的，问，是不是抱在一块儿？伢儿认真回忆了一下，好像没有抱，就这么坐着，也不讲话。

没有多久，方青叶就回江南了。

十五

汤家园像一只从河坡爬上来的大百脚,脊背是弯弯扭扭的一条烂泥路。向东,去上小学。嘭,炸炒米一声巨响,热气和香气软了脚下的百脚背。江麻子家也在热气腾腾里,过年蒸糕踏水粉。三点发现,走过来的江麻子黑麻变了白麻,脸模模糊糊的。向西,去县中。早上买两个米饼,一角钱。晚自修下了,没有路灯。百脚在黑处好像动了起来。三点心怦怦乱响。旱厕咕咕咕,蛆虫在月色里促膝而谈。两只粪桶满满的,放在院子里,映着暗绿的光。妈个逼!霞大天天喝高,天天骂老婆。有了人声,安心了些。从来不点灯的沙奶奶家居然亮了灯,大门敞开,灯光如在黑纸上刀裁出来的亮洞。一瞥眼,沙奶奶盖大红绸被躺在堂屋中央,脑袋卡在金黄的凹枕里。三点吓了一跳,赶紧冲过去,到了那边大张着嘴的黑暗里。这一瞬的心情是宁可给黑暗吞吃,跟刚才的心情完全两样。有时,三点啃着米饼,正碰上女人一大早挑着粪桶,晃荡,一路滴滴洒洒,屎橛子冷不丁地蹦出来。城边边上农民,种菜的,夜里来旱厕偷粪。厚的比稀的价钱高。窗沿上一个红色的牙膏盖,凑近了,捏住,又放了回去。笃笃笃笃，什么在急促响，三点已经走过去了，出于好奇，又回头，声音没有了，咋的？不用踮，平平地就能看到里面。一张挂帐的床，没有人，空空的，静。她又继续走她的，走了没多远，又听见笃笃，又响起来了。不想再回头去看，只是纳闷，像是帐管竹撞在墙上的声音。她脑子里闪了一下那个牙膏盖。太阳好的时候，女人偶尔下河坡洗粪桶，顺便洗一洗脚和裤管。忽然看到一棵小瓦松支在桶耳上，不知什么时候冒出来的，紫的，肉肉的，极小的五角样。

每天都要好几趟，走这条路，有时会遇见。她走的路是一条小道，跟她走的大路交互了一下，便直奔一个池塘的水凳，在那儿洗粪桶。看了电影回家，将要到这个十字交互点，看到她已经担着两个洗净的粪桶，推开自家的门。

裁缝店越来越没人气，生意淡出个鸟来。大白天的小师娘把勺子嘴挂在檐头下。没人见过这种鸟，比雏鸡大不了多少，嘴巴像炒菜铲子的鸟，也没人知道它叫什么名字。老拉拉在的时候，三点不敢把它放在家里，生怕一不留神，成了女贼的美餐。事实上，勺子嘴刚进家门时，女贼的确没安好心，它从屋檐下倒挂，探出爪子去钩笼子。勺子嘴一脸不屑。等那只毛茸茸的爪快要逼近时，它唰地一下斜刺里展开羽翅，像戏台上小生猛地打开折扇，帅呆了。女贼吓一跳，差点没从屋檐上掉下来。

勺子嘴来了半年以后，笼子变小了，嘴巴更宽更长了。无处安放的长嘴只好穿过笼栏，像一支黑柄的小刀，谁要是胆敢侵犯，会毫不留情地刺过去。有时候，它会仰起脖子，把嘴巴伸到天上去，下雨的时候，屋檐下的水滴滴到勺子里，它眯着眼，享用难得的天落水。天气好的时候，那勺子在阳光下闪着类金属的光芒，顶端有一小块凸起的月牙状的弧形。三点喜欢它平平地伸出来，滑溜，硬且清亮。倘若用老尼姑给的敲木鱼的小槌，勺子嘴也不动，任由小木槌一下，一下，乖得很。

小师娘在店里案板上一下子抖开寿衣的面料。大红绸缎，抖出一片红光。

好料子！小师娘抹了抹边角。

派出所的侯所长在逗鸟，派出所的，没什么事，就在街边的这些店铺里溜，一脚门里一脚门外。勺子嘴看着他，不动。他一边手指伸到笼子里抚摩它的羽毛，一边说，老太太讲究哩，一定要烦小师娘手工缝，不能用缝纫机哦。那是当然，所长一百个放心。再说，这么好的料子，缝纫机吃不住，容易滑针的。

侯所长四十大几，脸上有些坑洼。他不爱蹲办公室，喜欢东逛西逛，一脚门里，一脚门外，随时可扯呼，就这格式。勺子嘴极度反感人摸它，平时小师娘六姑娘也只是看，不摸，扑棱着翅膀，它躲开侯所长的指头，缩到笼子的角落里。所长的好奇心激发出来了，他把笼子的门打开，手伸到里面，捏住一根羽毛，轻轻一拉。勺子嘴身子一颤，亮开双翅扑腾。所长手上多了根棕白相杂的羽毛，他饶有兴趣地看了一会儿，把它放在掌心，吹了口气，羽毛摆呀摆的，浮在风里，渐渐上了屋顶。

这一夏的梅雨特别长，入了小暑，依然沥沥地下个不停。三点嚼着山芋干往小师娘家走，扛着一把黄颜色桐油布伞，布上密密麻麻的霉点。三点遗传了六姑娘的高个，小学五年级已经蹿过了一米六五。短发，短裤，宽大的和尚领汗衫，光脚搭着木跋拉，长腿上溅满了水珠。干妈——三点风风火火，人未到，声先到。妈字喊了一半，脚底一滑，摔趴在裁缝店门口。最要命的是，她怀里还抱着一只大的玻璃罐。罐子里装着哭宝小前两天来城里带给她的醉蟹。这不，巴巴地抱过来孝敬干妈的。小师娘闻声丢下画粉，我的乖乖！把她从地上拉拽起来。

干妈，三点尖声叫道。快看，有个小蟹活着。

六姑娘不在，只有小师娘。小师娘连忙朝地上看，石板上洒了一地碎玻璃横七竖八肚皮翻上的青色小螃蜞，酒流淌酒香漫溢酒气缭绕。

一只指甲蟹，唯一的，红玛瑙壳，很显眼的，立在同伙的尸体上。

三点伸手去抓，它不理，舒开八肢，不急不忙，爬上裁缝店的门槛,然后,停,望了一望。可能还打了个哈欠。看情形,不是劫后余生,倒像是闭关修炼,道行得到提升的样子。

它进了屋。小师娘有点蒙,被它的从从容容给镇住了。径直爬向天井的小门,路线清晰,就像常来常往的熟客,对弄堂的格局了然。或是天井里有什么东西吸引住了它。穿过藤萝架,狭条儿的天井旮旯里有个花坛,淡紫色的草绣球簇拥在一起。指甲蟹爬上花坛,钻进草绣球的叶丛里。三点扒拉开花和叶,踪迹全无。

红玛瑙出现的那一刻,勺子嘴正在养神,懒洋洋地靠在笼子边上,连日阴雨让这鸟儿情思昏昏。事实上,离开了那个世界,它就得了忧郁症。装出个养神的模样,其实就是装死等死。三点看它恹恹的,把它和雏鸡养在一起,心想,总比关笼子好些。怕它飞走,翅膀用线缝了起来。它在一群叽喳的球小鸡中间一蹦一跳,一蹦一跳,样子滑稽得可笑,像只丑陋的大麻雀。落了难的勺子嘴不如鸡,自感羞愧。大鸡们倒抖呵,宜将剩勇,啄。后来,它逃回到笼子里,上不巴天,下不接地,倘若没有人,动也懒得动一下。滋味不好受。留声机很老了,时常走针,有如在平滑的镜面上跳芭蕾,一个铜锤花脸的闷骚愣是滑成了大悲调。呜呜咿咿地,在阴气浓重的天井里盘旋。

只有六姑娘和三点常来,其他的女人都散了,各归各家。

坊间有了些碎语，说小师娘和六姑娘两个女人干那种流氓事情。六姑娘猜对门的陈师娘散布的，这个老女人一直想占据六姑娘家的厢房给孙子住，六姑娘不肯，于是，心存怨怼。派出所所长有时踱进来，讪讪问一句：

其他人哩？

六姑娘没好气，死翘翘了！

最近一段时间，勺子嘴除了喝水，吃得很少，食盘里横着虫子僵尸。不吃，三点还是照挖，蚯蚓或是蚂蚱，有一次掘到躲在泥地深处的没褪壳的假牛，可惜，这些都不是勺子嘴的菜。天暗下来，三点把它挂到院子里的藤萝架下，盖上笼衣，转身又去把那个神经错乱的老唱机给关了。

丫头，那鸟挂屋里吧，看要下雨。小师娘关照。

裁衣服的案板上方有一只挂钩，三点爬上去挂好。

夜里果然又下雨了，听上去不大，雨点子密、轻，打在瓦楞上。两个女人躺在那张老式雕花床上，闲聊，有一搭，没一搭。

隔壁传来拍墙声。老房子的木质壁板很薄，发出抖空竹的嗡嗡回声，抛起，接住，一个弧线。冲向终点的一瞬，那声音又出现了，像金属的丝线，弯弯拐拐，撞击了什么，发出噫噫噫，渐渐远逝。这个声音没有了，又出现了笃笃，清晰的敲壁的声音。雨似乎不下了，猫咳嗽了两声，然后，低低咆哮，急促地，威慑对手。突然，一声脆响。前面店堂里，猫弄出宛如撕开裂帛的声响。

不知道什么时候，雨似乎停了，天空有一处淡隐的光，云遮着。

店里忽然响起了敲门声，不重，也不急促。女人还是一凛，深更半夜的，什么人？细一听，那声音又没了。过了一会儿又响了起来，像是刀子在刻木头，穿透的快意。接着又是很长时间的无声无息。

六姑娘说，睡吧，哪家的畜生作怪哩。

那个声音在睡意里，时断时续。

天快亮了，女人被低低的琴声惊醒，从来没有听过的一种长调琴音，从留声机里传出来，唱针缓缓划过黑夜，像一个负着沉重磐石驼了脊背的脚夫，那声音，低沉得举不起，拖不动，把人的心神整个都裹住。

六姑娘一掀被子，从床上溜下来。明明关掉的，又发什么神经。

小师娘穿好衣服。雕花床的顶头有个窄细空间，叫马巷，里面仅容一只马桶。她拎出马桶穿过天井，天也差不多亮了，地上湿，小脚翼翼。穿过弄堂掀开前屋布帘的一刻，重心没把稳，一跌，粪水流了一地。六姑娘跑过来的当儿，留声机已经停了。小师娘手撑在粪水里爬不起来，惊恐地指了一指案板，她每天在上面裁剪衣服的那块长条板。

里面有些黑，六姑娘定了下神，天窗泻下一片柔和的光落在长条板上，勺子嘴尾羽朝上，两支青黑细长的腿和脚蹼悬在空中，像一个倒立的舞者。它那辨识度极高的嘴巴，像刀一样深深地扎进木板里。六姑娘伸手一摸，身体已经僵硬了。

十六

  裁缝店连着几天没开门。街坊左邻的女人们免不了猜测，私底下嚼舌根。娃娃也好奇，上下学路过，挤在门缝往里瞧，啥也瞧不着，一丝凉气吹到眼睛里。三点恼他们，看什么看。娃娃们并不怵她，有个嘴巴上一圈淡淡绒毛的小子冲她喊道，二哼子，二哼子！六姑娘从天而降，叭叭，给了小子两耳刮。群童瞬间逃得没了影。

  三点不是第一次被人骂二哼子。小时候不懂，也不在意，六姑娘给她梳个小分头，乍一看，还真像个男娃。有时候，六姑娘自己也恍神，似乎看到是二点向她奔过来。现在，不一样了，三点开始长身体了。她摸摸自己的胸部，硬硬的有点尖尖的痛，好像里面长了许多小刺，麻酥酥的要往皮肤外面钻，钻不出来，就在里面拱，拱出了两个小山包。有一天，她偷偷穿了六姑娘的乳罩，照镜子。乳罩是用久的，白布有些泛黄，三点穿上，胸前就像挂了两爿月，贴在肌肤上。三点忽而感到小腹下面一阵奇异的坠落，她迷惑，渴望，战栗，新奇，闭上眼睛去抚摸镜子里的月，一股温热的液体从两腿间里流出来。三点看着内裤上的泗红知道自己开始流血了。

女人长大了就会流血。她看见六姑娘换月经带的时候问过。

可是，别人骂她是二哼子，不男不女。妈妈也是个二哼子，长着跟男人一样的东西，专门跟女人搞。那个东西白天是看不出来的，夜里才长出来。她听同学偷偷议论，鸡皮疙瘩都起来了。尤其恶心的是，说那东西跟月宫里的桂花树一样，割了长，长了割，怎么割也割不完。说的人就像亲眼看到了似的，六角铮铮。小孩们肯定是听大人们说的，传得有鼻子有眼的。

凉月子，小娘子，
月亮里面生桂子，
夜夜长，夜夜割，
娘子变成二哼子，
二哼子，照镜子，
照到一脸小胡子。

三点也不是个吃素的主儿，追着顽童骂，你妈才长胡子。你大姨大姑大舅母全他妈长胡子。追不上了，就捡起一块瓦片儿扔过去。

来了月经之后，三点的心思起了变化了。姆妈真的长了男人的东西吗？我也会长吗？她也不敢问，太恐怖了。夜里做梦会突然惊醒，摸一摸，下面有没有长出什么来。她轻手轻脚蹑到六姑娘床前，又紧张又担心，确信自己没长，还想摸一摸姆妈有没有长。屋子里很暗，什么也看不清，她终究没有勇气伸过手去。

县城开了第一家女浴室,过年之前开的,生意特别地火爆。曲江巷里男浴旁边,跟男浴共用一个大锅炉。男澡堂子有年代了,简陋的大池,下饺子似的。这是小镇男人们晚上水包皮的节奏。哪怕是大伏天里,也是不能少的。小时候宝财经常带三点去。刚开的女浴室有点考究,说是考究,也就是隔了小间小间的,里面拿砖头水泥砌的单人浴池,有点浴缸的意思,当然,跟浴缸的光滑没得比,像个土灶台,粗糙。统共也就十来个小间,没有门。洗澡还得带上个桶或盆,热水冷水都要自己接。唯一的好处就是冷天洗澡不冷,大锅炉不停地噗噗,放热气。洗一次澡要排上老半天,灶台里面的人洗涮涮,小间门口已经排了一水儿脱光了等着坐灶涮的女人。蹲里面的人有的心理坚强,视而不见,爱等等,催了也没用,从而容之洗完最后一根腋毛,带着满意出锅。着急忙慌的还不如不洗哩。经理为了翻台快,就狠狠放热气,蒸得受不了了,赶紧洗完出去透口气。女人们大呼小叫,不要放气了,要晕倒啦。她们不怕等,等的辰光里,找乐子,取笑对方身体或整八卦。这当儿,三点拎着小桶进来了,雾气蒙蒙的,看不清谁是谁。外间把棉衣棉裤脱了堆在架子上,小山似的一堆。换上木跂拉排队。听到一个女人说:

裁剪的小师娘跟那个姓时的,真的有那事?

怎么会假……

姓时的那个女的，夜里会长出那个来，跟男将的一样。

不然，怎么搞……

问你呀，哈哈……

你看见的？

就这么传呗，总归有人见过。

无风不起浪哈。

就跟月子里的桂花树一样，割了再长，总归割不掉的。

有个假小子，不男不女，也是个二哼子。

你说的谁？

就她们家呗。

三点排在队伍后面，看不清人，听得却真切。邪火直蹿。抱起水桶向那些八卦婆劈了过去。然后，挺着小胸，喊道：

你们看，看，我是二哼子吗？我是不是跟你们长得一样？

雾气中，三点身体匀称，两个小乳发育得挺好看的，胸部气得一起一伏的，下身也已经长出了淡淡的绒毛。

一个被水桶砸到的女人火了，叉着腰喊：

这刻是一样，到了夜里就说不准了，谁看得见啊？

三点被噎住，气得说不出话来，扑过去揪那女人的头发。一时间，一丝不挂的女人们扭作一团。

浴室事件之后，三点心里疑窦未解。姆妈的夜里是她心头挥之不去的隐痛。

月亮在紫云里移，树影绰绰，确乎长满了树，桂花树。

129

一条灰暗的道，延伸到看不见的尽头，两边阴气盛，裹挟着愈来愈粗浊的呼吸。香味太浓烈，三点要呕，脑袋也被熏得有点晕眩。最大的那棵占据了大半个月子，枝枝丫丫上的青黑色叶片漫出边沿，长到了云层里。一根树枝碰了碰她，她想把它拂开，树枝生了气，死死地撑在她两腿之间。三点一激灵，拼尽了力气拔，越拔越往裆里钻。她只好扳，咔嚓咔嚓，扳断一截，又再长出一截。她吓得直冒冷汗，一阵小风把她吹醒。原来在树下睡着了。树枝好好的长在树上，并没动。她爬起来拍拍身上的泥，沿着两边的树往前走，看到远处有一个暗影，一下，又一下，那人举着大斧头，像个皮影人在砍不着劲的棉花团。

三点跟同学们在操场上疯闹的时候，她还在想那个皮影人，傻不愣怔，问他也不吱声，二货。这刻满耳的都是小孩的吱喳，笑闹。但有一个另类的声音飘过来：我没砍……有点沙哑。三点朝四周看，没看到什么。那个声音又飘来，更近，就在三点的耳畔，私语，我没砍……现在轮到三点傻了，上课铃响了都没听见，还是老师出来喊她回教室。

放学时，三点跟男孩们追，奔出校门。海曙巷窄得好似一线天，一群小马溜子呼啸而过。差点撞到老东家。老东家打的赤膊，摇着把蒲扇，下身穿着条肥大裤衩，身形不高不矮不胖不瘦。通灵县城上了点年纪的男人夏天都不穿汗衫，光着，太热了，恨不得把层皮都扒掉。老东家平时体面，穿衣格正，但到了大伏天，也顾不了形象了。跟搓澡的挑粪的一样，大肉膊子。三点一只手甩着布书包，两本薄书和一个铁皮铅笔盒在里面咣当。一下子咣当到侧身贴着墙皮避之不及的老东家身上。老东家不满地嘟囔了一句：走路没个走相。

上到中学之后，三点忽然像换了个人，风风火火的没变，但不再跟男生混，瞧不上那些毛崽。身边倒是女友不断，直到工作以后，也不交男朋友。用六姑娘的话讲，走了个穿红的，来了个穿绿的。六姑娘自己哩，喜欢长得俊的男人，但从来不跟男人有什么，倘若有什么，反倒能冲淡一些闲言碎语。她对男人的评价标准有五官身材肤色，喜欢肤白的男人，不知为什么。少东家肤白，身材高高爽爽，她是喜欢的，在三点这儿赞过不止一次，在宝财那儿很可能也赞过，这里面有含意。但宝财也不好跟老东家说，我女儿跟你们家老二，行不行？想归想，没请人出来提。宝财是看着少东家长大的，他那由着性子来的宝贝闺女，跟少东家不一定适配，这一点他拎得清。儿孙自有儿孙福，宝财佛系，一点不急。

十七

　　乡里给时家铺派了个技术员，原来是在技术推广站，跟时金伴认识，姓姜，乡长在电话里交代的，就长住在时家铺。技术上有一套，有一个一般政历，参加过一贯道。时金伴噢了一声，加入过一贯道的，时家铺也不少，有五六个，有一个有职务，就戴了顶反动分子的帽子。有帽没帽大不一样，一个是敌，一个还留在人民内部。乡长说是一般政历，没有提到帽子的话，也就是说，老姜还没过那个界。所以时金伴称呼他的时候，能称老姜同志。

　　他们一边说话，一边从涵洞上过去的时候，凑巧遇上了那个有帽子的，他也真的戴了一顶破草帽，胡子拉碴，身上邋遢。他们各走各的，交叉了一下。

　　老姜同志来的时候，带了一袋田菁的种子，他说，田菁治重盐土，特别地有效，就这么多，三十多斤，都背过来了。时金伴说，再好不过，我们这儿有十几亩死盐场子，不论什么绿肥，种下去就是不长。老姜说，这个情况我晓得。时家铺前前后后用了九种绿肥，有豌豆、苕子、黄花草、紫花苜蓿、牛皮菜、苦草、法斯克草、黑麦草、苏丹草，差不多都是老姜引进的，目的是开沟淋盐之后，要解决土壤的板结。老姜讲老实话，他自己也没多大数，书上翻翻，跟庸医一样的，一样一样的药，给病人试。他终于给它们一一对上号了。时金伴说，你的本领多大，我是有数的。老姜说，我吹过牛吗？时金伴笑道，这倒也是，你是个骡子，不是驴。驴就只会蒙眼兜圈，还以为走了十万八千里，你会搞试验。绿肥也能喂牲口，紫花苜蓿小黄最爱吃，有碱疤的地，种紫花苜蓿最好，后来有碱疤的花碱田也越来越少，苜蓿也就少种了，小黄爱吃咋办，时金伴就特意安排在田坎种一些。老姜同志笑道，小黄是你儿子，时金伴说，论辈分也差不多，我跟它妈平辈。老姜跟时金伴二马不离伴，时金伴说，出风头的是姓时的，埋头苦干是姓姜的，这不公平。县里的组织部部长提了个醒，少在外面嚼蛆，正在考察哩。考察是考察姓时的，不考察姓姜的。

时金伴随县里参观团到江南参观，看到人家豆麦间作，心想，时家镢能不能来个绿肥和麦子间作哩，这样一亩地能顶几亩地用。回来跟老姜商量，就干起来了。搞了十亩麦和绿肥间作与十亩麦子单作的对比试验。到了收麦的时候，单收单打，当众过秤，社员都到场上来看热闹。时金伴老姜唱主角。正在过秤的当儿，那边又出了个幺蛾子，把人气十之六七都吸过去了。时金伴抻长身体一看，那儿有个人堆子，团团围住了什么。

有什么东西，被一下子抛到空中，掉下去，又抛到空中，掉下去，人们噼里啪啦地鼓掌，哄笑。

时金伴对老姜说，是帽子，你的道友。老姜不喜欢开这样的玩笑，脸一挂。

时金伴挤进人堆，见帽子被绳子左一道右一道捆成个四马攒蹄，旁边有两个小青年在嘚瑟，时金伴一头的火，一人一个耳刮子，说，惹你们啦？解开！

帽子活动了一下捆得麻木的胳膊，时金伴吼了一声，滚！

帽子一点没反应，像是耳朵有点背，也不吭声，捡起地上的破草帽，慢慢吞吞走了。

这十亩地过秤下来，亩产二百三十二，单种麦子的十亩，亩产只有两百一，这就说明，套作间作除了养了地，还比单长麦子的产量高。

眼见为实，原来说风凉话的也不说了。

县里每一年都要开一次三级干部大会，三级是县乡村，那么多的基层干部被召集到县城来，哪有那么多旅馆可以安排，只能让学校停课，桌椅集中堆放，把教室都空出来，运来稻草打地铺，参会的自带被子牙刷毛巾拖鞋雨鞋。这样还不够安顿，凡市民家里有堂屋的，也临时被征用来住人。六姑娘那儿也住了人，都是女的。虽然妇女能顶半边天，但其实还是男人的天下，妇女干部很少。时金伴是这次三级干部大会中最耀眼的明星，是飘扬在盐碱地的一面旗帜，因为他的麦子和绿肥间作的方法全国都在学,更何况通灵县城。时金伴并不是硬要往女人堆里钻,他是很自然地到六姑娘这儿来,也是很自然地认识了魏巧云。通灵由于那道穿过县城的古堤被分为堤东堤西,堤西是水乡,堤东是旱地,魏巧云在堤西,时金伴在堤东。西边那个美人,东边黄海流。

两人都是二十来岁,时金伴稍大一点,要大两岁,正是蓬蓬勃勃的年华。会上就定下了,邀请时金伴到堤西去玩。魏巧云撑了个小划子接。这堤东堤西,怎么隔了道堤,就两样哩,时金伴自语。他去过江南,感觉像又到了江南,天蓝水秀。清明刚过去,黄灿灿的油菜花漫野晃眼。

那是个啥玩意儿,他指着迎面过来的,也有两三层楼那么高,像白堡。

魏巧云说,风车呀,你没见过?时金伴看见了,在动的,一片跟着一片,在水平方向转,它不像轮,像个堡。魏巧云说,出一个谜,你猜,弟兄七八个,住在楼四周,一阵狂风起,一个撵一个。时金伴说,猜不出,我不猜。魏巧云说,你是猜不出,还是不想猜呀,笨死了。船拢了岸,听到有水声,哗语。有四男一女在踏水车,也都是些一抹头的小青年。巧云姐,那是不是我姐夫呀?不是不是,别瞎说。时金伴忙说,是是。魏巧云低声说,是什么呀,撕你的嘴。时金伴见水车上还有个空位,抢着上去,也想踏。魏巧云说,你不要上去了下不来,吊田鸡噢。时金伴说,怎么下不来?魏巧云说,你实在好学,那儿有个两人的车空着我教你,不影响大家。魏巧云走在前面,他跟在后面,穿过油菜花地。到了那架两人水车,一回头,那个大水车已经好远,看不见了。时金伴搂住魏巧云就亲嘴。魏巧云说,哎哎看见。时金伴说,看不见。

这么纠缠,滚到河坡下。

头顶是香气泛滥的油菜花,嗡嗡嘤嘤撞脸的蜂子。

魏巧云说,我这就给你了?

不给我还能给谁。

脸皮厚的。

时金伴已经扒掉了她的内裤,把脸埋到那蓬勃的一团黑火里。魏巧云摸索,握住了两个蛋,她从时金伴的肩胛上方,看到空着的天。尘在更高处浮着,她看不见。

县里的组织部长打电话给时金伴,说是地委有这个意图,要破格提两个县委副书记,不脱产的,直接就从大队的支部书记当中找这种苗子,年龄不能过三十。这是机会呀,部长说,一步登天,一生中说不定也就碰上这么一次,僧多粥少,你们乡长也想,不合条件,感觉得出来,他妒忌你呐。时金伴说,妒也没用,只能挖苦他自己。部长笑了一下,他扒到你一个软处呐。我有什么软处,棍棍梆得能敲锣。嗨,倒是敲给我瞧,部长说,不过,你也不要大意。他又停了一停,平静地说,你这个烈士遗孤不硬,有些悬。

部长说这话的时候,心里其实是有底的,这么说,是卖交情。倘若真的是卡在这一环节不能过,他也就拉倒。时金伴也是装呆,夏参谋长已经把实情告诉他了,组织部有人上他那儿了解,他是跟刘兆颖一道儿到海边辟新区的五人之一,老夏发了一大通火,老是来问、问,有什么好问的?活要见人,死要见尸,那个喀秋莎,地毯轰炸,见人了吗,见尸了吗?来人还是缠着要写点什么,老夏也只好讲故事,写了两张纸,最后跟画押似的,写上:亲眼所见,刘兆颖同志光荣牺牲。牺牲的地点在小日本火烧的芦柴荡,并且扯上六姑娘见证。他透了个风给时金伴,防止他们继续嗅到六姑娘这儿。倘若六姑娘说,刘兆颖还在,在另一个世界,只是我们不晓得。这事情就神了。老夏和时金伴都不晓得刘兆颖还在,六姑娘没跟他们说,谁也没说,默默守住这个秘密,在她自己心里已经回想过无数次了。刹那间看到的景象被一遍又一遍地琢磨,显得越来越清晰,甚至能看到兆颖头发上的光泽,最使六姑娘兴奋的就是看到了那个发夹。那是姆妈替兆颖夹上的。因为脸侧着,眉眼几乎不清,发夹能证明,真的是她。她在哪儿哩,从坐在一块平整的石头上可以推测,她在一个不是滩涂也不是平原的地方。她还好好地活着,是在一个神秘的他方。来调查的人问道,她能说吗,不能说。她只能按老夏编的故事讲,画上押。当她写完牺牲两个字,心往下一沉,像是按了罗印加了钢戳,也许她永远都不能吐露这个秘密。

只要她还好好活着,哪怕是永不再见。六姑娘想。

有两份人证,刘兆颖牺牲于芦柴荡烈火中,也就形成了闭合的证据链。公文没有多久就下来了,时金伴和堤西的一个培养对象提上了通灵县委的副书记,组织部部长笑道,现在你排名都在我前面了。时金伴到县里的党校充电,又把时家锹工作移交了。前脚移交,后脚就出事了。接任的人到党校来告诉时金伴,说,帽子把一个人给杀了。时金伴一听,骂道:

肏娘的,不是扯平了?

他是说的场上那一次,他扇了搞事的小青年一人一个耳光。

杀的不是那两个,是另一个,社员看到他捧了个东西,坐在田埂上笑,一看,是个血糊的人头,魂都吓掉了。

一潮一汐。汐涌上来的时候一切都在酣睡。黑暗里,汐的波纹像一支支夜袭的小部队,悄没声的,匍匐,仿佛在执行一项秘密的任务。木船搁在沙上,睡在舱底的伢儿听到枕头上咕嘟咕嘟的声音,伴随着汐漫到枕上的感觉。汐的声音从枕头上升起来,伢儿感到锚定的木船也跟着漂浮起来。没事儿,有舱板隔着,他很安心,又睡着了。

汐的声音漫过滩涂上到处野长着的猩红海蓬子。夜色中雁鹅子藏在暗处凄厉地一声接一声地叫。冬季小汛，它不出乎堤囿，夏秋季就不一样，完全两样了，不时越过海堤。从堤坡下来的时候，汐的声音不再是小语，絮语，而是哗语，一下子嗓门大了，长了脚似的。

哗语脱离汐，直接御风而行，一直往西边去。经过丁头府的村舍，经过深碧玉米地，经过百里芦柴荡，来到通灵县城。

通灵县城最先感知的，是钟牙社立着的一台一人多高的、棕红泛黑木乃钟。

它没有脏腑，只是个徒有其表的壳，站在那儿做做样子的。

木乃钟已经感觉到来自地皮底下的异动，是一百二十华里之外的海上的汐，传递过来的。

哗语则是稍后到的，在木乃钟空荡荡的腹中产生了共鸣效应，激活了它发声的欲望，浊重的声音冲出腹腔。它最先来到小天井，紧接着，店堂里所有大大小小的钟都开了腔，尾随而至。一众小闹铃急促尖锐，像踩着风火轮，在此起彼伏的当当当当的大钟长摆里，左躲右闪。一个西洋样式的旧钟，伴随报时，拽出一个女郎捏着嗓子的歌声，也不甘示弱。

它们冲出小天井后，散落到半空，与哗语相撞。裹着钟声的哗语,或是夹着哗语的钟声,在通灵县城上空回响。

棕红幽暗。一支银汤匙浮出在声音上方。长柄,锃亮,弯曲的弧度反射出一个暗影的点。

十八

　　这一年，通灵县城欢腾起来。七里长街的店面和墙壁上到处排刷着墨汁写的标语，重炮猛轰通灵县委，火烧赵徐钱王，没有时，可能冲在前头的娃娃们对于刚提到副书记这个位置上的时金伴还有点不屑，没有烧烤他。原有的社会组织瘫痪，城头变幻各式各样的熊罴旗、鸟隼旗、土拨鼠辈旗，这些旗，最后又汇成了两大派，一派是平衡，一派是百丈冰。平衡派是由自命不凡的小公务员和教师充当智库，秀肌腱的短衫帮、搬运工人是他们的死忠粉。这样，比起百丈冰，他们就是文武兼修。农会组织也是平衡派的一翼。百丈冰那边主要是产业工人，机械电力化工建材纺织，男工女工，他们有铁饭碗，怎么歇工都有工资发，他们在街上游行，队列整齐，细头大身体，那细头被柳藤帽几乎罩没了，步伐咔咔，后来还用公款装备了长矛，这支队伍是有震慑力的，咱们工人有力量，但就魅力而言，跟平衡派不能相比。平衡派的核心即智库成员很少抛头露脸，他们躲在幕后搞些阴谋诡计，伺机而动，脚踩两只船。平衡派在吃瓜群众当中的影响力，主要是指吃苦力的搬运工人的十二把大铜号——细头粗胳膊的号手。那铜号跟管弦乐团的铜号完全是两码事,喇叭很大,从吹号人的怀抱里伸出来,昂向天空。十二把大铜号齐吹,气场很大,让人精神猛地一震。大海航行靠舵手。世界是你们的,也是我们的。气势上完全压住百丈冰。在大破大立中,搬运工再次显出大力士的作用,用麻绳套牢,硬是把一座写有三昧寺的石牌坊,拉塌下来。百丈冰也不甘落后,瞄上了那座古塔,由爬电线杆的工人上去,把佛龛里的小菩萨都敲碎。娃娃兵则到基督教堂去搅,砸了一尊缚在十字架上的耶稣像。

这些勇武分子动不动就去通灵县委的院子里静坐,绝食,每一次去,总要在赵徐钱李这四个人当中拎出起码两个陪绑,就如两军对阵,得问个来将是谁,不斩无名之辈。这一次,竟一个也没有拎到,神隐了?有人猜,平衡派的智库做人做鬼,说不定把他们都保护起来了。这也是猜,没有证据。总算拎到一个时金伴,虽然是不脱产的副书记,但也是个头脑。他们坐在地上,静坐,时金伴得站在一张桌子上,作低头认罪状,这是一种标配。时金伴嫌不舒服,把头抬起来,他们又把他的脑袋捺下去。这时,天上下起雨来,而且雨下得不小。静坐的人不碍,他们稳稳当当坐在帐篷里,只是苦了时金伴还有两个娃娃兵。

时金伴骂:肏娘的。

他在忍。

一个女子用颈窝挟把桐油黄伞,那伞是已经打开的,只能靠颈窝和肩胛挟住伞柄,人双手一撑,上了桌。一看,是新婚妻子魏巧云。雨下得不小,舍不得新郎官挨淋,全不顾自己已经是双身子。时金伴想到,着急,助了把劲,伞撑足了罩住。招呼两个娃娃兵:

快进来,挤一挤呀。

娃娃不知所措。底下的人有认得的,说:他婆姨来了。哄笑。有人起了个点子,叫:

时金伴,十斤半!时金伴,十斤半!

大家都跟在后面,一条声地叫:

时金伴,十斤半!时金伴,十斤半!

大家都觉得这么叫好玩,就传开了。

那刻新鲜的事多,且不说,单是到处糊的大字报就有无穷的趣味。六姑娘什么派都没参加,是个逍遥派,现在戏园子的戏,帝王将相才子佳人,都停掉了,没得看了,她就戴了老花镜,上街看大字报,看了有感觉的,就旋下钢笔帽,在上面批:造谣可耻,并打上惊叹号。又是一波大下放的风潮,江南大城的不单是娃娃,老爷老太牵家带眷,都到通灵来了,不是到县城,而是一杆子插到乡下。有本事的受通灵县有眼光的干部挑选,用起来了。干部们虽然罢了官,有不少还在用。时金伴就还在负责水利,挑河挖沟。城区建设也没停。有个建筑师被用起来了,他看不惯两家老戏园子,重建了一个大肚椭圆的,舞台前面有独立的乐池,顶上不再有蜻蜓大吊扇,通风排风在下面,剧院的前面有一个三层的门楼,落地长窗。六姑娘喜欢,喜欢到喜新厌旧,喜欢到变着法子借住到这门楼里的一间,这里面的一间一间是给演员职员住的,现在空着。她能经常嗅到脂粉味,倘若有戏班子来的话。她也喜欢透过落地长窗看街景和河流。

第一波过去了,安定了一阵子,平衡派和百丈冰你争我夺,闹到最后,在权力机构里还是个份额平衡,席位瓜分五五开。不过好景不长,上面下来一个文件,深挖老杆子阴谋集团。对照标准,通灵县可能一个老杆子都没有,上不告父母,下不告妻子儿女,单线联系,是个地下秘密组织,野心很大。一帮子心腹结成死党,隐蔽精干,保存骨干,二十年后再干。平衡派和百丈冰你看看我,我看看你,都不像有这么阴险,吃瓜群众也不这么认为。这儿挖,那儿挖,把线人都关起来,也没见挖出个老杆子,人们都松弛了。忽然有通知,就在这个大肚子的椭圆剧院里,召开宽严大会,也就是说,挖出老杆子了。吃瓜群众都去看稀奇。一个戴眼镜的女大学生上台痛哭流涕,说是填了表,加入了老杆子,这跟人们听说的阴险毒辣埋藏很深完全对不上号,不时有人上台坦白,自报家门,说是老杆子成员。最奇葩的是,折腾了两年,到了甄别的时候,竟然没有一个真的老杆子。几千人,再加上受牵连的,集成乌合之众。这里已经不分平衡派百丈冰,黄连苦胆，一起汹涌地向通灵县委要个说法。赵徐钱王吓坏了，这第二波比第一波还厉害，他们心里虚得很，先是向上面甩锅，后来又向已经撤出地方的军代表甩锅，这么甩那么甩他们还是脱不了干系，偌大的一口锅，谁来背，就要找替罪羊。资历浅一点的，时是分工抓生产水利的，另一个分工抓深挖，好了，替罪羊有了，还没有天下太平。还在闹。排来排去，只有时金伴适合出来，收拾这个局面。还是在大肚子椭圆剧院，召开平反大会，替罪羊代表县委作了检讨，被轰下台，主持会议的时金伴被七八个人团团围住，争辩，也听不清争的，有几个人拎着浆糊桶，在舞台旁边的墙上，贴上十几张拼接的大白纸，用排笔蘸墨，在上面歪歪斜斜地写：

十斤半说，老杆子不是老红军！

字很大，全场看见。

整个场子里，楼上楼下，小头大身体，发出一片怒意的声音：

十斤半！十斤半！十斤半！

场子混乱。冤有头，债有主，各找各的主。

一个屈打成招的老杆子，当众扇了一个局座的耳光。局座为了出成果，曾经指派人踹过他。一个老杆子给一个整过他的女同志加持娼妓的名号。时金伴除了顶住各式各样优厚补偿的要求，也施以笼络的手段，晓得平衡派和百丈冰的一号人物还有影响力，给他们提了干，以稳住骚乱的局面。

这刻，十几个细头大身体的老杆子在追一个深挖过他们的复员军人，抓住他，抓，他从台上跳到乐池里，又沿着楼梯上了前楼，看到一个小房间，赶紧钻到里面，六姑娘就住在这个小房间，三下两下，把他掖到被窝里。门口杂沓，人声：看见一个穿黄衣服的？六姑娘淡声回道，没有。这人后来就成了六姑娘的干儿子。

听听外面没有什么动静，干儿子从小房间蹑手蹑脚出来，落地长窗并不是整块的，而是一块一块的白玻璃拼的，并且层层相叠，构成一个多重的箱形空间，而你朝外面看，并不通透，视线受着障碍，看不到外面、下面。而此刻，又传来人声，向这边涌来。他的心快要跳出口，沿楼梯下去，尽量不发出声音。他做到了。这楼梯不是斜的，而是旋转的螺线。怎么又转回了原来的地方？听到了人的声音，迎面冲来。他赶紧换了个方向。声音又消逝了。他顺着螺旋。忽而人声哗语，迎住堵住：看见你了，这下跑不了啦！他也真的看见了他们，小头攒动，他还是要逃。前面是层层叠加的落地长窗。他像三级跳似的，撞破了一层，又一层，玻璃的碴和明亮碎片迸溅、飘散，终于到了外面没有任何拦碍的空间，然后让身体朝上挺了一挺之后悠着点落下去了。

当双脚落在地面上，他心不再乱跳，现在他是在一片海滩上。这阵子正落潮，平涂沙垠。他往前这么走，看到一艘朽坏有篷的船，再往前走，看到平旷的涂上倒插着一支老式步枪，像是三八大盖，他当兵的时候见过。东边天际的堆涌云块蜿蜒着光，那是西边天的夕阳映射出来的。他在看那一粒夕阳时，看到后面粉紫云海及气流的空隙处，浮现出许多大的黑色叶片，在一轮一轮迟缓地转动，那叶片是生根在金属冷光的圆柱上的。那柱不直，凹成一个弧。一些细头大身体的人又出现了，他吓得掉头就跑，鞋掉了也顾不得，见到一幢有点像吊脚楼的房子，纵身一跃，两手扒住边沿，想把身体提上去，乏力，一下子摔下去了。

六姑娘在干儿子逃走之后，也感到乏了神，斜躺在叠好的被上养神。听到轻轻敲门，一看，是干儿子，怎么又回来了？见他，神情有点恍惚，赤着一只脚，怎么把鞋都弄丢了。

十九

　　时家墩这边并没有感受到多大的冲击，顶大的"走资派"也就是大队支书，批斗了几天，就宣布释放了。还是要抓革命促生产。农时不能误。时金伴去了县里之后，这里面盐碱地的一摊子事委托给老姜。盐碱地的改造，摸索了几年，也可以说瓜熟蒂落。老姜见时家墩这边事情差不多了，就又打起被包回了乡里农技站。这刻又有人捎信给他，说是几个下放到时家墩的小青年，发明了一个压青器，把绿肥深埋，减轻不少人力，现在正在试，要请他到现场指导。老姜一听这话，就赶快蹬了辆永久过去了。

　　这个压青的机具，还搞得有点复杂，一部分在手扶拖拉机的前面，把田菁推倒，胡乱切上一气，还有一部分是翻转犁，悬挂在拖拉机的后端，把前面切断切碎的田菁，跟土壤充分地混合。总算歪歪扭扭走起来了，有点卡，走不几米，就要停下来，清理一下塞的和缠的草。老姜表扬，已经很不简单了，问：是哪几个搞的？队长一指，他，他，还有他。老姜笑道，好啊，真的顶上诸葛亮了。注意到一个小的，你多大了？小的脸红，大的代他回答，十六。老姜说，这么小，做得动吗？队长说，都照顾的。老姜说，我看出个问题来了，不是说机器。他顺手拔了几根田菁，说，掐掐看，是不是有点老。队长说，老又怎么了？老姜说，你平常吃叶菜，喜欢不喜欢吃老的，有筋的？队长说，不喜欢。老姜说，这就对了，土壤也不喜欢，因为老了，有筋，不好消化，而且，这刻营养也已经不在茎上了。队长说，你的意思是要趁嫩的时候压。老姜说，也不能太嫩，花开的时候压，恰好。田菁花开的时候，还是挺好看的，见过田菁的花吗？他问小的，花骨朵斜斜的，钟似的，嫩黄色，花瓣有椭圆形的，倒卵状长圆形的。

　　小的是跟哥哥一起下放的，大的带着小的，两人睡觉也是合一条被子，同脚。不过，哥哥现在心思有点分散了，分散到一个女孩身上，小的很不满，但也没有法子。最可恼的，他每天晚上出去谈恋爱，深更半夜才回来，然后一双冰冰冻的脚，伸到他用体温焐热的被窝里来，并且贴到他露出的肉上，那是什么滋味。这也太不近人情了。小的忍了，他不能没有哥哥。到底是孩子，头一回参加队里分红，分到二十几块钱，新版人民币，快活得不得了，真金白银，如果再早一点下放，多好。哥说了，钱他不代管，归小的自己支配。不过，以后就分不到这么多了。大忙的时候缺劳力，小的也得每天夜里两点，乌漆墨黑地去上工。生产队队长更苦，才能带节奏。小的不怕苦，也能苦。时家镢挑内河，河挑好了放水,气温零下十几摄氏度,水一放,就冻上了。他想到河那边去,就把鞋脱下来,光着脚,蹚水。到了河那边,感觉两只脚都没了,走路就像在空中飘。

这趟挑河,不是挑队里的小河,是挑一条一百二十华里的大河,自通灵县城出发,把堤西的水引过来,西水东调。十万人上河工,总指挥是时金伴,他叫魏巧云不要来,结果魏巧云非逞能,还带了铁姑娘战斗队。那阵子顺然才一点点大,刚断了奶,就丢给了嫂子。

两人一起在已经成形的河岸上走,从工棚里出来几个民工,他们都离家有了些日子,看见女人就按捺不住兴奋,把家伙从裤裆里掏出来,冲着她们撒尿。时金伴说,看我把他们阉了。魏巧云笑,你有女人,人家女人隔老远。时金伴说,长官骑马,小兵哪来的马骑。魏巧云说,这是战时,官兵一致才能得胜利。

时家锨出的工,分住在几个工棚,按原先的生产队集中,一个工棚都有三四十号人,打的地铺,铺的厚厚的稻草,人多,不冷。吃的东西,蔬菜粮食,由队里全包,用手扶拖拉机运过来。工棚每天都有人打扫,不脏。小的以往给队里养猪时,猪圈都睡过,所以睡在这个工棚里感到很享受。每个工棚都配了一盏小马灯,这盏小马灯管民工打扑克牌,也管小的看书。小的下放之前,只上到初二,他哥上到高二,下放的时候,他哥把些书都带下来了,他带了两本,在工棚里就着小马灯的灯光看，那边打扑克的沸反盈天，对他没有影响。后来安静下来了，呼噜四起，他们不需用小马灯，小的把小马灯拎过来，放在自己跟前，这样光线聚在这一小块，亮多了，倚在叠好的被子上看书，舒坦。忽而，他眼角的余光，睃到工棚的黑暗里有一点红火，谁抽烟？不像，这点红火是在棚壁上。工棚里起了火，可不是玩的。他赶紧拎了小马灯过去看，一看，是一张红颜面的新版人民币，壹圆，上面一个好看的小姐姐在转着方向盘，驾驶一辆两个大灯的拖拉机，小姐姐短发被风吹得飘扬，眼睛看着前方，并不朝小的看。

这钱怎么会贴到这上面的？小的想，细瞧，上面还有几个字：时善强输一元王八蛋。

他也没有把这钱揭下来，悄悄退缩到自己睡的地方，再看，已经看不到那一点红火，那张纸币消逝在工棚的黑暗里。

好奇怪呀，有点害怕，小的想着想着睡着了。

眼一睁，天已大亮，工棚里一个人都没有了，那贴在棚壁上的一元钱也不见了，留了两个馒头一盘咸菜给他。到了工地上的时候，队长分派他到底下挖泥垡，这个活计比挑着泥垡踩着一个个蹬脚儿、从河底到岸上，要轻松一点。现在已经挖得很深了，从底下往上看，人很小，说话完全听不见。

小的只顾低着头干活，忽然听到上面一浪高一浪的喊声，乱吼，一看，一辆手扶拖拉机从河岸上翻滚下来，先是机头机身散了窠，后来连轮胎都飞起来了，万幸的是没有砸到人。

人们都扔下手里的活计，向残骸那儿奔去，只有小的顺着蹬脚儿往上面狂奔。他看得清清楚楚，滚下的拖拉机是个空壳，没有人，他不放心开拖拉机的小姐姐。

到了上面，有许多人跑来跑去，他朝一个人簇着的地方，挤到里面去，看到地上一摊暗色的血迹。人已经被送往医院了，听说开拖拉机的是总指挥的新婚妻子，过一道坎儿的时候一颠。他没见过总指挥的老婆，脑子里闪过的是那个小姐姐。

人渐散去，只有小的还呆不呆痴不痴地蹲在那儿，看那越来越暗的血渍。

忽而从血渍下面的沙土里，钻出两三个泥鳅一样的东西，黑红油亮，身体这么一扭，那么一扭。啥玩意儿，小的没见过。这么眨眼的工夫，又钻出好多，在血渍上蠕动。看着异怪，他还是按捺不住好奇，用拇指和食指捏住一条，滑腻，肚皮是白里泛黄，一动一动的，不在意蜿蜒上了小的手背，小的呀的叫了一声，想把它剥下来，越剥吸得越密实，还有一条爬上了小腿。小的吓得号啕，引得散开的人们又聚过来，有人啪啪帮他把手背上小腿上的水蛭拍落，教他不要揪，要狠拍。水蛭一拨一拨地继续从血渍那儿涌现，人们用锹刃斩，用铁锹拍，水蛭尸横，所吸的鲜血尽吐出来，汪成了一大片血泊。

这刻魏巧云在医院的重症监护室里，昏迷不醒。嫂子抱着小顺然来看她，顺然哭喊着要妈妈抱抱，旁边的护士眼泪都下来了。时金伴一直陪着，四天三夜。把上海的专家都请来了，无济于事，没能留住，还是走了。时金伴叹了口气，一句话都没说，就走了。

二十

潮水退了以后,时顺然跟其他渔民一起从船上下来。有人打趣他:"小顺子,你老子十斤半好歹是县里最大的官,你咋跟我们这些没像样子的混哩?"

顺然操起扒钩追打那人:"你老子他妈才十斤半。"

那一年时顺然十九岁,老子忙得脚不沾地,哪里顾得上他。没人管才好,乐得自由。

太阳渐渐升高,滩面上十分蒸人。踩蛤子,用网兜捡。文蛤贵哩,能卖上好价钱。阿珍还在生我的气吗?他一边想着,脚下不停地踩,扒钩一钩,不一会儿,网兜里有了一小半。浅滩人多,蛤也小。往深处走,蛤大,更新鲜。渐渐地,他越走越远。

海水被太阳晒成了一锅热汤,脚下的沙有些烫脚。阿珍今儿没来,他有些失望。阿珍是老渔民日昌的女儿。她为啥不来?汗水从额头上流下来,流到眼睛里。他觉得自己被蒸气裹着,每一个毛孔都在滋滋冒油。饥渴难当,他忽然一下子眩晕,失去了知觉。

晕晕乎乎的,忽而一股清凉的汁水流进嘴巴里,他如干涸的鱼，吮吸、吮吸……阿珍，一定是阿珍来救我了。

他听到两只蛤壳相磕的声音，又是一股鲜美的汁水，顺着舌尖润到嗓子眼里。

"好了，活过来了。"

不是阿珍。他沮丧地睁开眼。

是老姜，姜叔。躺在老姜的怀里，像婴孩。他一跃身，站了起来。

"哪个让你敲我的文蛤？"

老姜被他气笑了。"讲不讲理？要不是你老子托我看着你，懒得管哩。小命都没了。"

阿珍是老渔民日昌的独生女，几个一起玩的伙伴，幼小时候还有一个小小的秘密。顺然和善华在沙滩上结拜兄弟，阿珍硬要带上她。他们叩头，她也要叩，两人不答应，她便把他们准备插香的沙堆给踹掉了。善华光火起来，在她的额头上凿了一下。她便在滩上滚着，哭开了。

顺然说："带上她吧。"

"女的，就不是兄弟了。"善华摇摇头。

"没事，刘关张三结义，她最小，女张飞，行不？"

还没等善华开口，阿珍一骨碌从地上爬起来："行。"

善华说："张飞又黑又丑。"

只要能跟顺然一起玩，阿珍才不管张飞李飞哩，开心到飞，脸上还挂着鼻涕眼泪，把小弟兄俩逗乐了。

155

女孩子发育早,阿珍的肩头渐渐浑圆起来,顺然和善华已不怎么好意思在她面前赤身裸体。阿珍自己倒不怎么在意,还是跟他们一起疯玩。一个猛子扎到海水里洗个澡,然后湿淋淋地坐到船帮上,勾勒出青春魅力的线条,浑如裸体。两个小子抹了把脸上的水,馋盯。阿珍嘻哩哈啦,坐在船帮上,两只脚丫子一上一下拍打,忽而用脚尖挑起水,溅向他俩。晚上阿珍结网,两个帮助搓绳。灯下阿珍的脸蛋儿红扑扑的,眸子又黑又亮。

"哎呀,用不着这么多。"阿珍笑道。

他们两个笑笑,还是搓,不想离开。

阿珍又说:"只要一个人就够了。善华,你先走吧。"

善华气鼓鼓地把手里的绳子一扔,径自走了。

顺然期期艾艾地说:"我也走吧,时辰不早……"

"去、去!一个都不要!"阿珍一赌气,扔下梭子,把顺然推出门,然后把门砰的一声关上。

直至顺然的脚步声渐渐远去,她才悄悄儿把门打开、掩上。一个人如幽灵似的徘徊在长满刺槐的海堤上,然后下到滩面,直到露珠渐渐凝成浓霜,直到斜月西沉。

善华也喜欢阿珍,这让顺然很恼火,一边是好兄弟,一边是心爱的女孩。或许分开一段时间对三个人都好。他决定当兵去。

刘关张洒泪一别，阿珍更是依依不舍。顺然这一腿好远，直抵新疆塔里木。这里也有海，不过是沙漠的海。他当上了汽车兵，后来给军区首长开小汽车。他想念时家镢，想念善华和阿珍。

然而，一封信笺让他掉进了冰窟窿，彻骨揪心地痛。姜叔的信，太意外了，老东西从没有给他写过信。知道他想去当兵，老姜满脸灿开了花，连说，好事好事，大熔炉里炼他一下。顺然心想，我还不知道你想啥，滚得越远越好，别再给我添乱。十斤半虽说是他亲爹，也不咋待见他，嫌他调皮，不好好念书。

看着信，顺然号啕大哭。信上说了一个万万没有想到的噩耗。祖宗传下来的规矩，女人不能上船，阿珍偏不听劝，拗着来，非要跟善华的船出海。天气好好的，无征兆的一个虎头怪浪涌起，舢板散了窠，善华把一块木板推给阿珍，自己被怪浪吞了。阿珍哩生死不明。姜叔派了船到海上搜寻，一直没有找到。也没有听到沿线几百里的渔舍滩涂有什么消息。茫茫大海，漂泊到哪里去了哩。顺然接到这封信时事情已经过去了两个月了。信在连部被一个粗心的小兵给误了，他的两个好友一个死了，一个失踪了。可怜日昌老人盼他的独生女归，哭塌了双眼，盲了，看不见了。

顺然再回到时家镢已经是四年后了。这期间，想回又不敢回。想回的念头一冒，隐藏在深处的刺痛也跟着冒上来。那

157

根刺一下子刺破气球一般涨大的念头，把心都炸碎了。

阿珍依然没有音信，奇迹没有发生。

老爹和老姜同时来了封信，让他回去。顺然已经是超期服役了，也没干出个名堂，就这么回来了。

老人的心思是让顺然接手时家镢这摊子，姜叔没两年就要退了。眼下的时家镢拿过去不能比。过去鱼虾值不了几个钱，再运不出去，都臭掉、烂掉。渔民少有件周二正二的衣裳，下到海水里干活不穿裤衩，吊着两个卵蛋。伢儿光着身体，善华小时候就让毒日头晒出个红肿大疙瘩。肚皮不得饱，饿狠了，就到农村亲戚家里去借粮。说是借，其实就是讨要，有借无还，把有些亲戚都弄怕了。时家镢落了个"渔花子"的名并不冤。其实，他们真不该是这样的形象，拥有很值钱的资源无人识。柳叶鳗，当地人叫毛鱼秧子，每年开春都要光顾一下他们这儿的海涂，密匝如潮，但那时是无用之物。现在成了软黄金，是他们的财源，挡都挡不住。

小镇上乱得很，顺然拎着大包小包，穿过拥拥挤挤的人群。有几个熟人见了他，只是说了句"回来啦"，就继续忙自己的事。顺然凑过去看，在做交易，点鳗苗的数，多少尾多少尾，紧张得很。据说，这玩意儿比黄金还贵重。再一看，收购鳗苗的主儿是些年轻女子，有少妇，也有没结婚的姑娘家，都是渔家女。头上包了块帕子，身边放着个陶罐。这叫"剥皮儿"，一转手，卖给广东、福建的贩子，一天就能赚它个四五千。

他睃见一个女孩好像是善华的表妹红珠，在付钱给卖鳗苗的渔民。顺然开玩笑说："我来帮你点，二一添作五。"那个出售鳗苗的渔民也认出了顺然，很高兴，聊了几句。红珠付款，叫他点一点。那个渔民粗略地翻了一下，说："不用点不用点，本港的人还会错？就是要当心那些蛮子。"

蛮子就是说的广东、福建过来的贩子。这些贩子来收购鳗苗，时家镢人以为他们脑子进了水。这么粉丝粗细的一尾，怎么就值几角钱？给你们吧，这儿多的是，不稀奇，一捞就是半斤一斤。塑料袋一装，连卖带送。

贩子的眼睛放出奇异的光彩，接过塑料袋千恩万谢。

"这些毛鱼秧子收回去，派什么用？"时家镢人大惑不解。

"老细（老板）叫我们收的唵，我们也唔知吖（不知道）。"

老实巴交的时家镢人一直被蒙在鼓里，直到有些风漏过来，说是贩子给的只是一个很小的数，零头都不抵，到广州、厦门一转手就是几十万、上百万。

时家镢人骂街："狗娘养的，蛮子。活贼扒手。"

二十一

　　顺然回来没几天,就碰上一件糟心事。

　　这天,一辆黑色加长林肯驶进时家镢,在坑洼的路面上一扭一扭,像个搔首弄姿的大长腿。车子停在交易中心对面。说是中心也就是个简陋的集散地,石棉瓦的棚顶,污水四流八淌。车停稳后,一个大背头花衬衫先钻出来,打开后面车门,跟着露出一个白白胖胖的脸。这人面生,没来过时家镢。红珠看着他走进交易中心,左边耳垂挂着一个大金圈,足有婴孩脚镯子那么大,一晃一晃闪着灿亮的光。

　　"都过来,所有的苗全收,价钱优厚。"助理扯着嗓门喊道。

　　姑娘小媳妇们呼啦一下全过来了,一边收钱,一边点货。睃到胖子手指上全是戒指,连大拇指都没放过,翡翠大扳扣。抓起一大沓票子甩过来:

　　"拿着,不用找了。"

　　很快,大桶小盆都见了底。胖子盖上钱箱子,说:

　　"下次再来,你们给我多捞些,有多少收多少。"

　　女人们也很开心,说:"再来一定要上我们家喝口茶唷。"

林肯扭着腰肢放了个屁走了。

最先怀疑有假钞的是红珠。她抽出一张，对着太阳看水印，看有没有爷爷的像，一看，有的。连抽了几张，都有。这就把心放下了。跟顺然拉呱，又说到这事，顺然说："跟我说我是怀疑一切，肉眼看怎么看得准，得上验钞机。"

不验不知道，一验吓一跳。几个女人呼天抢地地号，要千刀万剐了骗子。顺然决定走一趟厦门，红珠也要跟着去，顺然没肯。

这一路，顺然食宿都在车上。当了这么多年的兵，南腔北调会说几句，也有点经验。到了厦门，看见挂着什么特种水产营运公司、金鳗集团总公司之类的牌子，便留意打听有没有一个戴大金耳环的老板。终于有了点头绪，人家问他打听这个人干什么，顺然动了个心眼，说：

"有笔货有人托我交给他，地址丢了，你能不能告诉我，他在什么地方？"

那人朝马路对面一指："鬼头阿四就在那幢楼里，远洋渔业公司，第七层。"

那家伙叫鬼头阿四。

顺然找到这家公司，见大金环正搂住一个女子，亲她翘起的一只脚。一看特别恶心。

"香，真香。"顺然打了个哈欠。

"找我？"大金环见来人，推开怀里的女子。

顺然说："我是时家锹来的。"

鬼头阿四一听时家锹，知事情败露，仍想抵赖："我不认识你，你想干什么！"伸手掏家伙。

顺然满腔的愤怒，都凝聚在拳头上，迎面正着，揍得他七荤八素，手腕一扭，枪缴了过来。那妖娆女子正要逃跑，顺然用枪指住："不许动，动就打死你！"

大约是听到动静，一个十五六岁的少年探进来望了一望，大呼：

"不好了，土匪绑票啦！快来人呀，救命呀！"撒腿就跑。

顺然岂容他逃脱，一个箭步蹿过去，伸开五指就抓。

眼看要抓住，那少年灵猴般从他腋窝滑出，并顺手挠了一下。顺然从小怕痒，痒点低，被他一挠，本能一闪，忍不住咕地笑了。

被戏耍很上火，抓了几下又没抓着，急眼了，把手枪一举，瞄住。那少年一弹，顺然只觉手腕一麻，枪掉在地上。那少年又掏出一粒嘎崩脆，扔到嘴里，安闲得很。

这时，大金环向少年恭恭敬敬鞠了一躬，说："小爷，让我来收拾这个傻鸟吧。"

顺然困兽犹斗，大吼一声，扑了过来。大金环施展一个擒拿，立即将他制服。他解下顺然裤腰上的皮带，抡圆了叭叭鞭打。顺然咬牙忍住，一声不吭。

那少年笑道："倒也是条汉子。好了好了，阿四，别打了。"

这当儿少年的大哥大响了,他凑到耳边:"阿姐吗?我这儿有点小事,马上就过去。唔唔。没有惹是生非,有一个傻鸟欺负阿四,教训了一下。哪儿来的?叫什么名字?还没来得及问。"转过脸问顺然:"傻鸟,我家阿姐问你是哪儿来的,叫什么名字?"

顺然哼了一声,说:"姓傻名鸟,傻鸟国来的。"那个叫小立的少年忍住笑,吩咐搜他的身,搜出个身份证。小立瞄了一眼,说:"阿姐,这个人是从通灵县时家锹来的,叫时顺然。把他带过来?好的。"

一块厚布蒙住了顺然的双眼,七绕八转,停下来,被牵引进了一个处所。大金环解开蒙在顺然眼睛上的黑布之后,便退出。这是一间光线暗淡的大厅,落地长窗的厚重帘帷只拉开少许。中央一张雕饰的太师椅上坐着一个美妇,小立蹲下来伏在她的膝上,那美妇摩挲着他的头发。

"委屈你了,请坐。"美妇对顺然说。

声音好耳熟,朝她望了望。咦,怎么面貌活脱脱像阿珍?心里大奇。

美妇缓缓问道:"时家锹有个船老大叫日昌的,现在怎么样?"

顺然心里一动,果然是阿珍,咳了一声,说:"别提那个日昌了,可怜啊,独生女儿失踪,老人家日思夜想,两个眼睛都哭瞎了。"

那美妇愣了片刻,竟面色苍白,晕倒在椅上。小立急唤"阿姐,阿姐!"这才悠悠醒过来,眼里滚出大颗泪珠。

顺然悲喜交集,大叫:"阿珍,你是阿珍!"

那美妇没有否认。她正是阿珍。

顺然很兴奋:"阿珍,我是不是在做梦?我们都以为你不在了,你是怎么到这儿来的?"

他很想扑上去抱住,这么多年了,那个心爱的女孩就在眼前,朝思暮想,没想到还能再见。

阿珍轻轻叹了口气,说:"那年,我任性,非要上船,害了自己,也害了善华。后来一只香港过来的船搭救了我。这几年,一直在那边混,做点生意。"

顺然想说你就不想我吗?到嘴边变成了"你就不想回去看看吗?"

顺然还想说什么。阿珍有点冷淡地冒了一句:"我已经结婚了。"

听了这话,顺然感到很受打击,半晌说不出话。

阿珍倒是很平静。

后来,顺然也把心绪稳了下来,说:"一起回去吧。"

阿珍说:"你不晓得,我做的生意有很大的风险,危险。"说到危险这两个字时,略停了一停。"连我自己也说不准,明天后天,甚至于今天,会不会发生什么事情。我就在这样的环境里生活,不想让他老人家知道女儿还活着,不久又莫名其妙地死了。而我,是知道我最终结局的。好了,不多说了,我爸就拜托你了。"

顺然长吁了一口气,说:"你我是拜过把子的,过命兄弟,放心好了。"

说这话的当儿,眼眶有些潮。

大金环过来打顺然的招呼,有眼不识泰山,多多包涵。顺然这刻想岔掉了,想的是那个大金环亲女人脚趾,怎么会特别地恶心。阿珍小的时候脖子上挂了个银项圈,两只大眼睛不笑的时候也像在笑。女大十八变,后来真是越长越漂亮了。浪花一叠一叠卷来,海风轻轻吹,阿珍赤着脚,一边结着网一边哼,网儿网儿织得密,伴着哥哥海里行,海里行船舵把稳,网网不空满载归,忽而看到顺然在注意看她的脚指头。那脚指头圆而光滑,很可爱,阿珍羞得啐了他一下,把脚往细沙里藏。顺然一定要摸一摸她的脚指头。阿珍扭捏再三,还是让他碰了一下。阿珍脸颊红得像火烧云,那眼神现在顺然回忆起来,那么深情,那么亮。那里面是有意思的。

现在这些都是虚话了。

阿珍再三叮咛,回到时家镢之后,对谁都不要讲见到她的事。

二十二

　　顺然从厦门回来，老姜正着急地找他，说，你回来得正好，我这边正缺人手。时家镢现在全乱了套，你也看见了，一门心思地捞毛鱼秧子，大把现钞上腰，那边的南港大铁船队睃着能不眼馋？带鱼能值几个钱？人心都散了，你到南港去把人心箍一下。顺然笑道，我去没有用的，天王老子去都没有用。老姜在他肩头使劲拍了两下子，你行的，天王老子不行你行，我晓得的，你有威信。

　　顺然喜欢有人架，狗头疯，老姜掌握了这个命门，倘若是官诱，绝对谈崩。南港是离长江入海口不远的一个深水良港，当年郑和下西洋的艨艟就是从这里起的锚，眼下是省渔指组织深海会猎的基地，大船长年累月地进出，烟如巨蟒。临去之前，老姜把情况通了一下气，南港那边，由于柴油价格一个劲儿上涨，连省海洋渔业公司的船队都熄火了，只发放维持性工资。时家镢的船队就不用说了。老姜的意思是，不能停产，停产更是死路一条，银行的几千万贷款加上利息，怎么还。顺然晓得难啃，也只好硬着头皮上。渔民见他来当这个头，也蛮开心的。顺然上任几把火，财力烂账要公开，接受渔民监督，干部要参加出海不蹲办公室不拿最大的点分，刀刃向内，严格要求自己。火把一烧，人人叫好。大铁船队有了精神，动起来了。出长江口，向深海去。海面上起了风，浪潮拱起来，漫过船舷，甲板。气象预报有十级浪。顺然没上过大铁船，他当过兵，就战场上练，通过对讲机指挥：

"沉住点气，准备逮风尾子。"

风尾子刚过的当儿，是捕捞带鱼的好时机，鱼群叽歪，十分地密集。

但你得顶住十级浪，穿越十级浪。

乌云沉重地低垂下来，大海一片昏黑，浪涛向上猛举，举成山峦，又猛地跌落，坠作深谷，如森林呼啸，如万千大炮轰鸣。船身颠得几乎翻了个儿，它在跟十级浪较劲。

风渐渐止息，瘴气渐散，现出辽远的蓝白的天。

大铁船队立即张网捕捞。两只铁船结成一个对子，并力拖一张大网，兜上了一网网银鳞闪闪的带鱼。

船队满载返航。归程中，顺然的668船稍稍滞后。海面上浮起薄薄的雾，雾气中冲出了一艘鬼魅样的海盗船，似乎早有预谋地埋伏在邻近。在此之前，它已经不止一次地袭击过作业渔船，省渔防发过通报。

海盗船大约是艘已退役的旧炮艇，匪徒们都穿着类似军服的衣裳，借以蒙人、吓人。

顺然命令拉响汽笛，跟冒到前面去的船只联络。

海盗船愈来愈逼近。

船上人群的嘴脸都可以约略看出。一个匪徒挥舞手枪，大喊：

"妈拉个巴子，停下！"

当、当，两枪打在668船舷的钢板上。顺然下命令放慢船速，等到海盗船十分挨近的当儿，顺然拳头一挥："打！"

渔民们把早已预备好的大号天地炮点燃，纷乱地投掷过去。

一刹那硝烟弥漫，震耳欲聋。

这时，前面的船听到顺然的668鸣笛，齐齐地靠拢过来，一条声地喊，嗬嗬。

贼子心虚，贼船溜得像个黑点子，很快就消失了。

大铁船上一片欢呼。喜欢摆古书段子的一个老渔民咳了一声捋了下胡须："这一回是，时顺然巧计退贼兵。"

"还不是靠大家伙齐心。"顺然也很乐。"现在船上不许带枪。要是像前些年海上民兵能带家伙的话，非一个个逮住龟孙。"顺然感到一下子提了在部队没提上的干。

大铁船上了正路，老姜比谁都嘚瑟，跟时金伴显摆。

老时说："别高兴太早，这小子茅缸三天新。"

知子莫若父。果然，还没到休渔期，顺然就溜回来了，船队一摊子交给了副手殷国强，殷国强也是打小一起玩、知根知底的哥儿们。老姜拿他没办法，大铁船队总算有了点起色。

顺然有他的私心,他要自己办养鳗场,来钱快。阿珍给了一笔钱,算是投股,这股是绝密的,只有顺然一个人知道。自打顺然替红珠把钱从大金环那儿,一个子儿都不少地追回来之后,红珠佩服得不得了,成了顺然的铁粉,自己的私蓄都砸到顺然的养鳗场。红珠也到养鳗场上班,久而久之成了顺然的内当家。顺然上东她就上东,顺然上西她就上西。顺然笑道,你别老跟着我呀,我一点自由都没有了,好在你不是我的老婆。红珠说,是你的老婆又怎么样?顺然笑道,肯定要管着我呀,管得死死的。红珠风情地瞟了他一眼,说,我才懒得管哩,还怕你飞了不成。顺然说,我真的有一个。红珠问,在哪儿?顺然说,在广州。

顺然说的是真的。他在广州那儿开了个分公司,要招人,招人就要笔试面试。笔试的第一名和第二名,在面试时被刷了,面试只有一道题,偏偏两个人都卡了壳。两人沮丧地出来,在外面等候的第三名松了口气,只有一个名额。面试的主考就是时顺然,把那张写着考题的纸条,用两个指头按住,移到了这个女孩面前。女孩看了一眼题目,便掩口笑了起来。顺然皱了一皱眉头,有什么好笑的,肚子里有句话:答不出来就滚蛋。

顺然问:"时家橄在什么地方?"

女孩答:"在一个很狗屁的地方。"

大胆！顺然正要拍桌子，女孩急忙补充道："但现在很有名，是中国黄海最大的鳗鱼苗产地和集散地。"

顺然放下准备拍桌子的手，表扬了一声："好。"又问了些问题，满意了，拍板录用。

事后顺然对这个女孩说："你不答很狗屁的地方，我还不会录用你哩，时家镢本来确实是这样，你敢于说真话。"

女孩笑嘻嘻地说："原来你的答案就是狗屁啰。"

顺然笑道："原先没有，这个狗屁答案是你发明的，是你的专利。"总经理与秘书小姐说笑话儿，很搭档。"红珠就差这么点幽默。"顺然这么联想。这女孩芳名阿敏，是广州一所牌子不弱的大学毕业的，生得娇小可爱，知识也博，天文地理，鸟兽虫鱼。来面试之前，阿敏实实在在做了功课，能够掌握到的信息一个也不放过，总经理的喜好，哪里人，这些是必须搞搞清楚的。顺然被阿敏迷住了，左一趟右一趟飞广州。两人亲热到要动真格的时候，阿敏一笑，低低地说："我还是个处女。"又说："像我这样的年龄，广州街上只有女人，没有处女的，你相信吗？"顺然笑道："我怎么知道！"阿敏拧了一下他的耳朵："要知道，就要把你那位粉给断了。"

"啥粉？"顺然一脸懵。

"别装了，整天跟着你屁股转的那位。"阿敏说。

"哦，你说的红珠啊，她不是我女朋友，你才是。"顺然涎着脸说。

最近，风声一阵紧似一阵。时家镢发了横财，谁不眼红？工商公安税务交通全上了发条似的，层层设卡。到了货放人，设卡的再几个人一分，哇！一人几千块。连机关里的打字员小姐也非要参加紧急行动不可，加班加点地干。这边官方的打击已经招架不过来了，还有民间的散兵游勇等着。

这天晚上，顺然高烧在医院打点滴。广州那边催货必须天亮之前送到。从时家镢到飞机场五百多公里的车程，紧赶慢赶也得四个多小时。顺然拔掉针管，准备连夜赶路。

红珠说："我跟你一起去。"

顺然摆摆手，意思是不用。红珠执意要跟着："你高烧还没退，一个人去我不放心。"

顺然想了想，路上有个照应也好。

一路不停。雨后的山道有些滑，顺然放慢了车速。忽而闪出一伙人拦道，打着火把，大叫："停下！"道路上设了路障，为首的一个山民吆喝："干什么的？"

顺然从驾驶室里探出身体，赔笑，发香烟。"老婆有病要连夜送医院，请各位大哥行个方便。"

那人把头伸进来，看到副驾上一个女人歪头闭眼，看上去病得不轻，吩咐搬开路障。旁边有个年纪轻点的说："别信他的鬼话，到车上看看，有没有夹带毛鱼秧子，这些人花头点子多哩。"

几个山民乱哄哄，要到车上检查。顺然见路障已搬开，

171

赶紧踩油门。车门还没有来得及关好，有个山民已抢上一步，抓住方向盘，被顺然一拳打下去。然后猛地一脚油门，汽车弹射出去。山民向汽车掷石头。顺然沿着山道疾驰，离火光愈来愈远。刚下过雨的山道很滑，汽车在一个急拐弯的地方撞向了悬崖边的护栏，顺然一边打方向，一边死死踩住刹车。幸好有护栏挡了这么一下，车速也慢了下来，就这样，前边半个车轮已经滑出了悬崖。

红珠失了魂似的一声尖叫，顺然轻轻吐了口气，他调整了一下座椅，伸手摸了摸红珠的满是汗水的湿漉脸颊。离合倒挡轻轻地踩油门，两个轮子吱吱嘎嘎，慢慢地慢慢地退出了护栏。车子停稳后，顺然突然一把拖过红珠，把她压在身下。两个人嘴唇紧紧贴合在一起。红珠身体还在哆嗦，瑟瑟发抖。顺然先是扒光了自己，又去扒红珠。红珠听任他扒，他猴急地把内裤的带扣，弄成个死结。红珠自己来解，也解不开。顺然发起性子，把内裤撕开一个大口子，红珠在他身体底下连连嘶喊尖叫。车灯撞坏了，漆黑一片。

后来，后来红珠说，这个儿子就是在悬崖边上投的胎，必须叫成成，一定的，不是耳东陈的陈，也不是禾旁的程，就是成功的成。

二十三

成成头伸到窗子外面一看,这不,台风来了。

真知妹也赶紧挤到这儿来看,窗子小,真知妹还要把上半身探出去。

成成嚷,小心!真知妹头在窗外,人跪在椅子上,翘臀,成成咽了口唾沫,狠拍了一下。

干吗呀,真知妹上半身缩进来,怒容。

什么干吗,你摔下去,跟娃仔怎么交代,成成撇了撇嘴。

我的命我做主,关你们什么屁事。又把身体探了出去。

危险!成成刚想出手,真知妹把大长腿一曲,再一蹬。

那意思是,晓得你要来拽,等着哩。

没蹬着,不过,也就差了一丁点。

成成笑,看着风了吧?风不在上面,在下面。

这就有点怪了。下面是海,黑色的海面上等距排列着的风机像一根根缝衣针似的,那一根根针下面,曳着一条条细细的波线。成成说,那波线是台风派出的哨兵。

风机列阵,在海面上对分对称,多了那一条波线,像一面又一面小小的三角旗镶嵌在丝绒的黑色海坪上,乍看上去,是不动弹的版画，其实它在动，动的就是那波线，波线一直在向背逆的方向涌动，或绽放几朵花，或奔泻出一股涡流，它们连绵不绝。线与线是平行的，从这边看和从那边看，都是一样，对称的。

而朝最上面看，最高处有个丸屋，那丸屋是在危崖之上，只有一扇窗，窗口有一女一男两张脸。

主控室整间屋在外面，旷得很，去各处巡检的小伙，活干好了之后就上这儿转悠，成成有零嘴款待，只是不许抽烟，谁抽他就撵。有一次他有了便意，在外面的一蓬乱草里屙了一大泡。刹好裤衩回来，一个猴在窗台上的小伙冲他笑，笑什么呐，一眼看见，空着的桌面上站着支烟，这支烟的根脚下掉了一截烟灰，也就是说，已经有了不容小觑的时长。这是藐视他的权威，是可忍孰不可忍，成成大吼，谁干的，那个猴着的小伙差点没从窗台上掉下来。不过，成成自己的态度发生了变化，由怒而喜，转而欣赏这个创举。他用类似奥沙利文或是希金斯的眼神，瞄着这支烟，来回走了几步，然后鼓起腮，长长地吹了一口气。隔得太远，不买账。成成关口前移必杀技，终于把它给撂倒了。

到了天热起来的时候，整天价门开着，有的野物窜进来，成成就从垃圾里挑了块矩状三夹板，门口挡一挡，这样野物就没法顺溜，当然人进来也得跨一下。少东家有事没事都得来转一下，这是什么玩意，他退后几步，一，二，踩着点，来一个跨栏,腿短,差点绊着。哎呀呀呀,我的成爷。成成笑道,你那动作不是跨栏,是三级跳。看来我得在上面写个纸条,凡显摆的,后果自负。少东家说,好啊,我今天就是看成爷显摆的。成成跟总部说了,不要怕超级台风,咱就是吃风的饭。等大叶子吃饱喝够,咱再来个急停哈。

说曹操曹操就到,这趟来的台风婵娟,听名字挺温柔的,报的海上最强风力是 14 级。婵娟轻叩了一下窗子,成成说,窗子关上,少东家屁颠屁颠赶紧把窗子关上。成成正在噼里啪啦敲数字,屏上出现几条蚯蚓一样的曲线,搅缠在一起,红绿黄。少东家伸过头去看,成成说,看得懂吗?少东家说,成爷讲呗,洗耳。成成说,打一桶水洗都没用。

正在耍嘴皮子,屋顶上有了动静,一片瓦被婵娟给掀了,咔喇叭啦,蹦跳了几下,声音消失,估摸是掉到绝壁下面去了。

成成看少东家的脸色,少东家看成成的脸色,苍白。

一会儿,屋子神经质地扭秧歌,花篮的花儿香,左一下右一下,头顶簌簌掉灰。

少东家喊,急停,停,成成赶快噼里啪啦操弄之后,一下子激情澎湃,把少东家扑倒在地。干什么干什么?保护领导。这样就保护得了?卵用。

屋还在摆,水沫一阵一阵泼溅到窗玻璃。感觉婵娟的疯劲也差不多到头了,少东家和成成都舒了口气。

沾了婵娟的便宜,满负荷,成成说,不沾白不沾。

成爷呀成爷呀，少东家拍了一拍成成的肩膀，个中意味不只是实验成功，还有舍身护主。或许后者更重要。人是最宝贵的，只要有了人，什么人间奇迹都能够创造出来。

行星架将风轮动力传至行星轮，再经过中心太阳轮到平行轴齿轮，经两级平行轴齿轮传递至高速轴输出。

不好，成成叽歪，凑近了看屏。几条不同颜色的蚯蚓，绿蚯蚓弓起了身体。

出乱子了，成成摸索，在找望远镜。屏上模糊熵报警。

近似熵和模糊熵这两条地龙，他还是更相信模糊熵。

格剥一声打开小窗，带着浓重水腥的黑暗汹涌了进来，什么都看不到。伸手不见五指。

成成不管三七二十一，很入神地，转动着两个镜筒之间的旋钮调焦。

向左前方看，他把望远镜递给少东家。

茫茫黑暗里，少东家看到了很小的一点火，塔筒很细，像点燃的一支香烟。

微小的火，爆了一下，大了些许，也明亮了些。

上面的乌云潜行着闪电，不晓得是哪一道击中了香烟，它虚张声势地燃烧起来。

烧了好一会，它终于撑不住，软瘫下来，先是上面的一截斜了，带动下面的趔趄，现出环节动物的原形。

火光映出了更远处浮着的尘。

二十四

六姑娘在街上走的时候,离她大约十几米的一个美人儿,细小的头,安在一个很大的身体上,她感到不对劲。美人走到靠近时,头又不小了,身体比例也正常了。她再朝稍远一点看,来来往往的人们,竟然都是小头大身子,像是到了一个小头国。

回到家里,躺到长条藤椅上,戴起老花镜看书,怎么一行行字里,大字小字间杂,字节跳动。

这刻干儿子来看望她,她把手上的书递给他看,干儿子说,没见大字小字间杂呀,你眼睛可能有点小毛病。六姑娘说,没有呀,我这会儿看什么不都好好的。干儿子退到远一点的地方,让她看,又是小头大身子。

干儿子陪她到医院看眼科,这一向时金伴事情多,通灵县各方面的事,分管的官员是不能拍板的,都要上呈一把手,有的还要经过常委会的程序。时金伴说,我这儿挂的线多灯泡儿多,电力不足,个个都不亮。他刚从北京回来,百万担皮棉县的成绩,没有奖金,奖金是实物,一百吨化肥。六姑娘眼睛的事他也晓得了,吩咐干儿子陪她去医院细做检查。

干儿子现在是县委办公室机要,场面上还是时书记时书记,两人的场合就是金伴书记,到了跟六姑娘一起的两人场合,就是金伴。干儿子说,金伴在北京开会的时候,都惦记着找二点的事,他在大会发言的时候,提到自己的身世,就跟柯湘唱《家住安源》,柯是感动了自卫军的战士,金伴是感动了与会的一千七百多名县委书记。这只是一个启动,海量的工作还在后面。金伴有心,带回了一份与会人员名册。他写了一封恳求各位县委书记帮一帮忙的信,干儿子要拿去给打字员,金伴不让,一定要自己抄,抄一千七百二十八份。他说,打字员打印出来的,给人家什么感觉。他一定要抄,干儿子也就不再吱声,让他一份一份地抄。抄了不下五六百份之后,说,太累,抄不动了。这刻,干儿子说什么,他想听了。干儿子说,你事多,还是我来抄,人家又不认得你的字,我抄也一样。再说,二点也是我的哥,我也有一份心意。时金伴说,就依你。干儿子按那个名册上来,抄了一份,就打一个钩,看到什么呼图壁县伊吾县托克逊县,听都没听说过,拐二点的那个时善存会跑到那儿去?不过,干儿子还是抄了一份寄出去。这些信,没有从机要上发,都是一封一封贴邮票。六姑娘问,有没有人回呀?干儿子说,回总是要回的吧,不过,到现在也有一个多月过去了,也没有人回信,没有电话过来,有几个还是金伴认识的,有交往的。六姑娘说,那就更不要急,没有个子丑寅卯,人家怎么回。干儿子说,干娘说的是,那就等吧。六姑娘叹了一声,大海捞针。

在说着,叫号的已经叫到了,干儿子陪六姑娘一道进了诊室。医生说,可能是黄斑变性,要做一下眼底造影确诊。做造影还要陪同的亲属签字。在她小臂上,缚了一个插件,然后把药剂的小管插上去,她动了一下,小管滑掉下来,又重新插上去。医生叫她把脸塞进一个圆圈,下巴搁在托上,瞳孔要对住镜头,那深渺的沉黑中,有一个蓝的亮点。她忽而有一种期待,眼神格外尖起来,看向那个亮点。黑暗中跃动起长长短短的火舌,她所期盼的并没有出现,但亮点仍在。她想不到还有这样的机会,无论如何,一定要抓住。这刻腾起一大片白色的火焰,她的身体像离弦的箭,穿过火焰。然而,火焰熄灭,亮点也消失,她的期待也一下子坠落了下来。

这药剂从尿路排泄,浓浓的菜花黄。一夜过去,尿的颜色一点没褪还是菜花黄。

这个堤东堤西,怪异的是,一过了县城老堤,土质就起变化了,堤东是沙土,堤西是黏土。专家分析,与水有很大的关系。最初是潮间带的土,相当于一个娃娃在海洋母亲的子宫里孕育。时家镢的渔民叫它"hèng 地",这个发音很难找到对应的字,只好借"鸻"一用。鸻不是单个的鸟,而是一类鸟的合称,一种喜欢涉水,长距离迁徙的鸟,羽色黄褐斑驳黏着,仿佛刚刚被雨淋过。"鸻地"涨潮的时候就隐没不见,潮一退又露了出来,赤脚踩在上面很硬,硌脚,这一层壳下面还是稀软的、烂的,还得待在大海的摇篮里摇呀摇,听妈妈的眠歌。等到有一天"鸻地"完全脱离妈妈的怀抱,真的成陆了,那就是盐碱地,熟不长粮,荒不长草。再后来,经过引水洗碱,绿肥改良,成为能养育人的熟土,沙性的,育不住水。堤西就不一样了,就这一道堤的隔断,长江水系的滋润,土性就变柔了,时金伴说,有一次他到堤西有事,恰恰刚下过雨,那烂泥巴直朝他的轮子上裹,越裹越厚,没法子他只好下了车,把自行车往肩上一扛。还没有解决问题,脚上的那双球鞋,泥巴也是越缠越厚,就跟重犯钉了脚镣一样。时金伴这个比方,把小火轮上的人都引笑了。所以时金伴主持通灵县委之后,急办的事当中就有一件是置办一辆帆布篷的小吉普,那是堤东用的,一马平川,还有一艘小火轮,那是对着堤西的情况用的。水网地区到处是桥,是河。小火轮在下面走,风光好,心情不错。有的事情需要会办的,时金伴也放到小火轮上。这次是会办煤炭的事。化肥现在抢手,肥效是粪尿的十倍,就是耗煤厉害。县里的一个化肥厂投产,产能十万吨,一吨尿素要配一点五五吨标煤,十万吨乘以一点五五,那就是需十万五千五百吨标煤,还有其他的厂,电厂缫丝厂冶炼厂,都是用煤的大户,还有市民村民的生活用煤。时金伴就焦虑这个事,煤,煤。大家都奔山西去,时金伴瞄住了一个相对冷一点的河南鹤壁,并且派他的爱将少东家去长驻,打通关系,死盯。少东家电话里跟他诉苦,鹤壁街上到处都是用斗车拉煤的运煤的,一个人推,一个人在前面用绳子拉,跟纤夫似的,黑衣人,可能黑衣耐脏,空气里到处都有煤灰。他只好待在旅馆里,那么多的时间怎么消费哩?时金伴问同船的计委主任物资局局长交通局局长,他们开动脑筋,一个说打扑克,一个说听收音机,一个想说老婆不在正好能自由,时金伴说,都不对,干的娘儿们的事,织毛衣。船上的人嗨翻。

时金伴一个人从舱里出来,透一下气。油菜绿的,将要开花,将开未开,前面不远处有条罱泥的船,两个人在罱泥,这是个顶级的力气活,要把泥罱到河坡的二道坎的地方,高过头起码有一米,那地方有个蓄泥的小塘。两个人对面站在船的横梁上,你起我落。有个恰好脸对着小火轮过来的方向,看到了时金伴,喊:"十斤半!"

局长主任都在旁边,好长时间没有人这么喊他,时金伴骂,肏娘的,叫把小火轮跟罱泥的船挨近,跟船上的人招呼,一个人跳到那个船上。

那个年龄大一点的,应他的话,一边把手里的罱锹递过去,一边说,不要摔下去,丑话说在前头。

时金伴笑道,晓得,没做过的站都站不稳,你是他哥哥?

那汉子奇怪。你怎么知道的?

时金伴说,见你们长得像。

对那个年轻的,时金伴的笑收起来了,说,我们来玩一把。

　　说干就干,戽锨一起一落,那河泥画着弧线啪啪落到泥塘里。舱里的河泥,上面稀,下面稠厚,越到下面戽,越费力气。时金伴越戽越来劲,每一戽扬过头顶,抛出的泥团板整,那个小青年渐渐不行了,抛出去的拖泥带水,有的都没有戽到塘里,撞到外面反溅到自己脸上身上。哥哥说,好了好了,别现世。时金伴气都不喘,如常,稳稳地站在船的横梁上。

　　小火轮上的人,啪啦鼓掌,服了。

　　时金伴这才消了口气,嘚瑟回车。

二十五

生意越做越大，顺然不到一年工夫成了时家锨的首富。首富就得建筑一所与之相称相配的住宅。顺然请风水先生看风水，选中了一块地皮，在镇上的一家剧场对过。土地管理所那小子哈巴狗似的，把手续办好送上门。新宅择日破土动工，半年光景落成，让时家锨人大开眼界。三层的楼房，墙上贴的马赛克，铝合金窗，茶色玻璃。楼房旁边砌了个车库。楼后面还围了块空地，据说要做草坪，做游泳池。式样取的一本外国画报上的。

相比之下，它对面的人民剧场就显得寒碜了。

快要竣工的当儿，时金伴冷不丁窜到时家锨，特为看这个房，他也好奇，丁头府扎堆的时家锨怎么冒出这么个怪物。

"老子干了大半辈子，还没干出个抽水马桶来。半夜提着裤子上公厕，要连跑带奔几十米，生怕拉在裤子上。你小子倒会享福咧，楼上楼下搞两个抽水马桶。给我留个房间，退了休就蹲你这儿。"

"必须的啊，楼上朝南的两个大房间，你一间，我奶一间。"

老时很高兴，儿子有出息，孝顺。

房子落成了，要搞个庆典，日子无巧不巧与镇里办的党员冬训开学的日子撞了头。这边，剧场门前彩旗飘扬，各个村的干部、党员在食堂里吃完了包子米粥烫大蒜，抹抹嘴，三五成群地进剧场。那边，顺然新房子的前面鞭炮，噼里啪啦响得正欢，摩托车汽车停了一长溜，不断地有人送匾送贺礼，引得多少人围看。结果，连已经进了剧场的党员也跑出来望稀奇。顺然见乡亲探头探脑的，大声说："想看吗？可以进来，欢迎参观！"

姜叔也从镇政府那边过来开会，看见顺然的房子就跟他出国去新加坡一趟看到的差不多，也眼热，想，我当了这么多年的干部，大小是个官，什么时候才能住上这样的房子噢。

老姜进了剧场一看，除了主席台上坐了几个党委、政府的人，下面的座位几乎都空着，便跟秘书说："人都叫过来开会！"

秘书过去了。一会儿，零零落落过来十几个。老爷子动了肝火，叫秘书再过去叫：

"再不过来，党员除名！"

这一下，差不多都过来了。老姜坐在主席台上，感觉怪怪的，跟以往不一样。

有人跟他咬耳朵，说，这房子跟镇里的建设规划有冲突，踩线啦。

老姜嘀咕，咋办？不看僧面，也得看佛面呀。私下里把土地管理所的所长找来问了下情况，房子已经建了七打八，再拆，损失大了，社会影响也很不好。趁着晓得的人不多，影响没有扩出去，赶紧把规划修订一下，线挪开去，就不踩线了。

"我能打！"小立很好胜，嚷道："打蚊子，还是打苍蝇？"端起枪瞄了瞄，便搜索目标。

还是个孩子哩，阿珍心里生出感慨。十年前，阿珍从孤儿院里领养了小立，她很可怜这个弃儿，把一份母性的柔爱倾注在他身上，恩同骨肉。现在她很后悔，不该迁就小立习武练枪，练成了一手好枪法之后，被黑道的老大相中，卷到黑道中来。一旦进了黑道，除非死了，否则就甭想摆脱。黑道明面上跟正常人没什么大的区别，一样的生产经营，还做慈善，暗地里却干些伤天害理的事，覆灭只是迟早的事。"小立小立！阿姐可害了你了！"每每念及，阿珍便揪心地痛。她一直暗暗设法要把小立搭救出去，过一份正常人的生活。因为条件不成熟，便一直忍耐，不跟老大闹翻。在最近的这次黄海行动以前，她已经联络了境外的一个信实可靠的朋友，给小立办了份化名护照。只是还有些细节没有落实，她只得再迁就老大一次，走一趟时家锹。料定老大这一次得手，一定会把顺然也裹挟到黑社会中来。所以，她决计要跟老大火并。

火并之前,先把小立送走,安顿好。

"小立——"她向远处寻找猎物的小立招招手。

小立奔跑过来。她掏出手帕,擦擦他额头上的汗:"先谈谈正事,再玩,行不行?"

"我晓得,阿姐不要我了,要赶我走!"小立用力把枪托往地上一顿。

"不是不要你,这儿不是久留之地。"阿珍柔和地劝说。"你先出动,打前站,隔几天阿姐也过去,一定的。"

"哄我!你是要和老大干仗,是不是?"

"小孩子家,别乱说!"

"有我在,老大不敢动你一根汗毛,他怕我这支枪。"

阿珍心里一紧,老大要动手,肯定要除掉小立,她格外下定了把小立送出去的决心。

"要听话,不然的话,阿姐不理你了。"阿珍把面孔板起来。

小立无可奈何,答应了,但放了个手枪对准太阳穴的姿势:"你要不马上过来,我就这个。"

"好,好。"阿珍想,先把他哄出去再说。

小立想起了什么,问阿珍:"阿姐,那次你给顺然的匣子里装的什么好宝贝?你叫我以后通知,怎么又不把密码告诉我?"

晚上回到寓所,阿珍忽而冒出些新的想法,甚至要重新审度。种种环节无论如何要考虑周密了,否则就酿成无辜的流血。至于个人的安危,她倒不在乎,只是想,能够埋葬在时家锹多好，看乡亲们劳作，海天辽阔，夜夜听潮。她又想到顺然。这么多年想抛也抛不开的惦记，但她生性刚强，绝不肯说一句软话。

此刻，她忽而动了想跟他顺然开个玩笑的念头。

电话铃响了。

顺然拿起话筒，问："哪一位？"没有回音。以为是谁打错了，便搁下。走了没几步，电话又响了。如此这般，问又不吭声，顺然想，什么玩意儿？对着话筒大声说："哪位朋友，跟我时顺然开玩笑？"

线路的那一头依然沉默，只听见电流的声音。一会儿，听到电话轻轻挂断了。

什么人在跟他捣蛋？

他大惑不解，无论如何也想不到是阿珍。

阿珍的不幸是顺然的隐痛，是一块心病。

俗务缠身，虽不能够时刻萦怀，却是永远不会忘记的。

有时他翻出一张泛了黄的照片，是他、阿珍、善华三个人年龄很小的时候，一起去通灵县城照的。当时照相馆里拍照的问："洗几张？"善华把身上的零票掏出来。阿珍从口袋里掏出二角钱。顺然忘了带钱，几个小袋袋翻遍，只有一枚五分的硬币。钱不够，只能洗两张。善华说，我不要，你们两个正好够分。顺然说，你自己哩？善华说，我是大哥，当然要让你们。再说，你们那两张上不都有我吗？我们仨永远在一起。三个人亲热地搂抱在一起。

谁也没想到,老姜居然把镇长的职务给辞了。时金伴又好气又好笑,搭错哪根神经了?快退休还整这么一出,想啥哩。

老姜脱了官衣,很快成立了一个叫"海王星"的股份公司。渔民们手头也宽绰,纷纷入股。老姜虽不做镇长了,人气还是在的,人脉也旺着。渔民大老粗也不管他持了多少股,理所当然称他姜董。

最近姜董迷上了做烟斗,这玩意儿考究的是料,好看还在其次,关键是要耐火。烟丝点着了,斗也着了,那就成吸木头了。老姜正在专心地给一只黄褐色的石楠木打孔,钻台旁边放着长长短短的麻花钻、卡尺、砂纸,章场长站在一边看着他。

"知道吧,石楠木最金贵的地方,就是这根瘤,就这个瘤子做烟斗最好,又硬又好看。"老姜把玩手上的烟斗,接着说。"为了取这点瘤就得把整个树都毁掉,可惜了。对了,我们公司的这个养鳗场是刚刚办起来的,你是场长,要负起责任来的。"

"姜董放一百个心,乡里乡亲的,进货资金还是个难题,现在银行里贷款刹得紧啦。"

老姜摩挲烟斗,兴趣又到了烟斗上面。细细放射纹,像火一样。这样的纹路倒不多见,大路货的是些海天云影之类,好比雨花石,啥是极品说不清。"正好县里抓股份合作,树典型,渔民投养鳗场的股,到了年底再分红,渔民也来劲,公家也要投一些,不然叫什么合作。我这个海王星,两边都得顾。"

章场长说:"您的意思公私联营啰?"

老姜笑道:"从股金的数目来看,私与公不能比,公是个空心大老倌。"

"倒也有意思。是个办法,是条路。"

"广东那边联系得怎么样了?"老姜问。

章场长凑上去说:"对方是个很正规的国营公司,总经理还得过'五一奖章'哩。"

老姜不吱声。公司草创,凡事要多长几个心眼。章场长又说:"这个差价赚头可不小,我们这边的毛鱼秧子一尾是九块,那边只有七块,要不要当面接触一下,看一下货?"

老姜说:"这件事情你跟他瞟住,防止他们脚踩两只船。另外,我们心里也要有数,头脑要冷静。"

章场长小声说:"是我的一个至交介绍的,绝对可靠。"

老姜呛了他一句:"商业社会,有什么至交不至交。"

章场长说:"时间上恐怕不宜再拖了,再拖恐怕要滑扣。"

老姜沉吟了一下,说:"你去落实一下机票,明天我们就飞过去。"

对方在白天鹅宾馆设宴。

老姜这次出来还特地系了条绛红的领带。领带打得紧了点，脖子上稍有点不舒服，但人显得精神多了。在旁边侍候的小姐递过来一条雪白的手帕，他接过，彬彬有礼地点了下头，用手帕在嘴上碰了碰。章场长暗自好笑，要是在本港，自家人喝酒，哪会这般斯文？老姜的酒量能拼他几个不醉，老姜快活起来，端起酒杯一饮而尽，能发出鸟叫一样的声音。

酒过三巡，老姜说："周总对我们时家镢一直大力支持，很感谢哙。现下，海王星更需要周总相助哦。"

"哪里话，都是朋友嘛。听说姜董喜欢做烟斗，我这儿有几块料，到时候请章场长带回去。"周总笑眯眯地说。

"不用不用，做了玩，闲得没事干。"老姜一喝就上脸，两颊绯红。

"您别客气，不值钱。"周总凑近老姜，"朋友还能不帮朋友的忙？不过，这批货等你们的回音，时间也不短了，该拍板了吧？"

老姜说："我们这个养鳗场范围小，加上刚建设没多久一下子搞不到这么多的流动资金，能不能分几步到位？"

"时间就是金钱，姜董是做过领导的，肯定比我们清楚，请姜董再考虑考虑。"

"哎呀，这么多货款，真的没有办法，这样吧，我们分几步，先少进一些，贷到钱再跟进。"老姜牙龈疼似的吸了口气。

周总脸上肌肉一动:"那可不行,原先讲好了的数字不能变,你们一拖再拖,我们已经蒙受了经济损失。"

老姜沉吟了一下,说:"那让我再想想办法筹款子。"

回到宾馆之后,老姜吩咐章场长打回去的机票。

章场长问:"生意的事情怎么说?"

老姜呵呵大笑,说:"果然不出我所料,哪有这么便宜的事,我一直有些怀疑,真的紧俏他们早就脱手了,不会呆等我们,没有那样的傻瓜。那么急着要成交,恰好证实了我的怀疑。送几块木头就想忽悠我?"

"姜董高见。"章场长翘起大拇指。

趁老姜进卫生间撒尿的当儿,章场长到房间外面的走廊上,给那个周总打电话:"事情不妙,老泥鳅有些知觉了,怎么办?好,好。"

章场长回到房间,对老姜说:"姜董,到附近市面上去遛一遛?"

老姜说:"你一个人去吧,我想洗个澡。"

"附近就有个高级浴室。"章场长说:"我陪你一道去。"

老姜随着章场长进了那间浴室,章场长吩咐:"来两个按摩的。"

"按摩?"老姜问。

"就是推拿,"章场长解释,"舒筋活血,效果很不错的。"

服务员把他们引导到按摩间。两人脱去衣服,只剩下三角裤衩。管道很响地送入大量的蒸气,人也显得朦朦胧胧的。

朦朦胧胧中进来两个身着泳衣的小姐,分别为他们按摩。

一会儿,章场长说:"我吃不住闷,先上去了。"

按摩间只剩下女郎和老姜,那个女郎柔柔地问:

"舒服吧,老板?"

"舒服,舒服!"

老姜本来是趴着接受按摩的,女郎叫他翻过身来,老姜这么做了,拘谨得很,女郎掩口,吃吃地笑:

"不要紧,我们这儿跟内地不一样,老板如果认为我服务得好,多给点小费。"

这几句话老姜一字一字都听清了,一点不含糊。他现在是"老板",只要有钱,没有办不到的。而钱,堂堂姜总不缺的。倘若不下海,心有忘惮,凭他老姜怎么可能享受到这么青春美貌的女郎给他按摩?心猿意马,血液的流动也加快了。

那女郎的泳衣完全被蒸气浸透,大眼睛扑闪,勾引老姜的三魂六魄出窍。究竟出窍了没有?不晓得。老姜不敢对视女郎的眼睛,一移开目光,就看到女郎浑圆的肩头上面的顶灯,那顶灯是滴溜滚圆,像亮月子,在雾气氤氲里发出柔和的光,随着女郎按摩有节奏地一起、一伏,那月子从肩的上方时隐、时现,看着看着,他忽而觉得那月子似乎跟着肩一起晃动起来,晃得他有些眼晕,哪个是月哪个是肩,分不清了。这时,女郎按摩的手指正好移到敏感部位。老姜如笼子

里的猛兽呼啸而出,猛地把她反按在自己身体下面,嗓子沙哑地嘶吼:

"我给钱,给钱!"

那女郎假装嗔怪,挣动了几下便就范。

顶灯被雾气浮着,一个小小的摄像头就隐在雾气里。监控室的几个看A片似的盯着屏,"这老小子还蛮猛的哩。"周总打了个响指,时机已经成熟。由浴室老板带几个呼啸进去当场按住。章场长作大惊失色状,求情,不解决问题。再转请当地富豪周绅总经理出来打圆场。老姜当然知道自己吃了苍蝇。要命的是,女子一口咬定他强暴。传到家里这老脸还要不要了。只能私了,不扭送公安机关。

顷刻间周总成了老姜的大恩人,并且一切证据都捏在他手里。姜气得两眼发黑,大半辈子从未挫败,如今上了美人计圈套。那批鳗苗明知有诈也只得认苦头吃进,欠了一些款子,姓周的现在也不怕老姜滑掉。

好处章场长自然少不了。周总也给了老姜三十万元人民币,以示抚慰。款子是由章场长转交的。章场长仰起那张柿饼脸,诌媚地一笑:

"这点小意思,望姜董笑纳。周总对姜董万分佩服,今后还要仰仗姜董,多多关照提携。"

"日你八辈子祖宗!"老姜心里骂。

似乎什么都没有发生。章场长依然是他的奴才,依然那么善解人意，那么谦卑。

老姜一言不发，冷冷地朝他看，眼珠子暴突，露出凶光。

章场长也盯着他。

最终还是老姜的目光缩回去了。

柿饼脸上的肌肉也放松了，心里却浮起了笑：我看准了你姜志是不可能殊死一搏的，你贪财、好色，更贪生。周总给了你三十万，其实你根本不值三十万。

两人把那批鳗苗从广州弄回来，运抵时家镢这么一大笔买卖，撑死老姜也吃不了呀，先放在镇养鳗场的池里，得赶快把货消化给别的鳗场，把自己损失降到最低。

各个村办的养鳗场听章场长说进了批便宜货，一尾毛鱼秧子只有七块钱，比市场上便宜两块，都兴致高涨地赶来看货。货看了，都说愿意进。章场长窃喜。

好几个场的场长都说，拿不出现钱，能不能挂一下账？章场长说，不行，一个子儿也不能少。这么便宜的货人家都抢着进哩。抖出几份外县外市的电报给大家看。有的场赶紧付了款，把货吃进了。

也有人嘀咕，这么便宜的货，不留着自己赚钱，有这等好事？

章场长不屑："没钱就不要看，姜董公司刚建，鳗场小，吃不了这么多，要不然还轮到你们？"

顺然也来看货，没吱声。姜叔的海王星他也投了不少钱。

章场长说:"怎么样,顺然?你那儿拿出个几百万现款不成问题的。"

顺然笑道:"钱是有一些,我现在什么狗屁权也没有,可以拿方案,还要他娘的董事会讨论。"

章场长连忙蛊惑:"讨论个怂,左一讨论,右一讨论,到手的大把大把钞票都飞掉了。"

实际上顺然心里正在盘算。

他打开手机,与阿敏通话。广州那边基本上交给阿敏打理。阿敏说:"这肯定是一批南洋鳗,样子看上去跟黑籽鳗一样,但养不大,是假货,千万不能进。"顺然听了,心里一凛,说:"晓得了。"他关掉手机,马上去找老姜。这可是个新情况,倘若款子还没有打到对方账上,要赶紧中止。

"来得正好,正要找你。"

顺然朝老姜望了望,心里一惊,几天未见,老姜满脸倦容、两鬓斑白,顺然很不放心,问道:

"姜叔,身体哪儿不舒服?"

无意中点了老姜的心病,老姜笑道:"蛮好,就是杂事多,忙得很累。有件事正要找你,我们从广州进了一批毛鱼秧子,价格便宜得不得了。"

顺然说:"正要找你报告这件事。"便把了解到的情况说了一下。

老姜十分注意地听,心想,不好,漏了气了,得赶紧把这个口子堵上。他便做出严肃的样子,说:"这个信息根本不可靠,是谣传!你自己头脑要清醒,还能给你苦吃?"

顺然本想说,不管怎么说,有怀疑总要慎重一些好,但这话到了嘴边又咽了回去。因为,姜叔已经把话说死了,倘若再说有什么疑,就是疑他姜叔了。况且,姜叔自己的公司,他应该比其他人更上心更谨慎才对。顺然想了一想,问了一句也是通到节骨眼上的话:

"款子打出去没有?"

老姜一听就明白,这小子还是不放心。他对顺然性格有数,越劝越会让他怀疑,便采用静观待变的法子,说:

"随你们的便,反正机会不会老等着你。"

老姜虽不干镇长了,余威还是有点的。

第二天,顺然便接到县委打来的电话,通知他去县里参加一个考察班子,为期一月,村里的工作临时由副手代为主持。虽说这村长是大伙儿选出来的,根子上还是老姜起的作用。按他的心性是绝对不想当这个村官的,老姜对他一直关照。这会儿老姜把他支开,顺然觉得有些突然、有点蹊跷。他在把印鉴交给殷国强的时候,特为叮嘱:

"广州那批毛鱼秧子是假货,万万不能进,老姜倘若硬压,你就朝我身上推。"

"我不推。"殷国强拍拍胸脯。"顶多不当这个破官。"

"你还可以跟几个股东先通一下气,看有什么说法。"顺然目光闪动,点拨了他一下,"也是大伙儿的事,共同扛嘛。"

殷国强也不是个粗人,说:"有数了,你放心。"

顺然上县里报到去了。

假鳗苗的事还是很快传开了。刚才章场长跟他通了气,大约有好几个场长都暗地找顺然摸到了信息,现在想进的都不进了,进了的也抛出话来,倘若饵料投下去养不起来的话,还要退货。广州那边,一天几个电话,催命地追索货款。

这边公司的渔民股东听到消息,也炸了。一大帮渔民冲进老姜办公室,老姜脸色煞白,大喝一声:"出去!"

有些年纪大一些的渔民退了出去,年纪轻的渔民不买账,一屁股坐到办公桌上,有一个气盛的朝老姜瞪着眼吼道:

"跟老子耍什么威风,向渔民贩卖假货,骗渔民的钱,你是不是人?"

"我们都是股东,把货退了,还我们钱。"

一句话勾起了渔民们胸中的愤慨,咒骂像石头一样乱纷纷朝老姜砸来。

"山芋龛的!"

"狼心狗肺,畜生!"

章场长悄悄把派出所的人找来,说有人聚众闹事。

渔民们还是有些惧怕,坐在办公桌上的也赶紧把屁股挪下来。

老姜朝一个领头的小青年一指:"把这个小娘养的给我铐

起来。"

殷国强血冲头，眼珠子烧得血红，大吼一声：

"要铐先铐我，我是头！"

派出所的人认得殷国强，犹犹豫豫。

老姜铁青着脸，指着殷国强："把这个狗日的，先给我铐！"

渔民们一下子围上来，不让铐。大叫："时家镢没有个理，我们上县里去！"

渔民们大多有摩托，突突发动起来。十几辆摩托连成串，在殷国强带领下，烟尘滚滚往县城方向驶去。

老姜也没有料到事态会如此急剧恶化，他的心是虚的，禁不起震动，连忙打电话找县里的一些头头，还有那些跟他关系交好的部门官员。信访办的卢主任给他定心丸："放心！我就坐在办公室里等，他们一到，肯定领到我这儿来处理。"老姜叮嘱他切不可麻痹，要一下子扑住。所以，殷国强他们一到信访办，卢主任就给他们来了个泰山压顶，要依据《刑法》某某条款追究为首分子。倘若态度好的话，可以从宽处理。一看情况复杂化了，殷国强赶紧找借用在县委组织部的顺然商量。顺然说："现在不跟他纠缠假货真货，这个问题一时半刻也闹不清，先拽住产权说事，这是准的，我们这个场的产权是一清二楚的，连政府都无权干预，就是你我，也不能定这个砣。拍板权在董事会手里。我们向体改委报告，他们一定会睬我们的。"顺然跟殷国强一起去找体改委的头。他们这个场是体改委的一个点，正等着出经验出成果。体改委韩主任是刚从部队转业的干部，作风果断，说："正要抓个典型解剖一下，你们这个典型就送上门了。"顺然说："现在股东们都到县里来上访了，要求县里有个明确的答复。"韩主任说："你就把我这个意见转告他们，叫他们先回去。"殷国强急着说："不能回去，回去要戴铐子。""哪个敢用铐子？"韩主任不信。"姜原来当过镇长，现在下海了，是个私企的董事长，有威信，就要让派出所铐我，我是逃出来的。""蛮干！"韩主任一拍桌子，军大衣一披。"少安毋躁，我去向值班书记报告。"这时，渔民们在大院里吵吵嚷嚷，已经惊动了高层领导。韩主任这边一报告过去，值班书记马上打电话到时家镢，老姜被劈头盖脸一顿骂。电话传达了县委领导三点意见：第一点，应维护私企股东的合法权益；第二点，不经过必要的司法程序随便铐人，应向当事人道歉；第三点，这批鳗苗成交的始末情况要如实向县委写个报告。老姜在电话里支吾应着，一颗心像掉进了冰窟窿。如此处理，在时家镢他还有什么脸面？并且，县委的第三条意见似乎是警觉到这里面有什么猫腻。当真相赤裸在光天化日之下，他姜志的末日也就差不多到了。

就在告状的渔民返回时家镢的这天夜里，顺然的住宅里来了几个不速之客。

二十六

来的人蒙着面,只露出两只眼睛。

他们不是堂堂正正进来的,而是趁着夜深人寐。当顺然被一声低沉的断喝惊醒的时候,冰凉的枪管已经抵着他的脑袋。

"时顺然,你个狗娘养的专门跟我们作对!"

"什么地方得罪了爷们?"

"你自己心里明白。"

这几个蒙面人不容分说把他们一家老小都捆了起来,嘴里塞上毛巾或布片。顺然见拿了块洗脚巾要朝他嘴里塞,叫嚷:"你们敢……"

正好顺然的嘴张开,一下子被洗脚布塞得满满的,似乎堵到了喉咙口。

顺然听口音不像本地人,有些像广东客。他想起章场长进的这批假货,是他拆穿西洋镜的,"专门跟我们作对"是不是就点的这件事?

蒙面人翻箱倒柜,留一个看守住,其余两个楼上楼下窜。顺然想,存折拿去不要紧,明天早上就挂失,有些珠宝首饰,没办法,只好破财了。他忽而想到阿珍给的那个小铁盒子,放在衣橱里,会不会给他们搜去?心里一急,浑身汗津津的。

那个蒙面人看他一动弹,就喝住。

一会儿,那两个搜索的从楼上下来,其中一个用匕首在顺然脖子上划了一条血口,说:"不准报案!否则,一家老小别想有一个活命!"蒙面人走了之后,顺然想办法弄开绳索,红珠赶紧上楼查点存折和金银首饰。顺然则关心那个衣橱,见衣橱敞开,许许多多衣裳肠子似的泻了一地。红珠骂道:"这些活贼,把几条金项链抢了个精光!"顺然只顾在衣橱里摸索,翻来倒去。红珠也帮着找,找来找去没找到,小铁盒不翼而飞,看来也是被蛮子拿走了。

顺然不知道小铁盒里是什么,一定是贵重的,他想。阿珍叮嘱他一定要保管好。打阿珍电话,一接就通了,阿珍的声音很清晰。

"什么事呀?"阿珍问,似乎睡意蒙眬。

顺然说:"你给的那个小铁盒丢了。"把深夜遭劫的经过说了一遍。

阿珍一直没有插话,注意地听,最后说了句:"晓得了。"

又说:"本来我也要找你联系,这一来,我就放心了,你现在真正平安无事了。"

顺然听得莫名其妙:"什么意思?我一点听不懂。"

阿珍浩叹:"钱,只要够吃够用,多了反而是灾,不是福。

顺然，我要到一个很远的地方去。你今后不要再跟我联系了，联系也联系不上。好自为之，我父亲就拜托你了。"

顺然着急地叫道："阿珍，阿珍！你怎么讲出这样的话？"

沉默了片刻，阿珍说："我安定下来，会找你联系，再见。"

啪的一声，手机关了，传来了忙音。

顺然再揿就揿不通了。

顺然傻了眼。

跟阿珍断了联系，他就少了个依靠，广州那边幸好还有阿敏盯着。至于阿珍的话"钱多了是灾不是福"，他是这只耳朵进，那只耳朵出，钱多了怎么会是灾哩？笑话！他倒是想，有了钱应当雇一个保镖，有了保镖他今天夜里就不会吃这么大的亏。

第二天他就张罗这件事，并且着人到附近的一些集镇张贴告示。有些痞子也就来投靠他，无非图几个钱。顺然选了选，一个都不满意。武功都是些三脚猫，但也不宜得罪。不但不宜得罪，还要善待。洒那么几个钱，说不定今后有用得着的地方。

至于遭到几个蛮子抢劫的事，顺然摸摸脖子上的那道刀疤，真的没敢去报案，把这件事悄悄闷掉了。他也有点后悔，不该嘴快，把假货的底给捅出来，结下个大怨敌。

殷国强他们从县城返回，犹如打了大胜仗，十几辆摩托车风风火火。假货的消息像瘟疫一样播散开来，凡进了货的场都纷纷退货，给了现金的找章场长，横眉竖眼大吼着要钱。章场长衣襟上纽扣也被扯掉了，头发蓬乱，冷冷地笑。

老姜的头发这一夜全白了。

他现在也不上班，窝在家里，越想越怕。亲信也不敢拢他的边，颇有点树倒猢狲散的滋味。只有找顺然老爸探探口风，拨了一上午电话一直关机。听说顺然要提到市里去当人大主任，这会儿躲还躲不及哩。剩下的一线希望，就是省城的那位表弟，资深记者，吹嘘过首长那儿能说上话，老姜在他身上也下过不少本钱。电话打通了，那个表弟传过来一个很坏的信息，有人写了针对老姜的举报信，省委负责人很重视，写了批示。"那批货如果是假的，有两千万元损失，是不是？"表弟问。"差不多，不过……"老姜想辩解，表弟接上茬儿："想说'不是假货'是吧？老实话，得了多大好处？""真的没得什么好处。""鬼话，就是十分之一的提成，也有两百万。"老姜只得把真相原原本本兜出来，表弟说："三十万数字也不小哇。"老姜眼泪流下来了，哀求："你拉我一把，行不行？"表弟叹了口气，说："这个忙我无法帮，属于大案要案，谁踩雷，救不了人还要把自己搭进去。我不能跟你讲水话，误你的事。"

夜色浓重，章场长来叩老姜的门。老姜坐在做烟斗的台子旁，身后一个玻璃展柜里放着各式各样的烟斗，不全是他自己做的，也有别人送的，旅游时买的。檀香木的银的铜的还有玉石的，老姜当然还是喜欢自己做的，从一个木头坯子到闪着各种光泽的成品，成就感十足。章场长进来的时候，他正拿着一片薄薄的细砂纸，架着老花镜打磨，磨一下，吹一下。这个弯斗花了他两个月的工夫了，没想到抛光时发现，细芒似的纹路里隐着一个疤结，并且越磨越大，越磨越清晰。这让他太沮丧了。光芒似的射线被疤结割断了，不成样子。他舍不得几个月的心血，仍在磨。一吹，尘在台灯下闪亮。

老姜见了章场长如老鼠见了猫，目光畏畏缩缩，巴结地笑。

现在是主子成了奴才，奴才当了主子。

章场长一把夺下老姜手里的烟斗，阴阴一笑："什么时候了，还有心思玩这个，我看你也枉当了这么多年的镇长，办事能力这么差劲。"

老姜嗫嚅着说："事情已经到了这个地步……"

"什么地步？"章场长眼睛珠子一瞪，"你不还是董事长，渔民的钱不还攥在你手里。"

老姜无力地垂着白发苍苍的头颅。

章场长火了，一把揪住他的头发，脸逼着脸，嘶吼：

"一千五百万，一千五百万！我向老板怎么交代？你这个窝囊废，不中用的东西，老畜生！"

他猛地一拳，揍在老姜的下巴颏上。

老姜仰面倒地。

他骑在老姜身上,使劲扼他的咽喉。

"窝囊废!你这个……"

忽然卡住了。他看到老姜眸子里射出锐利的光芒。

一支细长尖锐的麻花钻,深深地刺进了他的咽喉。

"骂呀,继续骂,咋不骂了?"

后面的脏话永远出不来了。

老姜见他眼珠子还在骨突,又把麻花钻拧了一下,然后一拔,血喷射而出,尸身倒。

"想当主子?还欠点火候哈。"老姜翻身坐起,用一块干净布仔仔细细擦拭了一下麻花钻。

起风了。海面上跑着铁灰的风云,由东向西吹过去。吹到干燥的大陆打起了旋,公路上卷起了迷眼的尘土。刺槐、水杉、桧柏凌乱地萧萧飒飒,小树枝发出折断的脆响。

大地与高空中微弱的星光都在战栗,抖动。

这一夜,宿在县城招待所的顺然也没有睡安稳,时家锹发生的这些很古怪的事情纠缠着他的脑筋。朦朦胧胧,老姜门一推,跛了进来,他一惊,忙招呼:"姜叔……"老姜摆摆手,说:"不要跟我来这虚伪的一套了,我晓得,我让人把你临时调到县里工作,正合你的意,你也不愿意面对面地跟我发生冲突,下雨天送伞,给了你个机会。"顺然想分辩,老姜摆摆手,说下去:"可你,不该充当幕后指挥,殷国强没那水平,有些绝点子明显是你出的,把我置于绝境。"

一席话,把顺然说得大汗淋漓。顺然是"官二代"不假,真正关照他的不是老子十斤半,是老姜。这么多年,有点父子的情分在里面,喂蛤汁救过他的命哩。挑明了倒也好,顺然也是个爽气的人。

"姜叔,如果有什么问题,还是主动交底卸包袱为好。"

老姜惨笑了笑:"晚了。"

顺然心里一凛:"问题真的大到这种程度?"

老姜哼了一声,转身要走。

顺然大叫:"姜叔,你交底,坐牢我给你送牢饭……"

他感到有人摇动他的身体,睡意一点点褪去。哪儿有什么姜叔,是做梦。

同宿舍的老姚站在他床前,笑道:"做的什么梦?穷喊!"

这时,曙色已经映上了窗帘。

上午顺然去部里上班,便接到了殷国强的电话。殷国强在电话里很紧张地告诉顺然,昨天夜里,时家镢发生了一起大血案,老姜杀死章场长之后自杀。公安局和法医已经勘查了现场,老姜和章场长的尸体也已经送到附近的殡仪馆用冰块镇着了。顺然的心怦怦地跳,喑哑地对殷国强说:"跟婶讲一声,火化的时候提前一点通知我,不要忘了。"

到了火化的那天,集团只派了名助理去殡仪馆。章场长这边连亲属都感到羞耻,不肯来,说就这么囫囵烧了。

烧完章场长,接着就烧老姜。

姜婶对那个助理说:"等一等,顺然说要来哩。"

"顺然要来?"助理反问,语气里透出不耐烦。

这丧事办的,就像烧被处决的死刑犯差不多,马虎得很,追悼会、遗体告别仪式自然也不搞。老姜这边也只来了姜婶和几个子女。

说着话,顺然匆匆赶到了,令人吃惊的是,时金伴竟然跟儿子一起来了。

姜婶一家很意外,揭开盖尸的白布。

这是老姜吗?时金伴一愣,一下子竟没看出来。老姜须发全白了,那双紧闭的眼睛,凹陷得很深。

"当年盐碱地改造,老姜可是一大功臣哩,出名的是我,实干的是他。"

这么说着,时金伴把一朵小白花,轻轻放在老姜的鬓边。

二十七

通灵县城有三个十字街口,中间的十字街是最有人气的,百货药材五金粮店菜场银行,都是跟百姓日用相关的。钟牙社就在十字街的东南隅,跨过街就是五金公司和百货公司,在这块地方坐江山,想要低调都难。钟牙社的两块落地大玻璃门,透亮的,由外面就瞧得见里面一溜排玻璃柜台,陈列着各式钟表,都是修好了的,表带或钟铃上卡一小纸片:待取。柜台里面坐着头二十个师傅,额头上套了一道箍,箍正中嵌了个显微镜头,都埋着头,把台灯的灯罩按下,入神地修表。另外画出一个角落,有一张牙椅。修牙的是个白皙略有一点富态的女子,挺喜容的,眉眼间不笑也笑,像个大阿福,或者大水蜜桃。她有时候也会穿件白大褂,使她看上去更像个职业牙医。牙椅和女人,画风完全地跟修钟表的那一溜不搭。也没人来补牙拔牙,她整日坐在牙椅上嗑瓜子看街景。

初中毕业后,三点闲着。你想做什么?六姑娘问。

修表呗。可能那个玻璃房子,对她有神秘感。

钟牙社不是那么容易进的。虽说都是手艺人,修表可不是补个锅镐只碗那么简单。那玩意精细，属于技术含金量高的活计。公私合营之前，城南林家和城东吉家打擂台，各占了半壁江山。合营后，拿魂的几个师傅就属这两家，兄弟，堂兄弟，传男不传女。几年间，扩了容，来了些新学徒，资质好的修表兼修钟。愚钝些的，只能修修大钟，齿轮清清楚楚的。一天快慢上几分钟属于正常范围。三点来之前，店堂里除了大阿福，没一个女师傅，一水的男将。

三点看不惯阿福。两个女人很少有交集。三点的师傅是阿福的老公胡师傅。胡师傅没家族背景，是单干户，林吉两家排挤，不待见。这也罢了，他手艺呱呱叫，常客直接点老胡的单，指定了他修，其他人自然妒忌。三点悟性好，对机械天生有感觉，一点就通，他教得也敷心，不拿大。三点每天早早到店里，扫地打水擦柜台泡好师傅的茶。学徒要勤快，六姑娘叮嘱她。

拖把伸到那台店堂里最大的钟，有一人多高的木乃钟下面，她打开玻璃钟门，擦拭指针和面板。她知道那台钟只是个摆设，它的五脏六腑早已不知去向，空皮囊而已。

她瞥了一眼角落，牙椅上，阿福正在闷睡。悄没声儿。三点鼻孔哼了一下。

认识不认识师傅的人都知道，师傅早被戴了绿帽子。阿福一副人畜无害的样子，但是，对男人极有杀伤力。通灵县城巴掌大块地，有两个女人是人尽皆知的。一个是阿福，另一个是王兰芳。阿福心大,啥事都不是事。王兰芳哩,是个漂亮女疯子。黄挎包黄军装腰间扎皮带手拿红塑皮的语录本,薄唇抹得鲜红。每天在大街上一出现,身后跟着些细毛孩,一路叫,王兰芳,上茅缸,王兰芳,上茅缸。人多的路口她会停下来跳一段忠字舞。阿福坐在店里看,叹,身材真好,脸模子也好看,就是想不开。

阿福没有想不开的事。她和师傅没有生娃,但她可喜欢孩子呐,哪个师傅的娃到店里来,她总要抓上一大把瓜子糖果塞过去。对过的路口有一修水挑的坦白:我说我帮她焙焙脚,她就答应跟我睡觉了。阿福不在意别人说什么,男人,就是用来睡的。还有一次,在国军里做过军医的罗医生跟阿福在体育场的草地上野合,事毕被晨练的看到了,在草地上找到皱成一团的报纸。

阿福对男人唯一的要求就是天蒙蒙亮的时候做,在地上做。这个时候男人最得劲。她不觉得这是偷,上床才是偷。天地之间光明正大。这个时候睡男人是她的嗜好。其他的,长相身份无所谓。清晨的空气湿,地上也湿,草尖有露。叶子摩挲两腿,冰凉微刺。城河对面传来猪绝望的嚎。挣扎。车轮碾过。那声音刺激她,拼命张开身体。几个小时后,猪肉躺在菜场的案上,沾着带血的草屑。此刻,她像一片帆,被风撑满撞击,把所有的神所有的力都聚凝到帆上,迎合着撞击,乘风破浪。为了助力,她会死死揪住身边的野草,或是枯藤，直至把它们连根拔起。然后，痛痛快快地号一嗓子，管他有没有人听见。

　　三点冷颜，长得好看，呆板，保守，自带金钟罩，在男人堆里没绯闻。这两个女人注定是两股道上跑的车。三点有点同情师傅。师傅除了一大堆的绿帽，还有一个政历不清白的污点。污点跟破鞋，挺搭。女人们舍不得王兰芳，不齿阿福。吸血鬼，吸去有妇之夫的精华。这些男人的老婆可不省油，凶悍者打上门来，阿福趁乱从后门溜了。母虎指着老胡鼻子骂，软蛋，婆娘偷姑佬，从头绿到脚。别让我碰到，撕烂她的逼。母虎在门口跳脚。老胡在柜台里面，拉下额头上的放大镜，撬开表盖。这种事情时不时有，不新鲜。但柜台里的人还是很鸡血，师傅一个个恰好放松一下，停下手中的活计。要不然这班上得有多闷。镊子把细如头发的游丝从齿轮间镊出来，放进盛着机油的玻璃皿里。游丝颤动着，与玻璃相击，弱得几乎听不见的清脆微声，它是表的心脏，心脏可不能出问题。师傅笃定，他只听得见微小的螺丝齿轮发条指针纷纷脱离的声音。表壳空了，是块瑞士英纳格女表，表是好表，就是年纪大，缺油了。

　　三点赶早上班。入冬，路灯还亮着。飘小雪。三点没打伞，戴了顶彩色绒线帽。街上也没什么人，店铺在黑暗中。雪花融进灯的光亮里，闪一下，飘落，闪一下，飘落。三点被吸引住，停下来看，雪的晶芒，映着路灯的光，纤毫毕现，而路灯的光也濡化了,淡蓝而朦胧。

走到钟牙社的玻璃门前,三点听到里面有声音,仔细听,又没有,她相信自己的听觉。不好,进贼了。脑子里立马闪现戴着面罩的毛贼,手里拖着麻袋。停住扭锁孔的钥匙,趴在门上看。里面黑乎乎的,啥也没看见。但她听见了,很清晰的,喘息,呻吟。

搞破鞋搞到店里来了,还了得。三点一下子情绪恶劣了。椅震。来店学徒时间不长,并不晓得牙椅上的椅震已经有不少段子。她拿定主意,要恶搞他们一下,帮师傅出一口气。怪可怜的,摊上这么个破鞋老婆。轻轻扭开锁,里面的人一点没察觉,正乐着哩。让你们搞,不要脸。瞧本姑娘怎么收拾你们。她蹑手蹑脚的,黑暗中摸到了一个圆圆的电铃按钮。

这个电铃本来是上下班管提醒的,平时不大用,声音尖,急促。突然来这么一下,心脏还真受不了。上下班也用不着,活儿干完,走人,吃的手艺饭。管理层也拿他们没办法。电铃不用也没拆,万一出个什么情况,当个报警器,挺好。按钮和铃不在同一个地方。按钮在一排电灯开关的旁边,铃恰好在牙椅的上方。

三点恶狠狠按下了那个"核按钮"。

尖锐急促的铃声,没有响起。

怎么回事?她再次用力按住。长按。

别按了,不会响的。身后阿福的声音,柔柔的软软的,像她的皮肤。

三点一怔。一咬牙，叭叭叭叭，一连串按亮了店堂里所有的灯。哼，曝光你们。

阿福轻拍了一下她的肩，姑娘，太亮了。

三点回过头，阿福穿戴齐整站在她身后，笑眯眯的，没有一点嗔怪。

越过阿福的头顶，她看见电铃上面厚厚地包了条大毛巾，早有防备的。

输得很彻底，很惨。她服了阿福，完完全全。厉害呀，自己根本不是她的对手。回转身扑哧一笑。阿福也笑，说，走，一道吃鱼汤面去，我请客。

三点没师傅的道行，早着哩，道行不是一两天修成的。师傅说，钟表都是有呼吸的，就跟人一样，呼吸匀，才走得准。那天，三点手一抖，把一只游丝掉到了地上。偶尔也掉过细零件，要趴到地上找出来为止。那只游丝像是跟三点作了对，陀螺似的淘气地转，银光闪亮，转到桌子底下不见了。骷髅头讨好，屁颠颠帮着找。先是挪开桌子，没有。一路搬开了三四张桌子都没见着。几个学徒不满嘟哝，瞎折腾。骷髅头时不时地把头探下来问，三点忍住火没发作。屁股撅高，头伸到桌子底下。光线暗，一点亮芒在闪，以为就是，小心翼翼，伸手去镊，空的，啥也没有。细而尖的光还在，并且鼓兀着，她用手指去碰，似乎是一滴水，也可能是一滴油。

但指尖干干的,并没有湿滑的感觉。她不甘心,拱到亮芒的地方想看清楚,眼睛靠近的时候,亮芒消失了,那只游丝也不知游到了哪里。等到骷髅头把那只吃了灰的游丝从牙椅下面镊出来的时候,已经乱了套,里一圈外一圈窜了框。三点暗暗叫苦,废了废了。库里没得配套的换,咋办?骷髅头好心好意,想帮。三点不喜欢他,正抓狂,关你毛线。几个月工钱也赔不起这块表,还丢人,连只游丝都洗不好只能去修大钟了。师傅说,给我吧,你在边上看着。师傅手指粗得跟胡萝卜似的,但灵巧,一手用镊子镊住摆轮游丝的中轴,一手从工具盒里掂出一根针插进轴心,然后像一个入神的绣娘,台灯光照在银丝状的弹片上,一点一点往外旋,那只捣蛋的游丝如水纹慢慢漾开。

出了这状况,只能用笨办法,急不得。师傅说。校游丝是个精细活,松,紧,偏心,不得一丝含糊,有时候还得凭感觉。

三点渐渐大了,十八变,小美人儿,加之在钟表店,工作体面,半个白领,落在男人的眼睛里,但没有人敢惹,她冷。再加上有个二哼子的名声。六姑娘也有了托人介绍的想法,以前看上了少东家,人家不接这个茬她也无所谓。现在她又看上了骷髅头,骷髅头就是脑壳小一点,脸上寡寡的没什么肉,可他是无人不知无人不晓的乒乓球冠军,粉丝很多,但三点就是没感觉。一年之后,三点满师,来点三点单的帅小伙多。骷髅头说，她没空，我来。

换个好说话的就拉倒了，谁修都得保三个月，这是规矩。碰上横的主儿，不买骷髅头的账，我花钱，想请谁修就谁修。于是就嗓门粗了起来。

三点一把抓过来表，谁说我没空。

骷髅头就瘪了。

小师娘六姑娘魔了障似的四下里托人，三点反感。她走马灯似的换女友，气得两人吐血。三点对什么有兴趣？吃。哭宝小送来的海蜇，脆爽香，根本没听到六姑娘在说什么。第二天，带了一大盆到店里，麻酱油蒜沫子的拌好。推上放大镜的当儿，挾一口，嚼得齿颊生津。店里的师傅有呼呼吃鱼汤面的，也有塞一嘴大肉包，嘴角流油的。也不问旁观者的感觉，就这德性。

骷髅头常去工人文化宫打球。工人文化宫什么都有，棋牌球，大球小球，还有书场剧场，各投所好。剧场也有好几百个座位，不算太小，是在复兴大舞台的基础上改建的，这里面也有有趣的故事，且与三点相关，暂且按下不表，还是跟踪骷髅头。一有乒乓球比赛，骷髅头就是笃定的冠军，拥有很多粉丝，不喊名字，直接就是骷冠军。骷冠军一在乒乓球室现身，百兽震惶，几张台子都停下来，围观。骷冠军的绝技是发各样花式的转球，手腕一抖，那球东一游西一拐，最绝的是过了网一点点，落到桌面之后，它能往回缩，自己撞网。这招无人能破，骷冠军也就秘藏，等到有什么大的比赛决赛再派用场。城里的名人，各路神仙，喜欢打乒乓球的也不少，打得好的很少，也可以说没有。通灵人管痔疮叫屁漏，有个看痔疮的医生人们就叫他薛屁漏，在县城也是闻名遐迩。他也好乒乓球，很臭，每次到文化宫硬要骷冠军跟他过几招。骷冠军也就这么随便扔，一面挤挤眼，笑道：

摸了几个姑娘，怎么比平时还臭？

薛屁漏说，今天就要摸你，信不信。把你的什么蛇形球拿出来。

一屋子的人起哄，骷冠军也兴致上来，赏了他一招蛇形发球。

这球刚一过网落到桌面，薛屁漏瞅准，一个弹击，它还来不及作妖，就被弹回。观众们直叫好，骷髅头掉粉，脸色都沉下来了，发了个加转的，以为薛屁漏一接到拍子上就要飞，不晓得薛屁漏今天是不是真的摸了什么的，神了，又是一个脆爽弹击，弹在蛇头上。骷髅头气得把拍子一摔，跑了。

怎么练的，薛屁漏秘而不宣，不过肯定是练了的。薛屁漏也就寻个开心，他的吃饭本领是治痔疮。经他的手治过的痔疮不会再复发，别的医生不行，久而久之牌子也就打出去了。妇女的痔疮也找他治，没有女痔医呀，疼起来难受，也就顾不上了。三点不知怎地，也生了痔疮，是内痔，一屙就出血，鲜红的血，沾到裤头上。没法子六姑娘只好陪她去找薛屁漏。薛屁漏是医院的大牌，专门让他太太当护士，有个女人在旁边，三点心情上也好受些，再加上六姑娘，就是三个女的一个男的。但三点还是别扭，怎么样她都得裸屁股，前面也难免给薛屁漏看到。薛屁漏解人意，叫她跪着把裤子褪到只把肛门露出来即可。打麻药是他太太打的，六姑娘帮忙按住，怕她乱动。三点趴在那儿，逼仄着紧张地看薛屁漏，薛屁漏则扒开肛门这么瞧那么瞧，三点哭出了声，说，能不能快点，快点呀？薛屁漏说，我也想快快不起来，你这个痔疗长得深，不在屁眼头子。六姑娘忙打薛屁漏的招呼，一边还得安慰三点。真做起来也很快，夹出一块血糊的丁丁，给六姑娘看，摘下乳胶手套，手术钳子当地一声扔到盘里。

六姑娘想到宝财也是个屁漏筒子，他不是长疗疮是放响屁，常常驳壳枪机关枪似的一梭子，不分时间场合。人说管不住嘴，他是管不住屁眼，年轻的时候就有这毛病。宝财自己倒觉得这不是什么病，相反的，上下串通，是件好事，中医就讲究通气嘛。但老婆女儿嫌，尤其是有外人在，宝财也不控制。女儿两个字：丢脸。女儿的嫌，起了一点作用，去看了医生，医生开了菌啊酶啊什么的，吃了没用。有次，趴六姑娘身上，一边动作，一边制作音效。那话儿啪啪，屁眼也凑趣，跟着啪啪，双声道。六姑娘被气笑了。把他推开，说，一边去放完。结果很扫兴。

三点也贪玩。这一点很像六姑娘。她烦骷髅头，但她一点不烦打球。骷髅头忽悠，我教你，保你一年之后拿冠军，你女冠，我男冠，再拿个混双，咱们家齐了。三点啐了他一口，谁跟你一家。心里还是想学。骷髅头教得上心，压箱底的本事都使出来，博美人一笑。有时会把住三点的手腕，拍型要朝下偏一点，压一压，球就不会飞出去了。三点茅缸三日新，兴致来得快，去得也快。骷髅头上工人文化宫去打球，三点自己打的兴致已经不那么高，但还爱看，便随同骷髅头一道去。看着看着，她被隔壁的戏吸引过去了。

一窗之隔，乒乓室排窗外面，就是工人文化宫的剧场。里面正在排练，高音女声飘出来，一树红花照碧海，一团火焰出水来。这不是在排《珊瑚颂》吗？唱得还真不赖。

三点一喜，一喜就急不可耐。原来她就是个资深戏迷，比起乒乓还要迷三倍。这刻她已等不及绕上一大圈从剧场的正门进去，睃看球的人围了个圈，站着看，人墙效应，没有人注意她，她便来了个张生跳粉墙，越窗而过。本来就是个墙头小子，马溜子，翻个墙对于三点并非难事。

一进剧场，感觉空旷冷清。台下没几个人在看，有个小孩在噼里啪啦折腾可以翻动的座椅，排戏怎么不热闹哩，跟三点的期待有落差。台上演员散漫，走来走去，导演在跟女演员说什么，这个女的演珊妹，女主角，三点认得，景范小学的音乐老师。

导演朝她招招手。是叫我？三点疑惑。导演又肯定地招了下手。

三点没理,坐在第一排看。导演跟演员交代了几句,从台上一跃而下坐到三点身边。

扮保长角色的斜挎盒子枪上场,向女渔霸谄媚"七奶奶——"

三点哈哈大笑,那不是教过她们语文的吴油子吗,普通话都讲不好,七奶奶还"吃奶奶"哪。

土话里,七和吃是同音的。时家镇管七潮水叫草滩潮水,就是避个"吃潮水"的讳。

演员全业余,戏份唱腔多的由音乐老师担纲。

"想不想试一下水?"导演问。

吃奶奶,谁不会呀。三点嘻哈。

"演海旺妻,怎么样?"导演说。

三点不想演配角。

"唱,行吗,识不识谱?"导演问。

三点卡了,只认得哆咪咪。就海旺妻吧。

跟小时候趴在舞台边边上完全不一样的感觉,那是仰起脸由下朝上看。最先看到的就是脚。皂靴厚厚的白底,一步三顿。丫鬟风风火火的大脚。小姐飘飘曳地的长裙,脚躲在里面不给看。还有武生一连串的空心跟头,地板咚咚响,呛了三点一鼻子灰。最古怪的是那些大花脸,她说那是鬼脸。姆妈说是画上去的,不是鬼脸。三点不信,她一直坚信,他们就是戴的鬼脸,就像小摊子上卖的美猴王猪八戒的鬼脸。

三点一直想上台演个角色,现在机会来了。

但角色接下来了,又感觉不对劲,这是现代戏,没有厚底皂靴,也没有鬼脸。她才明白,她想演的角色,不是这个。

海旺妻不一样,是渔民的老婆,革命群众。台上一站,自带正气。三点居高临下找自带正气的感觉。睥睨台下的空椅子。导演说,不要端着,自然一点。

公演的那晚,七大姑八大姨的,珊妹七奶奶海旺海旺妻什么什么的亲友熟人,都来瞧热闹。盛况空前,一票难求。六姑娘坐的首长席,感觉不错。

化了妆的三点,脸上油彩发亮,脑后盘了个髻,打着补丁的偏襟短褂。聚光灯下变了副模样。一瞬间,六姑娘好像看见了自己烧盐的姆妈,太像了。

"哎呀,七奶奶,这可不是胡说。一家有一家的章程。上船他当家,下船我当家,在家听我,出门听他,四个孩子他管一个我管仨。"台词说得那个脆爽圆溜,三点把个上门借粮的海旺妻演得活脱出趟,直接碾压音乐老师。

三点连动作带比画,本来是一边说,一边把手上的毛巾,搭到自己肩上的。在完成这个规定动作时,她忽然嫌弃起和她配戏的吴油子,结果她的毛巾不是搭到肩上,而是直接把毛巾甩到了站在后面的保长脸上。台下笑倒一片,七奶奶也绷不住,咕地一笑。三点成了整个戏的笑点担当。

还有这天分,六姑娘也不管周围坐的人,笑得嘎嘎响。

红灯照耀,一团火焰,迎接亲人上岛。受伤的珊妹把红灯扯上了旗杆,景小的老师入戏深了,眼里泪花闪烁。

旁边的一块大石上,坐着一个女子,侧过脸朝珊妹看。

六姑娘感觉眼熟,忽然想起一个人,电颤酥麻的感觉传遍全身,喃喃,兆颖。昏死了过去。

二十八

以后的一段岁月，时家镢处于骚动和不安之中。浓烈的血腥味刺激着人们的嗅觉神经。县委派来了工作组，把各项工作有效地负责起来。组长就留在了时家镢任党委书记兼代理镇长。警方继续秘密侦查，在时家镢这边势如破竹，然而，到了广州那边却进展不了，涩住。原来那个周总是黑社会的渣滓，已经逃得没影儿。线索叭地断了，并未能出现时家镢人所期待的爆炸性窟窿。然而渔汛却愈来愈迫近，都能嗅到毛鱼秧子和春鱼的腥味。各项准备工作，修船造船，上江西伐竹，购买柴油，容不得半点懈怠。时家镢到处响着钉船的声音，弥漫着新船的桐油气味。

顺然今年也钉了四条大船，准备下海捕捞毛鱼秧子。新船就架在家门口钉，叮叮咚咚。红珠的爸爸领了几个小的进来了。顺然一看便有数，皱着眉说："不是跟你讲过了？就这么几条船，咋能带这么多舢板。"

当着两个小的弄得岳丈大人有点尴尬，面子上有点挂不住。

红珠忙过来打圆场，问："什么事，爸爸？"她爸爸这才回过神来，指着他们两个说："我也跟他俩说了的，苦苦地哀求，说是老子得了胃癌，花了不少钱，今年又发大水，长的粮食在田里烂，听说这边捕毛鱼秧子划算，便驮了万把块钱债，下血本钉了条舢板。"

顺然说："肯定听你吹的。"

"我可没有吹，哪个不晓得时家锹出毛鱼秧子？"红珠爸爸比画一下。"粉丝粗细的一尾，七八块，八九块，黄金也没有这么贵的。"

"四野八乡都奔这儿弄软金条来了，平地的，山区的，还有外省的。"顺然笑着指指帮忙的几个伙计，说，"这个是安徽的，那个是江西的。我要跟你们讲清楚，这个软金条不是好取的，每一年都有些外乡人把性命搭进去。虽说是跟我的大船，也不等于上了保险。合同上要写清楚，遇有意外事故，两不纠缠。再一个就是要服从大船指挥，夜间以马灯为信号，马灯亮了，就是说风浪大，得赶紧向大船靠拢，人得上大船，听明白了？"

两个小的笑，年龄稍大一点的说："听明白了。"

顺然说："第三，这是对我老丈人说的，带舢板的事情跟你把话说死，再领什么人来，不要怪我不给你老人家面子。"

谈到订合同，红珠爸爸说："分成的事，二八怎么样？"

顺然说："外面三七，还有四六的。"

红珠爸爸笑着作了个揖："大仁大义，照顾一下吧，也

223

可怜。"

顺然一吐烟蒂："就二八。"

吩咐红珠拿出纸笔来订协议。红珠爸爸算是个担保，两个小年轻在上面签了名，大的叫倪春明，小的叫倪春亮。没有带私章，顺然推过印泥，捺了个罗印。顺然一瞟，说："字写得还不错嘛，上过高中？"

做哥哥的脸红红地说："春亮上过，我没上，我只初中。"

"会打电脑？"

春亮说："会一点，不熟练。"

顺然在春亮的肩头拍了一拍："好好干，不会亏待你们。"

两个人就住在顺然家里，其他外乡人可没这个待遇。春明干过几天木匠，自告奋勇帮着钉船，春亮就在旁边摄忙。顺然已经放出两条大船，带上几十只舢板到海里去了。这几天，红珠天天在观音老母的瓷像前烧胳膊粗的高香，祷祝，青烟缭绕。她也很喜欢春明春亮这弟兄俩，生得俊气，人也勤快、活泼。

"有没有定亲呐？"她问。

春亮笑道："他有了，我还没有。"

正在船首叮叮咚咚刻凿"满载而归"字样的春明，脸上飞起红潮。

红珠又问："长得漂亮吧？一定的。"

"在我们村里数这个。"春亮竖起大拇指，"照片贴肉揣着哩。"

春明放下凿子,便要揍春亮。春亮躲到红珠身后。

红珠笑着对春亮说:"怎么样,你也眼馋了?眼馋在时家镢相中一个,婶子给你介绍。"

"那就拜托婶子放在心上啰。"春亮挺老练的,弄得红珠出乎意外,笑道:"豆大的人,倒也想要媳妇。"

顺然从外面进来,一脸的严肃。春亮也不敢再说笑,忙去做活计了。顺然现在老板也干老了,晓得在打工仔面前得保持一定距离,保持适度威严。他穿过厅堂,上楼去,跟海里通话,这工作他每天都要做。海里的那些船他委派梅老九负责,天天向他报告情况。渔民跟渔民抠地盘,打得头破血流,没有哪个敢在他太岁头上动一寸土,他可以稳稳地坐岸上的帷幄之内。可今天梅老九报告的情况有点异常,邻县的一条大船侵入了他的领地。

据说有手续,说缴了钱给时家镢的海涂管理所的。

"混账,王八蛋!这事我怎么不知道。"顺然一拳击在桌子上。

"我们倒有两个人被他们打伤。"梅老九补充的一句又是火上浇油。

"我马上就去,你们先稳住阵脚,不要乱。"

顺然吩咐,随即打了个电话给渔政站的郑站长。渔政站跟海涂管理所矛盾很大,明争暗斗。郑站长醉意朦胧,打着饱嗝,从话筒里似乎都能闻到酒臭。一听说海涂管理所也在里面插了一杠子,郑站长陡然受了刺激,满口溅朱:"妈拉个巴子,大盖帽一戴,人模狗样的,他们有什么资格收钱?国家渔业法规定的是我们收,我们是法定的!"顺然想,你不也是大盖帽一戴吗?连自己一道骂了。故意叹了口气,说:"渔政站是正规军,海涂管理所算什么东西?野三旅。上我这儿来过几趟,一个硬币都没有收到,结下个毒,这一次是存心拆我的台,给点颜色。现在你们跟海涂所,究竟谁是个头?""这还用问?海涂所是瞎操蛋。这事情你放心,包在我郑某人身上,我们收了你的钱,保证把地盘如数还给你,把侵略者坚决驱逐出境,还要问海涂所一个里通外国的罪。"顺然呵呵大笑,说:"痛快,痛快!怎么样?我们来个联合行动,迅雷不及掩耳。"郑站长想了想,说:"也把派出所一起约了吧。"顺然又打电话到派出所,是徐指导员接的,徐指导员口气里有点犹豫:"这事情通不到我们这儿,我们只是管治安。"顺然反问:"打伤了人算不算犯了治安?""打伤了人?""那边过来的渔民打伤了我们两个弟兄。"徐指导员噢了一声,略停一停,说:"这样吧,顺然,你找我是个私,你能不能向镇政府反映一下,由他们出面找我们,你看行不行?"顺然不耐烦了,大声说:"好了,不要再说了,老徐,算我今天不识相,讨了个没趣!"叭的一声,把电话挂断了。

刚挂断,电话又响了,是徐指导员打来的,说:"怎么性子这么急,我话还没说完哩,派白干事跟你们一起去,行不行?"顺然笑道:"行,怎么不行,借重你们的虎威啰。"徐指导员说:"你不晓得我们的难处,什么事情都要找派出所,镇里开婆婆妈妈的会,也要叫派出所参加,压阵。"顺然笑道:"威重令行嘛。"

次日,顺然着人把油漆好的大船装在大平板车上,用拖拉机牵引到港口。然后,用一根一根圆木垫在船体下面,缓缓滚动,把船滑送到湿漉漉的海涂上。万事俱备,只待潮水。顺然、郑站长、派出所的白干事,还有些渔政站的人员约齐了,在饭店里吃酒壮行。十一点零三分。潮水开始上涨,从纵横交错的沟汊里漫溢出去,无际无涯。港口的船只都浮了起来,每艘船上都插着一面五星红旗,鲜艳夺目。船老大开始用竹篙探水深,竖起一个指头,表示一竿深,两个指头表示两竿深。这时天地炮炸响,挂鞭震动耳膜。蓝色的硝烟里,顺然见岸上有几个人向他招手,很着急的样子,船刚离岸,跳板已经抽去。其中一个轻功好的,将身体一提,纵上船头。郑站长郑大胖子喝了声彩,问顺然:"什么人?"

顺然拍拍这个满脸青春痘的青年的肩膀,笑道:"我的保镖。"

青春痘大喜过望,忙向顺然施礼:"今后还望时总多加栽培。"

顺然又拍了下他的肩头,说:"好好干!"

其余几个痞子没一手,只得哗哗溅水过来。

青春痘对顺然说:"听太太说,时总这趟出海,是去收拾几个不知天高地厚的畜生。我们也是自不量力,想助时总一把。"

顺然笑道:"这次是跟他们斗法,又不是斗力。再说,要斗力的话,有我们白干事这根放电的警棍,也就管用了。"

白干事笑笑,腰眼果然荡着根黑色的电棒。

"你们几个忠勇可嘉,既然来了,那就一道去海上玩玩。"顺然说。

船开起来之后就没有什么事,官们民们都钻到舱里玩扑克牌。这是一支由两只大船和十几只舢板组成的船队,春明、春亮的舢板也在这支队伍里。春明在大船上服务,春亮一个人驾驶舢板,尾随大船。他们还是第一次出海,处处新奇。浑黄的海面上大约是水汽蒸腾的缘故,不甚明朗。阳光照在皮肤上有些灼热。海鸥像点点纸屑。船队行驶的当儿,得小心翼翼地绕开捕鳗的定置网,一顶一顶天蓝色的网具几乎覆盖了近海的海面。

行了一两个时辰,便到达了目的地蒋家沙鸰地。这时,已经开始落潮了,大片湿漉漉的沙涂露出,夕阳洒在上面,一片金光粼粼,船便搁浅在鸰地上。

鸰地上船只星罗棋布,都放了锚链,牢牢地抓住鸰地。

舱里的顺然、郑大胖子、白干事都把扑克扔了,钻到舱面上来观察。

梅老九那条船上下来几个人,过来接驾。沙涂大,人小,望上去像几个黑点子在蠕动。攀缘上大船之后,梅老九指点,哪一条船是海平县方面的入侵者。那只船上也站着些人,朝这边瞭望。

郑大胖子已经全身披挂,着装上岗,对顺然说:"你不要动!由我们出面,执行公务。"

顺然说:"好,先礼后兵,瞟瞟我们这么多船,精兵强将,大约已经尿裤裆了。"

约好了对讲机联系。郑大胖子正了正大盖帽,带了几个随员过去。一会儿,有话传过来,对方已经认错,承认跟海涂所订的协议是非法的无效的,答应到时家镢渔政站交钱补办手续。郑大胖子大约私下里得了人家的好处,转过头来帮助讲情:

"人家网具都安置好了,再挪窝损失不小,能不能让我给你再另外解决一处更好的水口,算是弥补?"

顺然光火了,破口大骂:"你个混蛋,吃里扒外的东西!老子一寸鸽地也不让,我马上就去拔他奶奶的网!"

"不要急躁,有话好商量。这是一种方案,还可以考虑其他的解决办法。你对讲机不要关。"郑大胖子倒挺有涵养。

顺然听见叽里咕噜的声音,大约是郑大胖子在和他们商量。

一会儿，郑大胖子又回到对讲机前："顺然啦，这个办法你看行不行？"

"什么办法？"

"人家就算是你带的船只，向你交管理费，或者二八分成，你看怎么样？"

这样办，顺然当然没意见，他压抑着心里的高兴，作委屈状："算了算了，就卖个面子给你老郑啰。"

郑大胖子忍不住骂道："你个混蛋，吃了甜还卖乖。"

回到船上，郑大胖子教训起顺然："一点政治家的风度都没有，你他娘的还当老总，还当大老板。我在人家船上的对讲机跟前讲话，鼻子靠眼睛，当然得先帮人家说点话。"

顺然笑道："你唱白脸，我唱红脸，正好搭档。"

郑大胖子冰着脸："以为我得了人家好处是不是？"

顺然连连打招呼："误会了，误会了！哥儿们不是一天的交情。"

郑大胖子气色趋于平和，也就是要顺然领这个情，不要做了工作还显不出来。

顺然在大船上看风景，心里颇有几分得意。偌大的蒋家沙鸻地就数他实力雄厚，他的船队下的定置网一眼望去，无边无际，层层叠叠，如军旅的营帐。海平县的入侵者如今也做了他的降将。

这消息已经传开了。天一黑，各条大船的主都来表示祝贺,顺然有点飘,俨然一副盟主的样子,着人烹制了几大锅野珍、海鲜,拖出一箱子泸州特曲,大家开怀畅饮。有的主儿与主儿之间有隔阂,顺然便仿效吕布的辕门射戟,划拳赌赛,吃了亏的一方碍着顺然的面子,勉强接受。顺然哈哈大笑,很开心。一干干个碗见底,说:"本港的乡亲,都是为了发财奔这儿来的。不然的话,这寒冬腊月何不团在家里享享福。相互之间有点小摩擦也难免,牙齿还跟舌头碰哩。这回难得大家聚一聚,就是要消除误会,有话当面说清楚,敲定了的事情不反悔。明天我要回去料理点事情,这里就拜托各位。我敬大家的酒,有福同享,有难同当,彼此多多关照!"

他端起一碗酒,咕噜咕噜喝了,大家也都干了。顺然一抹嘴,发现王糊涂面前的酒一滴未尝,平时他可是馋酒的,几斤不醉。顺然问:"糊涂,你怎么不喝?"

"你们都定当了,就是我的日子混不起来。"糊涂拧眉苦脸,一副可怜兮兮的样子。

"什么意思?"

"周三小跟糊涂作对,占他的鸹地。"旁边有人插嘴。

"周三小,哪个周三小?"顺然问。

"周金根家的老三,一头球球毛,活像狮子狗儿。"

"邪头!"

"哪儿的水口好,他就往哪儿占。"

"也不缴钱。"

"一粒苍蝇屎。"顺然轻蔑地吐出几个字,"把他撵了。"

"我去!"白干事嚯地一站,吓了大家一跳。那根电棍直晃荡,"勒令他立即滚蛋。"

郑大胖子着了随员配合行动。

两个人带着大号手电从船上下去了。船上的人继续喝酒,吃鲜虾。

不一会儿,白干事回来报喜:

"解决了。"

"好。"顺然在糊涂肩上一拍,"糊涂,敬白干事的酒。"

糊涂感激得眼泪快要掉下来,咕嘟咕嘟连喝了三碗,主儿们鼓掌叫好。大家凑近了听白干事说说怎么个解决法。白干事说:

"我到了他那个舢板跟前,朝舱里一瞟,周三小正搂着他的细婆娘在喝酒吃小菜。"

"嗨,把婆娘都带了出来,他奶奶的快活哩。"

"见了我,周三小忙从舱里钻出来,递烟,打招呼。我说,少来这一套,你在这儿张网,得到哪儿批准的?你尽欺负老实人。周三小承认自己有错误,答应挪地方。"

"什么时候挪?"

"不出三天,他正在想办法。"

顺然无语,忽而一拍大腿:"你中了他奶奶的缓兵之计。"

大家脑筋一时还没有转得过来。顺然说:"他算定了郑站长、白干事在这儿蹲不了几天。"

主儿们也悟过来了，骂道：

"狗日的。"

"这个小婊操的，鬼坏。"

"奸得很哩。"

王糊涂捶胸号啕。

顺然跟郑大胖子商量，郑大胖子凝了一下神，说："不怕他滑，我们今天晚上就去拔他的网。"

顺然赞成："一定要趁这当儿人齐，把这颗赘瘤割掉。"

听到顺然关照把拔来的网具都存放到他船上，有个主儿笑道："你不怕引火烧身？周三小可是个有名的邪头。"顺然作了个无可奈何的笑："我们这位糊涂大哥又吃不住一点点事，我就替他把这副担子挑起来，也是癞蛤蟆垫床脚，假充大力士。"

几个主儿赞他"大仁大义"。

春明、春亮都去参加了拔网。天色薄暗，大颗大颗的星子显得尤其明亮。周遭的视野被遏制，看不了久远，这一来沙涂反而不觉得空旷了。

春明说："我们去拔他的网，那家伙不是要跳？"

春亮说："管他哩，这是老板叫我们拔的，再说，跳起来才好玩。"

春明说："老板管这叫鸹地，鸹地也分了，有主儿的，就跟咱那儿的责任田一样。"

春亮说："不一样呀，一涨潮就没影儿了。"

"你夜里解手要注意，不要掉进海里。"春明提醒了一句。

春亮说："哥，你也太婆婆妈妈了。"

夜里春亮困乏得很，什么时候涨潮又退潮的他也不晓得。被尿胀得实在熬不住了，起来解手。一泡尿撒出去，听声音像是溅在沙上。他眼睛一睁，天已大亮，仿佛变魔术似的，滔滔海浪都被收进匣子里，眼前一片苍茫雄浑的沙涂，无际无涯。一艘艘形状嵯峨的木船栖息在上面，大铁锚裸露，凝固，静穆，活像返回了远古。

春亮看到沙涂上几个小黑点子在动，他的眼力好，可以依稀分辨出其中一个人在舞动手臂。那几个朝他们这条船跑过来了，詈骂的声音也越来越响。神经质地舞着手臂嘶吼的正是周三小：

"混账，王八蛋！凭什么拔我的网！"

婆娘也在旁边助威：

"干部收红包，欺压老百姓！你有钱，我有命！"

周三小的破嗓子特别响：

"我也要拔你们的网，大家都别活！"

顺然跟郑大胖子、白干事从大船上下去。周三小一蹦三尺，就要来揪顺然，旁边的人连忙排解。顺然对白干事低低说：

"看这个邪劲,用电棍电他个狗日的。"

白干事摇摇头:

"我这根电棍是做做样子的,不到万不得已不能够用,徐指导员再三关照。"

顺然老大不高兴,嘲讽了一句:"你老弟就像田里的草把人,吓雀儿的。"

各条船上都纷纷下来些人,人越聚越多。周三小疯魔似的舞着一根长竹篙,乱劈乱打,人们慌张散开。

只见一个满脸青春痘的青年让也不让,反而把脑袋迎上去。竹篙劈了个正着。那脑袋坚固得很,一点不碍事。竹篙反而裂成两片。

顺然喝了声彩:"好!"

青春痘从腰眼里抽出根黝黑的鞭子,向顺然躬身施礼:"时总,杀鸡焉用牛刀,由我来教训这个畜生吧。"

顺然叫道:"好,赏他一百鞭。"

青春痘一鞭子下去,周三小脸颊上立即豁开一条大血口子。

"妈呀。"他忙抱住头。再一鞭,着在他脊梁上,皮夹克绽开。

周三小"妈呀妈呀!"在沙地上打滚。

青春痘鞭子抡得风雨一样裹住。

周三小的婆娘脸色煞白,朝顺然面前一跪:"求求你,饶了他吧，再也不敢了。"号啕大哭起来。

　　顺然也想不到青春痘下手这么辣，忙吐了一个字："停！"

　　青春痘说："我这里记着数哩，才六十四鞭。"

　　顺然说："他婆娘求情哩，从轻发落。"青春痘这才收手。

　　周三小呜呜咽咽由婆娘搀着走了。

二十九

大局已定。顺然心里浮出这么几个字。他将青春痘那根鞭子拿过来把玩，这帮痞子哥儿们带来还真派了用场。青春痘是块料子。他想到阿珍身边的小立，现在他不也有了青春痘？蒋家沙偌大沙涂，还有谁敢不服他时顺然。

远远地，白干事刹好裤子过来了。昨天晚上鲜虾吃多了，拉稀。白干事说："顺然，我身体老大不爽，也晕船，你派只舢板把我送回去吧。"郑胖子说："一道走，我也有些事情要回去处理。"顺然笑道："晓得你们不耐烦，已经作了安排。"他转过脸去唤梅老九。

老九应着声儿过来了。顺然说："他们急着要走，那就安排在今天中午吧。"

"恐怕不行。"梅老九皱着眉头说，"刚才你们收拾周三小，没敢惊动。你们看，"向远处一指，"那边又新来了两只大船，我着人去问了一下，是从山东过来的。"

"山东？"

"问了一下，也是来捕毛鱼秧子的，听说蒋家沙这儿苗情好，是主产地。"

"他奶奶的,就像这儿是块唐僧肉,山东佬子也来凑热闹。"顺然骂骂咧咧,用鞭子朝那远远的两艘船一指:"限他二十四小时滚蛋,不滚就拆他娘的船。"

"是。"梅老九应了一声,并不行动。他晓得是气头上的话,冷静下来也会想到事情没有那么简单。

顺然对郑大胖子说:"还要劳你大驾啰。"

郑大胖子打了个哈欠,说:"我真的回去有事,这儿叫小章小薛留下来配合你,怎么样?"

"好吧。"顺然晓得郑大胖子的脾气,勉强不得的。他心想,不过是借用一下大盖帽,介绍的时候就是章站长薛站长,山东佬子晓得个怂。

一会儿,顺然带着小章小薛、梅老九,去跟山东佬子交涉。青春痘作为保镖紧随其后,也是显示一下派头。顺然的食指中指戴着两个特大号的黄金戒指,一个上头还镶嵌着名贵宝石。

离山东船还有一段距离,便听到船上有人拉胡琴,琴声脆拔响亮,钻耳朵。再近些,便听见有人唱京戏,顺然对京剧有一点懂,听得出有人捏着嗓子唱旦角。

上得船来,接引的人跟一个拉京胡的说了句"有客来啦",并向顺然介绍"这是俺们的老板"。顺然打量了这位老板,病病歪歪的样子,面皮泛黄。他搁下胡琴,客套了几句,问:"有何贵干?"

顺然咳了一声,说:"贵省的老板来到敝省,不胜荣幸。敝省对贵省一直是十二分的仰慕,这次贵省老板光临,正是敝省学习的极好机会。"

顺然的普通话说得不太标准,那黄面皮的汉子听得费神,有一个穿鲜红绒衣的山东小伙露出怀疑的眼神,对那个汉子说:"什么鳖孙龟孙?是不是骂俺?"

黄面皮汉子朝他摆摆手,对顺然说:"有什么话,请直截了当。"

"好。你们山东人怎么腿这么长,到我们时家镢海域来捕毛鱼秧子哩?"

"时家镢海域?"那个黄面皮汉子疑问,用指头挖了一挖耳朵眼儿。"俺还是第一次听说,中国这出版的地图上,哪一本标明的有个时家镢海域,你拿给俺瞧瞧。"

在一旁听着的几个山东汉子哈哈大笑。

顺然一拳擂在桌面上,杯子一跳:"奶奶个熊,有什么好笑的!"

山东人愣了一愣,穿红颜色绒衣的青年也猛地一拳砸在桌面:"你奶奶个熊!"

默默站在顺然身后的青春痘突然伸出手臂,抓起桌子上的真空保温杯,那金属的外壳一下子被捏瘪了。

"劲不小噢,来,俺跟你扳个手腕,比比手劲。"黄面皮站起身,伸出手来。

青春痘也伸出手来。

就这么隔着桌子握住。

顺然给他们公平校准，数道：

"一、二、三，开始！"

看上去谁也没扳倒谁，但青春痘的面皮涨红了。黄面皮微微一笑。

顺然叫道："好，平手。"

话音未落，黄面皮汉子手腕一使劲，一下子把青春痘压在下面，动弹不得。

青春痘的武功比小立差远了，顺然想。倘使小立在这儿，黄面皮绝非对手。

渔政站的小薛很严肃地对黄面皮说："我们是执行公务的，你们领了捕捞证没有？"

"怎么没有。"黄面皮从袋子里摸出张硬卡片。"你看，大印盖在上面。"

顺然也凑过来看，是山东省荣成县颁发的，左上角还贴着黄面皮汉子的一寸免冠照片。

小薛说："这个不行，到我们这儿还得领我们发的捕捞证。"

黄面皮汉子反问："俺还得缴两处钱？"

小薛说："按照文件规定是这样的。"打开公文包，取出一份红头文件。

黄面皮汉子说:"俺不看你们那个文件,俺要看国家的。海洋没什么界。俺是中华人民共和国的公民,黄海、东海、南海都去得。"

其他山东汉子在旁边帮腔:"渔民是吃天下饭的。"

"四海为家嘛。"

小薛说:"建议你们慎重考虑。"

"没有什么可考虑的。"黄面皮很硬气。

顺然对小薛说:"别跟这些侉子啰唆。上我们这儿来撒野,看有好药搽他们的癞头。"这是用纯粹的土话讲的,山东人一点也听不懂。顺然估计再交涉下去,一点效果都没有。弄不好,激怒了侉子,要吃眼前亏。那黄面皮看来功夫不浅,青春痘不是他的对手。

从山东大船上下来,顺然用眼睛四处瞟瞟,大多数都是本港的船,连大带小有几百只,侉子哩,就两艘大木船和七八只小舢板。"吐唾沫也能把侉子淹死。"顺然恢复了信心,唯一担心的就是本港人心不齐。他对于自己是不是具有很大的号召力,还没有完全的把握。"这个节骨眼上,不能让郑大胖子走。"顺然想。郑大胖子这个渔政站站长当老了,又喜欢抓权,船主一般都买他的账。郑大胖子的号令,谁敢不从。

顺然为了挽留郑大胖子,胡编了些山东人如何出言不逊,如何藐视、侮辱本港的渔政。郑大胖子斜着瞟了顺然一眼。

"你最近拜了个师父,是不是?"

"拜师父？"

"这个师父姓猪，名八戒，你学习他的智激美猴王，是不是？"

顺然说："讲笑话！不信，你问小章、小薛。"

小章小薛在一旁只是笑。

郑大胖子说："我这个人是大肚皮，操我祖宗八代都能忍得受得，中午我回去，小章小薛留这儿陪你。"

顺然连忙作了个大揖："服你了，服你了，你比孙猴子还火眼金睛。"

郑大胖子笑道："这倒还差不多，我郑某人为朋友两肋插刀，就是不受人糊弄。"

郑大胖子打开对讲机，他亲自呼叫本港的船主。

"大佬儿、大佬儿，听见了吗？请立即来顺然这儿集中一下。沙罐儿、沙罐儿，不在？在张网？叫他马上过来，就说是我叫的，腊狗、腊狗，三麻爹、三麻爹……"

船主陆陆续续到齐，挽着裤管赤着脚。舱面上挤得满满的。顺然叫人拿来两条红塔山，抽烟的一人一包，离得远远的从人头上扔过去。有的船主不耐烦：

"什么事情晚上不能谈，我正在张网。"

顺然正好借着这个话头，说：

"现在大家都张不成网了。"

船主们大吃一惊，有的纸烟吊在嘴上忘了打火，问："什么意思?""又是什么名堂?"

"山东侉子来了两只大船,带了十几个舢板,我跟郑站长去交涉,我讲,这是时家辙的海域,本港的人靠海吃饭,你们最好自觉点,我们也没有上你们渤海去抢饭碗。"

"对呀。"

"是这个理,侉子怎么说?"

"侉子说,"顺然提高了嗓门,"俺是中华人民共和国的公民,俺不承认什么时家辙海域。我又问,那么你们打算在蒋家沙的哪一处张网哩?侉子说,还没有最后决定,哪儿水口好,就在哪儿张。我又说,要是人家已经缴了钱,定好的地方哩?侉子说,俺不管。"

这下子像炸了窝,船主们人人自危,怪顺然、郑大胖子跟侉子太客气,有的破口大骂"婊操的""狗娘养的""活土匪!"……

顺然站到一个浮漂上,大喊:"静一静,静一静!请郑站长发话。"

郑大胖子见气氛已经上来了,说:"我的话很简单,就是大家齐起心来,把山东侉子轰出去。"

"对!就是要这么干。"

"捧着他们的屁股抛。"

"再不识相,就拆他们的船,劈柴烧。"

郑大胖子的号令获得热烈响应,他看了下手表,说:"大家回去把渔民集中一下,手上有什么活计先放一放,十点整准时出发。"

"向山东侉子的船冲过去!"顺然用力挥了一下手臂。

"招呼打在前面,要是有谁不去,等着吃现成的果子,我郑某人要他的好看。"

船主中有人尖锐地叫道:"谁不去就是山芋囱的!"

"不是人。"

"畜生。"

"是叛徒、内奸。"

船主们各自回去通知了,大家心里紧张地记住了十点整这个时间。

顺然叫梅老九传话,所管带的舢板上的人员都要参加。

春明、春亮正在跟一个渔民学着张定置网。网有十几米长,像个漏斗,网口能够随着潮涨潮落掉转方向,很特别的。用一根尼龙缆绳固定在沙涂上。对于他们弟兄俩来说,一切都显得陌生而新鲜。毛鱼秧子,又叫柳叶鳗,身体扁平,薄得就像一片柳叶,在海里随波漂流。他俩从未见过,现在见着了。有一口张好的网已经捕获了几十尾,放在一个塑料桶里。他们凑过去看,很细小,很透明,可以清楚地看见鱼骨,却看不见肉。唯有两只眼睛突兀,银亮,像灯。就这么细小的一尾,疯涨十几块钱。这是在夜里潮水上来的时候捕的,这会儿沙涂上水已经退得干干净净,一望无垠了。梅老九过来喊:"都把手里的活计放下来,停一停,十点整跟我出发。"上哪里去?有人问。"赶山东侉子,侉子占我们的地方。各人手上带一个家伙,竹篙斧头都可以。"听说要干仗,都很兴奋。有人问:"要不要带绳子?""带绳子做什么?"有人反问。"把侉子一个个捆起来。"

十点还差几分,有一些大船上的人已经行动起来了,远远望去像些甲虫似的。事不宜迟,梅老九呐喊一声:

"冲啊!"

这边的几百号人也哇哇叫着冲了出去。

顺然、郑大胖子小跑步跟上。

从四面八方奔跑过来的渔民渐渐聚拢,扇面状向山东侉子的船压迫过去。

"冲啊!""杀侉子啊!"呐喊声惊天动地。

正在作业的侉子纷纷丢下网具,向大船逃过去。大船上有人接应,把他们一个一个拉了上去。

时家镟人占据了他们遗弃的舢板,站在上面欢呼。大多数人举着斧头竹篙,向大船涌去。

"砰!"

枪声震荡着蒋家沙。

山东侉子的船舷上方绽开几朵蓝色的硝烟。

"砰……"又是一阵排子枪。

"侉子带了枪。"愣了片刻之后,有人惊恐地叫道。人群

245

顿时骚乱了起来，处在前锋的人慌忙掉头逃跑，只恨爹娘少生了两条腿。春亮本来是冲最前面的，瞬间变成向后转，他就落在后面。前面跌倒一个，他赶紧从那个人身上跳过去。一不小心，一脚陷进了泥沼，他大叫："来人啦，快……"一颗心快要蹦出来了。

乱糟糟向后狂奔的人群中，过来一个拉他。

他一看，是春明，"哥！快……"朝春明伸出手臂。

春明把他拉出了泥沼，鞋子掉了一只，也顾不得。

"不要跑，不要跑。"顺然朝着溃散的人群沙哑地嘶喊。郑大胖子就是要帮也无法着手，提喇叭叫。

人们一直狂奔到一个安全的地界才停了下来。侉子也没有继续放枪。

船主们都跑到顺然、郑大胖子这儿，来听他们的意见。怪不得侉子的态度这么强硬，原来是带了家伙来的，这是个新情况。顺然跟郑大胖子合计了一下，说："大家先回去吧，有什么行动再通知。"一个满脸横肉的船主嚷道："就这么散掉，岂不被侉子笑话？""不散怎么办？身体吃得消子弹？"还有人献计："听枪声不过是些鸟枪、霰弹，能不能在头上，顶床被子？"那个横肉一抖一抖的汉子说："组织个敢死队，我算一个。""我也算一个。""有我参加！"一下子竖起十几条粗壮的手臂。郑大胖子说："大家的勇气没有被侉子的几支土枪吓掉，这才像是吃海饭的。"顺然默默的，也不吱声。翻过腕子瞄一下表:"还有半个钟头就要涨潮了,大家先回去听通知。"

中午十一点多钟,沙涂上的许多沟沟汊汊里的浅水开始流动。流速愈来愈快,水量也渐渐大了起来。终于漫出沟槽,连成一片,一大片,这一大片那一大片又汇合起来,沙涂完全被吞没了,成了波浪汹涌的大海。

渔民们这时候也不能够作业,窝在舱里打扑克。

傍晚,开始退潮。潮来得快,退得也快,沙涂又裸露出来了。

梅老九带了两个人从大船上下去,顺然目送他们走向山东大船。

山东人不让他们上船,有的还端着枪瞄准,梅老九把手上拎着的两瓶酒往上抬了抬,喊:"我们是来打招呼的!"

回报到里面,那黄面皮汉子让他们上了船,脸上的气色不大好看。梅老九连忙赔笑,打招呼:"这情况我们时老板不清楚,我们老板打您的招呼,大家都是吃海饭的,有话好商量。前几年我们不也去过渤海湾?山东、江苏兄弟省嘛。蒋家沙这么大块地盘,大家都有饭吃。"

说着,把两瓶五粮液酒、两条中华烟放在桌上。"这是我们时老板的一点心意,还望笑纳。"

黄面皮气色缓和了些,说:"早这么讲,俺也不是不讲道理的。俺就这么几条船,蒋家沙大得很哩。"

吩咐人拖出两箱孔府宴酒,梅老九不肯收,黄面皮脸一沉："俺可不占人家的便宜。"

梅老九笑道："那我就代表时老板感谢您啰。就这样，两家和好，从明天起大家都生产，不要误了季节。"

天黑，梅老九打着手电走过沙涂，回到自家船上，向顺然、郑大胖子一五一十报告了去的情形。拍拍那两箱孔府宴酒，笑道："侉子头脑简单，上当了。"

沙涂的夜色浓稠，只有雁鹅子一两声含糊的鸣叫。从顺然的大船上悄悄下来些人，还有其他的船也下来一溜人影，向山东人的那两艘船趋近。等到船上的灯光熄灭，鼾声抽风似的响动，便从船首船尾攀缘上去。顺然带着青春痘，还有两个会几招的小痞子，直扑后舱的一个单间。黄面皮既然是当老板的，肯定是一个人独宿。他的估计没有错。用长手电照了一下被网罩住的活物，正是黄面皮。

奔中舱、前舱去的，也都顺利得手。

顺然这才舒了口气，大步走到舱面上。仰起头看天，原先天空乱七八糟地有些云，现在云块瓦解，流散，一颗颗星耀眼地亮。星有文曲星，将星。顺然此时此刻自我感觉良好，他觉得自己是一颗将星，级别上不会低于中将。少将算什么，少将只挨个将军的边。他感慨自己在部队里干小兵腊子的时候竟没有人赏识。这次的偷袭行动，郑大胖子不赞成，反对他冒险，郑大胖子算什么东西，他懂什么。他时顺然现在有这么一份家业，不也是踩着风险干出来的。阿珍对于他来说，不过是起个引路的作用,跟阿珍失去联系后,他时顺然独立地应付局面也没有什么大不了,没有什么闯不过的关隘。风险有风险的乐趣,这个世界就是冒险家的乐园。

混沌的海天深处有一团红色的火光吸引了他的注意,方位是他的那艘大船。那团火膨胀了一下,更加明亮。船上失火了?不会的,梅老九这会儿在船上坐镇。他忽而想到,会不会是侉子搞的鬼,叫人把黄面皮押上来。

黄面皮不屑地说:"俺可不像你这么卑鄙。"他瞅住远处的那愈来愈烈的火光,朗声大笑:"这可是天意,你们遭的天火,哈哈。"

滴滴,顺然腰里别的手机响了,是梅老九打来的。

"怎么回事?"顺然问。

"有人放的火。"

"谁?"

"周三小,有人看见的。"

"把这婊操的给我捉来!"顺然对着手机吼道。

"是。几路的人在追,跑不了的。"

顺然镇定了一下情绪,命令:"人员赶紧疏散,那些零头碎脑的别管它了,有一名渔民伤亡,我拿你问罪!"

"是!"

顺然关上手机。他知道船在沙涂上着了火,没办法救,周围干干的无水可取。这么大的火,小型灭火器也不管用。

火光把夜空都映红了，被大风吹得摇摇晃晃，船的黑色骨架在这个背景上映现出来。

忽而天崩地裂的一声爆炸，那是放在船上的柴油桶。仿佛喷出了火山，黑色的盘旋的烟云往上直冲。

蒋家沙在战栗。冲天的大火照耀下，散布在沙涂上的船只像些小玩具。

顺然打开手机："立即转告蒋家沙所有的船只，发现特大纵火犯周三小，立即捉拿，不得姑息窝藏。再着两个人，在周三小的舢板上守候。"

"是。"

"看你个婊操的往哪儿跑！"顺然恨恨地想。

子夜。黄海开始涨潮了。

三十

几乎在蒋家沙大火熊熊的同时,在南方边陲,毗邻边境的一条峡谷里,刚刚发生过一场殊死搏斗。

营垒的一方是阿珍,另一方是老大。双方的人员就这么逼近着开枪,一点也不隐蔽。乱枪中一排人倒下了,又是一排替补上来。阿珍穿着一件深蓝色的、衬皮的短装,头发拢到脑后用一块白缎手帕绾着,握一支袖珍手枪,平静地朝前走。子弹的呼啸,硝烟火光,身边的人割草似的仆倒,她似乎一点没有感觉。她在向老大走去,愈来愈近,用枪瞄准。然而扳机还没有来得及扣动,老大的一颗子弹已经洞穿了她的胸膛。阿珍倒下了,一个青年一边开枪、一边跳跃着过来抱起阿珍,像松鼠一般敏捷。他手上的那支枪仿佛长了眼睛,在给老大的弟兄点数。阿珍这边的人欢呼起来了:"小立!小立!"这个青年正是被阿珍安排到境外去避难的小立。此刻他的突然出现,对于老大那边的弟兄不啻于恶魔降临。老大怒不可遏:"小立!你个畜生!"端起冲锋枪泼雨一般地扫射。小立随手一枪,便结果了老大的性命。老大那边顿时大乱,阿珍这边的人呐喊着掩杀过去。小立也不管这些,只是给阿珍包扎伤口，然后背起呻吟的阿珍，向丛林中走去。跋涉过一片沼泽，进入古木参天的处所，地上铺满了软绵绵的落叶，头顶上枝叶几乎完全遮蔽了星光。小立把阿珍轻轻放到靠近大树树身的地上，呼唤："阿姐，阿姐！"

阿珍也不应声，已经昏迷过去了。

她受的枪伤很重，在致命的部位，鲜血透过包扎的纱布汩汩流淌。

小立焦急地呼唤，摇晃她的身体也没有用，便燃起一支烟，用烟熏。

阿珍动弹了一下，苏醒过来，挣扎着坐起，倚在树的躯干上。

"阿姐，伤口痛吗？"

"还好……"

"我马上送你去医院。"

…………

阿珍的上半身无力地从树干上滑下来。

小立慌忙地把她抱在怀里："阿姐，阿姐！"

"阿姐，你有什么要办的事，赶紧对我说，我一定给你办到，了却你的心愿。"

"匣子……"

"对、对！你给顺然的那个匣子，怎么开启，密码告诉我，我好通知顺然。"

"匣子,不在顺然那里,就在你身上。"阿珍断断续续地揭开了这层秘密。

小立一哆嗦,抱着阿珍的手臂松开了。

"你现在,顶担心的就是我突然断气,你迫切要这个开启的密码。"

"阿姐,你怎么怀疑我盗了顺然的匣子哩?倘若这个匣子在我这儿,我要打开它也不费事,小刀一撬,不就行了,又何必再要什么密码哩?"

"你不放心,不到万不得已,你不会撬,你年龄虽小,却心思缜密。"

小立不吱声,晦暗中他的面容模糊,只见手指上香烟的一星红火。

"你怎么会怀疑我?阿姐,我真想不明白。"

"那次,从时家镢回来,去郊外打猎,我要送你到境外,说服你,你也问过这个匣子的密码。你晓得,在我们这个行当里,问不该问的事是犯忌。我忽而想到,你是我最信赖的,又有一手好枪法,老大会不会拉拢收买你?我只要一留心,你就注定了要暴露。"

沉默。小立又问:"你不是亲眼见我毙了老大?"

"那是因为老大对你估计不足,你是要彻底取代他。"阿珍长叹一声,"我查访了你不少劣迹,真后悔当初把你从孤儿院里带出来,是我害了你。"

253

"这你就弄错了。"小立不再伪装,"我从小就跟一般人不一样,立志要做人上人。大千世界,所有的人都在疯狂地追逐金钱、权势,只有阿姐你是例外,我现在还称呼你阿姐,因为你对我有一份养育之恩,我会记住也会报答你,但绝不会去学你的为人,我要走我自己的路。成功就是一切,管它什么道。根本不存在什么被老大收买的问题,是我要利用老大。"

"也在利用我?"阿珍问。

"可以这么说。"

"倒也干脆。"

"匣子确实在我这儿,阿姐,谁也不可能从我这儿抢走,这个匣子已经是属于我了。怎样支配这份财富,你尽可以吩咐,我一定照办。阿姐,你别把我想得太坏,我跟普通俗人一样,贪心、昧心,也有良心,何况你养育了我这么多年。你把密码告诉我,算是个善始善终,我会永远记住阿姐的。"

似乎善始善终这几个字打动了阿珍,阿珍说出了开启的密码。

小立欣喜若狂地抱起阿珍的身体:"阿姐,好阿姐!你原谅我了,是不是?我成功了一定不会忘记你,这个冷漠的世界上,没有谁像你这样真正爱护我的。"

阿珍一言不发。

阿珍的眸子里含着大悲哀。

她的身体渐渐变冷。小立用手指一试,她已经停止了呼吸。这个世界真的不再有这般关心爱护他的人了。他小立不又成了孤儿?这么一想,不觉心里一酸,掉下几滴泪来。

小立用铁锹挖了个坑,把阿珍葬了。

他从行囊里取出那个匣子,这是那天夜里化装成蒙面人从顺然处劫来的。阿珍在黑道上这么多年,不会没有积蓄。他按照密码的程序开启。啪地一声,匣子盖打开了,他忙蹲下身子,用微型手电照看。

只有一张发了黄的照片。

照片上有三个小孩,两男一女。

那个戴银项圈的女孩有点像阿珍。

除了这张照片,便什么也没有了。

小立又怀疑又窝火。

这么个匣子难道仅仅就是为了藏这张照片?

他有点后悔,刚才没有趁阿珍活着的时候打开匣子。

现在阿珍已经埋在地下了,即使把那一抔黄土掘开来,她也不会讲话。

小立怀疑夹层里或许有什么,便把照片一扔,把匣子放在行囊里带走了。

三十一

婵娟来得猛，去得也快噢，天空万里如洗，就像压根儿没这回事似的，只有斜着暴出粗根的树，破损的屋顶，还保存着案底。

他早该来了，只是因为这瘟风。东北娃跟真知妹约好，可因为台风，他还得滞留在船坞，误了事，急呐。这船坞在江口。而江口离时家锹有好几百里，恨不能生双翼。他做的事情，用成爷的话来说，搭积木。先是塔筒，一级一级码起来，然后在上面搁上风机，插上叶片。成爷说得没错，是有点像搭积木。不过，这活计都搁海上做，挺费事的，还要这块那块这个螺栓那个螺栓调试。现在，换了个思路，借个船坞，先把积木搭好，四肢百骸俱齐，再把这个积木整体从海边运过来，那儿有预留的根脚等着，岂不省事。不过。这还是个并不见得轻巧的活计，把这么个李元霸从海边妥妥运抵现场，也并非嘴皮子动动就能办到的。查了资料，这个陆上搭积木是个世界首创的新招。听到世界首创，媒体一个个像打了鸡血一样兴奋，一拨子在搭积木的现场分分钟实时报道，一拨子在时家锹守株待霸。不过台风婵娟来了，李元霸也要让三分，虽然是女流之辈也不宜硬杠，硬杠自己倒霉。现在婵娟过了，李元霸出发，这边抻长身体守候的人们，也包括真知妹。

终于在凝着青灰蜃气的远海，看到一只载着一朵银花的小船。

不论什么霸，超霸，比起海，都是小。

为了把九十米身高的李元霸，稳妥地置于甲板上，东北娃想到一个点子，就是古装肥皂剧里那装囚犯的站笼。就仿那个款式，为李元霸定制，这就有点委屈李哥了。风机发动机和叶片，权当是脑袋，露着也卡着，塔筒则在一个四四方方的大框架内，活像一个囚徒。

船渐庞大了，在甲板上有许多黄衣服黄头盔的人点子，船高人小，晃来晃去晃眼，真知妹分不清。直到一个黄衣服黄头盔的点子，朝她抛了一个飞吻，真知妹扔过去一截香蕉皮。她把身体从栏杆探出，使出吃奶的劲由下朝上掷，就像朝高层楼幢的上面，逆向地投掷软不拉几的果皮，这一举动看起来很可笑，不过是徒劳。在船以非常压迫的气势靠近时，她又奋力投掷出一个空的坚硬啤酒瓶，眼见要落入水里，却撞在船帮的钢板上，碎了。这回算是成功了。

县城的钟牙社。三点把泡在汽油里的齿轮镊到吸油纸上，这是一块上海女表的零件，叫擒纵轮片，师傅不这么叫，叫骑马轮，尖，薄，光滑。她小心翼翼，把它套进轴轮。突然，鲨鱼一样的尖齿发了疯似的,乱转起来。三点吓了一大跳,不知所措。一会儿,它又神经质,自行消停。三点压根儿没想到,骑马轮和相隔二百华里的海上风机会有什么关系。

东北娃睡得很死,真知妹掐了一把,才醒。一骨碌坐起来,不好,误事了,今天68号风机打桩,怎么不早一点叫我,一着急,两条腿蹬到一条裤管里去,却怎么也蹬不进。真知妹笑岔了气,都是哥们,你就说喝高了,还能怎么的。不行,他们要说不是喝高怎么办。那你就说,打桩呗,练一练手。

海上风电现在到了三期,朝远处走。东北娃是三期项目的主管。真知妹说,怎么个打桩,带我去瞧瞧。

快艇在海里跟兔子一样,一蹦一跳。

不时有风机三三两两,或列队成行,大叶片各转各的。反倒好,各有各的个性,好像它们一个个都是活的,真知妹自语。

已经开始打桩了,东北娃说。

声音传过来,打桩船远看很小,而声音的振动却广布于海面和天空,丰满的回声背景。

真知妹仄着听,两手一拍,尖叫,太棒了,我看到一个巨人,抡圆他的鞭子,一下一下,抽着大海,狗娘养的你横,你霸道,看我不钉死你。

东北娃笑,鞭子?你怎么会想到鞭子,竖起个大拇指。

打桩船的不远处,有两台风机傍着,像姐妹花。

那边厢,通灵县城的阳光很好,落在三点工作的桌上,她把放大镜从额头,下拉到鼻梁,用镊子整理骑马轮。二百华里之外的海上,姐妹花有了感应,咯噔停住,隔了一会儿,又缓缓转了起来,又一咯噔,犯迷糊停住。

风机咯噔,真知妹并没有注意,她的注意在巨人的鞭子,一下一下在数。

数到三百四十七下时,在海面上哗地跃起一大片浩瀚的鱼群,银鳞闪耀,它们是被鞭子惊了,集体暴乱。

一只老早就在这儿盘旋的黑色苍鹰,降低高度,想不到进入了不动声色的姐妹花的魔力圈,就像喝高了,跟住大叶片悠着转,被叶片打落。

鱼还没省悟过来,懵头懵脑朝魔力圈里钻,被叶片打得血肉横飞。

节骨眼儿上,风机却一咯噔,停下来了。

等到它再转起来的时候,鱼群已逃出生天。

可以预知的时刻,潮水大幕缓缓地降落,把舞台与观众完全地分隔开来。这出戏便开始上演了。

是出需要演员不需要观众的特别的戏——独角戏。或者说,一出自娱自乐的大戏。演员羞亮。大幕坠下来才纷纷登场。

有的是随潮漂进来的,有的是从沙里钻出来的。

海蓬子既是演员也是舞台的活动布景,它并不像其他的树木花草谈盐色变，恰恰相反，它喜欢海水，舒展开枝枝叶叶，尽着性子吸吮。

板带儿飘呀飘地随着潮，像个四片瓦的风筝，扁宽的大嘴巴张着，等浮游的小鱼细虾游进来，然后，嘴巴一抿，水从鳃裂里排出去。

海雪半透明，乳冻一样的，板带的大嘴巴笑纳。海雪轻质，在潮的最上面，名字挺美，金玉其外，里面杂七杂八，细虾鱼籽鱼粪碎屑，什么都有，却是毛鱼秧子的最爱，别的它碰都不碰。每年开春的时候，毛鱼秧子一趟一趟的，多得像天上的云。海蓬子知道它们是冲着海雪来的，细线似的，两个眼睛像小银灯，便枝叶缠裹了一些，等它们来吃。板带大大咧咧，食谱宽得很，毛鱼秧子只吃海雪，可今年却来得少，奇少，没有几尾。

一般的大鱼不过来参加演出，只有梅头鱼之类小鱼杂鱼。鲳偶尔随潮露一下面。鲳的肉板整，没有什么刺，好吃。黄姑的肉有点粗，不好吃。指甲蟹太小，没吃头。虾拱的壳空，肉少。梭子蟹也空的，只有春五月就一个月蟹肉才丰满鲜美。鲜虾也是，过了清明，壳就变硬，颜色变蓝，清明之前，壳是软的，颜色是白的，又称大白虾，肉嫩味鲜，打嘴也不丢。跟虾拱不在一个档位。

这趟演出，还不能少了一个角色，那就是马海蜇。

这货也顺着潮漂进来，傻、大、白，有点像床上用品的泡沫海绵垫。肉质口感差,鱼不吃,鳖不吃,人不吃,白送都不要。这对于"傻大白"来说,未尝不是一件好事。它居然也是肉食动物,行动迟钝却有四个胃,望天收,等些浮游物自己送上门。

它的同门师妹赤月,却是人见人爱。说是同门,也是就大处说,身份都是海蜇。海蜇与海蜇不一样,马海蜇是生旦净末丑的丑,赤月就是旦。马海蜇傻大白,赤月就是窈窕的红月亮。体型上赤月大的有点像大锅的盖,小的如荷叶一片一片,边缘稍有点内卷,珠珠状的,颜色是琥珀色的。口感很脆爽,标配麻酱油加蒜泥。你吃它,它也会吃你,在海里看到它,第一时间有多远躲多远,被毒刺蜇到可不是闹着玩的,会夺人命的。当然,搁浅的大锅盖就没有杀伤力了,提拎,甩甩沙,扔到桶里,明矾水泡上一泡,能卖大价钱。

两个小时过去,演出就到此结束。按理说,应当有个谢幕,前面已说过,演员羞亮。大幕刚刚重启,演员们便脚底下抹油,溜之大吉,趁着潮水退去。甚至有的早就跑了,没跑的都有两下子,不惧曝光,只有马海蜇那货还傻不愣怔待在平阔的沙涂上,个头不小,看上去涨眼。太阳升上来的时候,那货体内百分之九十的水分全跑光了,最后连张皮也没留下,整个人间蒸发。带壳的不怕,车螯蚶子大蛏泥螺指甲蟹,自带房车,钻到沙里,冬暖夏凉,晒,吹,淋,一样都不怕。狭长壳的蛏从顶头伸出鼻子,它要开始挖洞了,身体一跳一跳，像山东快书打竹板儿，有着超强的节奏感。竹板这么一打呀，别的咱不夸。跳到一处沙软的地儿，鼻子钻洞，眨眼间竹蛏就不见了。泥螺自有它的生存之道，吐出的涎水像青黄的菜油，和涂泥混合在一起，它就隐匿其中。怀着好奇想去找它看它，一脚踩上满是涎水的涂头泥，便会稳不住身子，摔成个狗啃泥。

三十二

　　一别三十年，今日回时家辙。小的这趟来，是百万亩滩涂围垦二期洽谈会的特邀嘉宾。气场很大，利益诱人，是一次饕餮会餐，无论邀请的还是没被邀请的都来了。小的倒不是太在乎这一块，能切到一块更好。他手上有事情，而且三年五年做不完。现在时兴做农业生态规划，从东三省黑土地到横断山脉青藏高原，他带着七八个博士生硕士生，踏遍了祖国的山山水水。做的这些，不忍回看。一回看，老母鸡变雄鸭。没啥子用。没啥子用，不做就是呗。可是要做，不能不做，一定得做。道理很简单。小的给自己的宽慰是：社会分工不同，他们做的前场，这中场后场他们就不用管也不用问了。只要答应给他的人民币及时到位就行。

　　至于时家辙，他本想写一篇凭吊古战场文却找不到古战场，当然也没有旧刀枪。那时他只有十六岁，跟哥哥一起下乡插队。那时他在知青当中年龄最小，现在也不再是小的，应该叫老的。

　　有时时家辙会在他梦里划过，开拖拉机乘风破浪的小姐姐，血泊中蠕动的蚂蟥。时家辙在他的生活渐渐远去直至消

263

失,后来又在视野里浮现,那是由于毛鱼秧子。那时全民围剿软黄金,时家镢热热闹闹,在路上都能捡到钱。一直到毛鱼秧子快要被列为濒危动植物之后,人类这才把爪子松了一松,盯上潮间渐渐拱出的那片几百万亩的新大陆。人们给它起了个名叫"时家镢鸻地"。而这正是本次会餐的主角。

主会场设在滩涂上的一幢全透明玻璃屋里。屋外有一棵树,树冠乍看上去是一个超大型的马蜂窝,一格一格的,细瞧,每一格都是一个袖珍小木屋。这是给鸟住的屋子,密密匝匝得有上百个。小的好奇,仰面眯起眼瞧,体量上像黑颈鹤那样的长腿鸟估计住不进。只有用手摸才能感受到墙壁,在视觉上,大屏、沙发、茶几、座椅,都像是直接裸露在滩涂上,面朝大海,以天地为屋宇。小的极为惊异,围着玻璃屋足足转了两圈。

天算不如人算,临到要开会的时候,风向有变。海洋湿地也要画红线了,二期可能要叫停。一叫停,这一期二期的分界线新堤,就要成为红线了。消息一放出,食客散去不少。主办方早有预案。国外的客人,新西兰澳大利亚的,北欧的鸟类专家环保人士志愿者,也来了不少。外国人对围垦二期一点也不感兴趣,甚至还激烈反对,硬是从亚欧大陆东部仅存的最大湿地这个角度来干预。如果再围,他们就要来捣蛋、破围。吸引他们来的,是一个830高地的新项目。

830高地,乍一听,是个军事用语,使人想起松骨峰、五圣山，其实不然。这是指海里涨潮到达最高潮位时尚不能淹没的地方，因为这块地方有830亩，所以叫830高地。

渔人称高为墩或尖，涨潮的时候常有渔民来此避水，称之为"老脊"。

现在"老脊"被策划作为迁徙鸟儿的歇脚地。为了让外国人易于接受，对外宣传时"老脊"被翻译成"highland"。于是"830highland"的代号便诞生了，时家镢的人却把英文又翻成了中文：哈爱冷得。

想一想吧，浩瀚大海，潮涨到最高位时还有这么个隙地坚挺着，就是为了给不辞万里迁徙的候鸟留下最后一小块潮不能淹没的歇脚地，这是多么伟大多么了不起多么感人的举动。

信息一发布，国际鸟界一片震动。人人都眼热这块高擎生态保护的高地。于是四方宾朋纷纷远道而来，麇集时家镢。随之而来的还应当有一份庄重的承诺书，抑或英镑法郎各国货币以表诚意。

为了让嘉宾们可感可及，玻璃屋的大屏幕上展示了"830哈爱冷得"的平面图：一期工程正在进行，830哈爱冷得已经筑了新堤。新堤围筑是经法律许可的，并不妨碍候鸟停驻。可是由于新堤和候鸟距离太近，这些外国客人还是提出疑虑，怕上当受骗。于是我们便在大屏上展示出近二十年的水文资料以证明高地的安全性、可行性，并出示了红头文件和制定的一系列830哈爱冷得管理细则。看到这些后，外国人才表示愿意合作、进行交接。

正当交接仪式进行时，传来嘭的一声巨响。原来是三点进门时不小心撞上了玻璃墙。

成成一边看手机，一边跟东北娃唠嗑，没大注意提醒三点。这玻璃墙是透明的，像空气不是空气，像水可不是水。

三点不曾跌倒，只是额头上鼓起一个包，成成急急地问："怎么样，太奶奶不碍事吧？"

三点笑道："你把自己管好得了。"

六姑娘好奇，也要瞧这个玻璃房子。三点就陪她一道来了。

成成笑道："也好，我为你们先探路。"

这玻璃墙上没有门，旁边有一个斜下去的地下通道。

一行人从通道进去，找了座位依次坐下。

话题这时已经换茬，在辩论风电与迁徙候鸟群的利害得失。大屏上放了一张鸟群在高处飞、风机在低处转的图片。图片上鸟群宁静自如，并没有受到风机的惊扰。接着又放了一张图片，鸟群布满天空，跟下面的风机挨得很近。第三张图片更能说明风机是候鸟杀手的观点，只见图片上鸟群已经将风机淹没了，甚至有的叶片都看不见了。成成问东北娃，你看这三张图片哪张是真的，哪张是假的。东北娃想了一想，说，第二张第三张是真的，第一张是假的。成成说，三张都是真的,鸟不傻,比你聪明,你从拍摄的时间也可以看出,第二张第三张都是好几年前的,只有第一张是眼下拍的,说明鸟已学了乖,高飞远遁,屙屎离它三砖。东北娃说,真服你了成爷,这一点拨,我这个榆木脑袋也开了窍,我刚正纳闷这第三张照片怎么鸟群黑压压地把风机包围淹没了,现在悟了。成成问,悟了什么?东北娃说,它们压根儿不知风机是克星,是杀手,欢天喜地以为找到歇一歇脚的地方了。成成说,结局可想而知,南无阿弥陀佛。

那边,三点和六姑娘激动起来,不晓得是为了什么事。一问,原来刚刚有个人发言说,每一年死于风机的候鸟,平均每台只有零点零零三只,而野猫家猫合力捕杀的鸟类,就有十几亿只。三点对这些数字的真实性表示严重怀疑。成成打了个哈欠,说用不着怀疑,这些人都是专业的、拔尖的。他们有他们的办法,有行业的规则语言。你不懂。什么规则哩,三点问。刚刚说的你就不懂,成成笑道。既然我姑奶要打破砂锅问到底,我也只得假充一回人儿头。起先我对这些数字也感到怀疑,因为鸟是一刻也不会静止的,一点也不好数。有首歌叫作《数鸭子》,姑奶奶估摸也唱过。三点笑道,快来快来数一数,二四六七八。成成说,是呀,连几百只鸭都不好数,何况布满天空几万甚至几十万只的候鸟。我猜呀,终于猜出来了,一定是把照片网格化,每一个方格里有几只鸟,再乘以网格总数,就得出鸟的总数。同一瞬间,可以多拍几张，求平均值，还可以视频定格，最大限度地缩小误差。三点又问，猫杀死十几亿只鸟，又是怎么得出的。成成说，同理呀，网格化，你得相信，他们一定是有依据的。

依据？太奶奶开腔了。从来只看到猫捉老鼠，猫吃老鼠，捉鸟的事少有，要有那也是野猫，不可能是家猫。家猫野猫怎么区别的？家猫脸上写了字吗？

成成噼里啪啦为太奶奶喝彩叫好。三点说，别耍滑头，姆妈说得有没有道理。成成说，没法说，我只能哑口无言。

还有话没讲完哩。太奶奶笑道，我也晓得，猫不是什么好鸟。你捉老鼠就捉呗，捉到也不吃，爪子一松。老鼠想，谢天谢地，发了慈悲心不吃我了，得赶紧跑。哪晓得跑了没几步，又给按住了。如斯者三。老鼠没死，也给吓出心脏病来哉。

成成笑道，太奶奶大事小事都不糊涂，是是非非比小辈拎得清。就以猫来说吧，窃居猫科科长之位，手下猛将如云，老虎狮子金钱豹哪一位不是一等一的高手？它们狩猎都是一箭封喉，像这样折磨弱者的，只有——

太奶奶摆了一下手，说，继续说。

成成压低了声音，惨无人道的纳粹分子……

太奶奶笑，干吗声音那么小，像蚊子哼。

成成说，我怕三姑奶奶生气。

太奶奶笑道，不会的，你想多了，德不配位，就该逊位，我是说的猫。

三点长长地叹了口气,问东北娃,你哩,你什么看法?

东北娃笑道,没有什么看法,我中立。

小的多逗留了两天,跟他同宿一个房间的是个老爷子,他说就是时家镢的,他不认识他,他也不认识他。老爷子说跟他同宿了两个晚上,有三个收获:一是迄今没有真正生态意义上的现代农业,美国也不达标;二是人们只晓得多种树,不晓得多长蔬菜,其实蔬菜也一样地吸收二氧化碳、制造大量氧气;三是时家镢鸺地如果要开发的话,首选的应当是长蔬菜长粮食,这样生态破坏最小。老爷子很好学,表示对小的感谢,表演了一段忠字舞:长江滚滚向东方,葵花朵朵向太阳;还学着丹顶鹤踮脚,拍腾翅膀欲飞。小的感到好笑,觉得老爷子神经有一点不太正常。半夜,老爷子把他弄醒。我就认你这个专家,要向你多多请教。时家镢这千把年来,海一直在退,土一直在长,是个什么缘故。小的说,我在这方面没有研究,抱歉。他唔了一声,很失望。小的说,不就是黄河长江的泥沙,被潮汐这么搬来运去倒腾出来的?听说时家镢水下发现了一个大沙脊群,这个沙脊群很大,只有很少的露出,大部分都在水下,像乌贼一样张牙舞爪的,一直伸到日本海。水文专家猜是古长江的入海口。猜,都是猜,他摇了一摇头,表示不信。这儿长起来,应该有什么地方塌下去,才符合平衡。发现有什么地方塌下去了吗?

被他这一弄，小的睡意全无。他倒好，头一着枕，就呼噜起来。小的设法停止思考，进入虚静空明，似睡非睡。直至黎明的气息丝丝缕缕飘来，黑暗已不是那么严丝合缝。小的到卫生间撒了泡尿，披了件衣到外面的大露台上。露台下面，大片大片的海蓬子黑魆魆，上部已见隐约的长且细的叶子扭动飘拂，在下部有许许多多一闪一灭的绿光点黄光点，暗蓝光点，这些光点在叶片的飘摇中不断地升起，有点像透明的孔明灯。在弥散在整个夜空的闪闪灭灭的绿点黄点蓝点中，出现了一条近乎通透的白鱼，看起来很怪异，尾巴像是被啃去了一半，它也无所谓，摆来摆去的。脊柱上排列的刺历历可数。脑壳也是半透明的，看得见脑液晃荡。鳃盖下面有几条裂缝，断断续续喷吐出一些闪亮的液体散到黑暗中。有一点可怖的是，它的眼睛是空的，像一个窟窿。小的盯了一眼，不想再看。再抬眼望的时候，它已经消失了。

醒来的时候，天已经放明，阳光蹭到他枕上。老爷子不在了，只有他一人。水果是刚送来的，有洒了水的香蕉、橘子和龙眼。他视线经过时，稍愣了一愣，怎么龙眼只有两个？

他想起空洞着的鱼眼。

如果那条鱼在，他想放到那黑咕隆咚的窟窿里试试，现下鱼不在了，他就剥了壳，把裹着肉肉的核扔到了嘴里。

尾声

　　"白鲸号"从维多利亚港拔锚。时间达晚上八点半，汽笛准时拉响。每层的甲板上顶层平台上，挤满了人，看景。港岛灯火繁密，映在水面上，如漫天的萤火虫在煌煌飞舞。

　　这趟漫长不菲的旅行是三点心血来潮想起来的。由小时候逮的养的那只勺嘴鹬，想到候鸟的迁徙路线那么远，从西伯利亚到澳大利亚，神秘兮兮的，如若她也是其中的一只——这不可能，它们在天上飞，她在海里行，这总可以了吧，一起向着大洋的彼岸。

　　她对大侄说："顺，我现在没事，想出去散散心，没钱。"

　　顺然笑道："你不是球馆的内当家吗，怎么会没钱？"

　　"屁，一年招不到几个娃。"

　　"姑爸拿过省赛的名次，比专业的也弱不到哪里，咋会吃不着娃。"

　　三点说："跟你身家过亿的董事长可不能比，分公司都开到香港澳门去了。"

　　"姑想去哪里，我安排。"顺然一贯爽气，对家里人更是没的话说。

几年前，钟牙社那块风水宝地也拍卖转手了。三点和骷髅头没有事干，一合计，发挥骷髅头的专长，乒训班开张。骷冠军想租几间，正儿八经地办个乒校，三点不同意，家长精得很，发个证书择校不派用场，费那钱做啥。

"我想坐邮轮，在海上漂好多天的那种。你在天上飞，我在海里追。"三点闭起眼享受，"是不是很好玩？"

顺然一个电话叫阿敏安排。阿敏跟顺然好多年了，很合把，办事能力杠杠的。顺然特意关照，你要全程陪着的哦。阿敏特地选了品位豪华有十几层楼那么高的"白鲸号"，它的路线，进入大洋之后，大致就循着从北方飞过的候鸟的那条线，一路南徙。

汽笛响的时候，时金伴没出去，外面乌泱泱的，听说这一船装了好几千号人。他，一人待在船舱里，闷闷的。年纪大了，又生着病，怕闹腾。他一直犹豫要不要随这趟。三点撺掇，还把六姑娘也忽悠了。老太太身体好，看上去比他还显嫩。

医生是老友，返聘的，也有了些年岁，不能动刀子了，经验还是有的。他劝时金伴，老弟，别化疗了，打住，这岁数经不住折腾啦。

邮轮气派，外形就是一个鲸的模子，滑溜圆润，通体是白的。宽阔的大洋面一望无际，他们此行的目的地是澳大利亚。白鲸像一颗遗落在大洋里的小白棋子，漂浮在浪里。偶有鸟群或是掉队的孤燕从雷达塔尖掠过。穿过浩渺的大洋，它们连续飞行不喘息，直至到达陆地。

　　最兴奋的是三点。这么豪气的船，太牛逼了。吃的玩的，什么都有，他们的客房在第六层，属于中档位。依着顺然是要订VIP的，敏总划拉了一下，还是中档更有性价比，也是海景房，推窗便是茫茫大洋，舱外还有一个大露台。温柔的海水升腾着淡淡的雾气，阳光也是豪气十足，明爽，目之所及竟看不到一丝阴影，如安格尔的泉。

　　三点拍着顺然的肩："漂亮，我满意。"

　　顺然向阿敏努努嘴，说，"要谢就谢咱敏总，这一趟都是她亲自安排的。"

　　三点拉着阿敏："走，下去玩儿。"对顺然这个女秘，三点天然地喜欢，长得好看不说，还特别地懂事，几句话就能把老太太哄开心了。关键是分寸感拿捏，刚上船的时候，时金伴不开心，甩脸。人家不卑也不亢，倒显得老时有点心理阴暗了。这不，几天下来，冷眼旁观，时金伴竟也觉得这女孩不矫情，情商高智商也不低。老太太喜欢吃自助，刘姥姥进了大观园，满眼的美食无从下嘴，阿敏忙前忙后，细心地挑选适合老人牙口的。牛排要九分熟，生鱼片只能尝一点点，芥末太冲，吃不消。总之，既不能吃撑，又要满足味蕾。

　　时金伴便换了副脸，对阿敏亲切地说："难得，三世才修到一趟同船渡哦。"

273

顺然说:"叫上老爷子和老太。还有姑爸,老半天怎么没见他人影。"

三点说:"他呀快活得没手抓痒。早就下去了。"

顺然说:"赌钱去了?"

"倒是想啊,没本钱。"三点说。

"你也管得太紧了吧,男人兜里没钱,就没底气。"

"别废话,喊你太奶奶去。"三点边说边搂着阿敏去叫老太太。

娱乐层设在五层,邮轮的中间,绝对销魂的地方,到了里面你就不知道自己到了哪里魂不附体了。甲板上躺着趴着日光浴的,各种肤色的都有。经过一条金碧富丽的通道,一个高挑得有一点打晃的年轻女子迎面走了过来。六姑娘说:"真好看。"忍不住多睒几眼。"像戏台上的角儿。"阿敏挽着老太太,一笑。女子经过时金伴,故意用胳膊碰了他一下,说,我是人妖。

时金伴说,我降妖。

人妖一愣,没懂什么意思,反正不是个善茬,头一低匆匆走了。

时金伴笑道:"兜搭生意的,刚才我去洗手间,见一堆人挤在那儿,看什么呢,看人妖,说是看免费,摸一下要收十块钱。三点笑得直揉肚子,顺然支在她耳边说了什么,她在顺然背上捶了一记。六姑娘一脸懵,问阿敏,笑什么?顺然指着时金伴,他说他是孙大圣。阿敏轻轻叹了口气,也是穷人家的孩子,没法子才走了这一条路。

顺然见到博彩,就手痒,阿敏给他画了一条红线。好不容易等到一个博彩机的空位,前面的那位一脸丧。"哥们,看我的。"迫不及待,心想,正好,运气留给我。换来的筹码眨眼就吃光了。再来再来,顺然催阿敏再去换,已经上头了。又是一波咔咔咔,这把竟然回吐了不少出来。旁边围着白相的直叫好,每个人都赢了钱似的兴奋地嗷嗷的。

玩得正酣,忽听到汽笛长鸣,大家先是一愣,就听到外面有人喊:"快来看,白鲸喷水了。"好奇的人群涌向甲板,一股几十米高的水柱从船头蹿出,炮弹似的射上天空,绽开无数水珠,阳光下如七彩琉璃剔透。白鲸喷水,是这艘邮轮独一无二的沉浸式体验。在旷茫无际的天洋之间,在你醉生梦死的时刻,不经意间,一下子撞开你的脑洞,敲击到你麻木的神经。第二次喷水,船已经过了赤道线,朝阳如轮。那天,时金伴隔着窗,只看到半截玉柱,华光闪耀,更有许多小金豆子飞奔而来,瞬间又在空中弥散。

顺然早几年贩鳗发了,后来转型搞地产,期间还包了个山头,种茶,啥挣钱就做啥,灵活多变。不变的是,业绩始终直线上扬。有时候不得已擦个边,底线是守住的。时金伴也时常敲他的木鱼。

骷冠军没想到邮轮上这么好玩,玩嗨了。只要是不花钱的，必须体验一把。最后居然迷上了打网球。说起来都是打球，网球和乒乓球区别太大了，绝对跨界行走。骷也没专业行头，裤头汗衫白球鞋。对手是个蓝眼的外国女人，高大壮硕。骷也不吃素，八爪蟹似，追着球满场跑。"抽死你""吃个下旋"，打着一蹦九尺高的网球，嘴巴里全是乒乓术语"霸王拧""高抛""弧圈"。有时也会去打几下子乒乓球，还遇到一位国二队的，那人让了骷五个球，居然骷赢了。骷和国手愉快合影，两人都竖着点赞手。这张照片后来放大挂在球馆的前台，广而告之，招徕生意。

　　骷和三点各玩各的，三点喜欢和阿敏逛商店，不买，白相相，见识见识。有时候，一个人坐在露台上看天，天上偶飞过的鸟。有的鸟群有几百只鸟，庞大的迁徙队伍，像一支支箭簇划过天空。更多的时候还是闲逛。闲，但不无聊。一天，两人逛到国际象棋室，引发好奇心，进去相斜头（方言，偏过脸子看热闹）。三点会走几步国粹象棋，三脚猫。料想这玩意都差不多，觉得棋子像小孩子的玩具，马头王冠还有滚滴溜圆的小球，好玩。觑了几盘，也想试一试水。正好，输棋的走了，三点大大咧咧地坐下来，说："杀一盘。"对方没听懂，不是中国人。阿敏用英语说了句，她想请您下盘棋。那位说："OK。"三点纯属无知者无畏，跟阿敏说，让他先走。阿敏倒是懂点皮毛，说，白棋先行，你是黑，当然他先走。哦哦。三点点点头，示意对方。

白棋走什么，黑棋也跟着走什么。对手有点烦躁了，嘟嘟哝哝。

"他说什么？"三点问阿敏。

阿敏也听不懂，总之语气不善。

十几手走下来，那人终于心态崩了，呼了一声，弃棋而去。

阿敏举起三点的手臂，"现在，我宣布，三点姑姑获胜。"

"你这个宣布，是个半边脸儿，对手哩，人哩？"

"跑了，人家弃权，不跟你下了。"

"真小气，不就想跟他学几招嘛。"三点道："不过，人家走什么，我就学着走什么，是有点耍赖哈。"

"一点不耍赖。"阿敏正色道。"的确有模仿棋的下法，基于规则。你模仿，总要落后一步，是不是？先手永远在别人手上。"

三点哈啦一笑，什么狗屁的规则，就是下着玩呗。

有时候玩疲了，不想去餐厅，就让服务员送到房间。几个人坐在露台上，仿佛置身于重彩画之中。空气润湿，带着微微的腥味，蓝田日暖玉生烟。

顺然问六姑娘："最近眼睛怎么样了？"

老太太黄斑水肿，隔些日子就要打雷珠单抗，一针一万多，这钱是顺然包下来的。

医院里特别待见六姑娘，小护士每次喊"奶奶您来啦"，甜。

"这么贵，效果自然好。看东西不变形了吧。"

六姑娘点点头:"医院就是要拽着你。"

时金伴笑道:"我牙也掉了好几颗,牙医就是让你不断地补,补了掉,掉了再补。说你横竖报销。反复折腾,牙齿越来越损耗,最后拔牙种牙。着了道了,突然开了窍,不要这么折腾,那剩下的残墙断壁你不去滋啦滋啦整治它,反而好,剩下的虽然看上去危急危乎,并不影响吃东西,不吃硬脆的就行。我验证过,千真万确。"

六姑娘笑道:"我也听了劝,保住了这三颗牙。你们看看,屹立不倒。"

三点问顺然:"你今天怎么没手痒?"

"治好了。"阿敏说。

"多少钱能治好?"

"不许说,说我开了你。"顺然笑。

三点说:"赌徒赌红了眼,连老婆都能押上去。"

"不关我的事,"阿敏掩口笑,"没有那张纸。"

顺然被博彩机吃掉了一百万,直接顶到阿敏画下的红线。输完了就消停了。

红珠压根儿管不住他,有个人刹刹也好。时金伴想。

"你们看,这大洋像不像一个大盆子?"时金伴两只手从两个方向兜过来。

"盆子?"

"里面满满的水。"

"不全是水。"阿敏笑道："还有许多岛哩，像撒在水里的一个个小骰子。"

远处的岸线隐约显露。浪也有些急了，一波一波朝岸线的方向推过去，越推越远。推着推着，似乎遇到了强劲对手，又被一排一排狙击了回来，浪头越堆越高。偌大的船身竟然颠簸晃荡起来。

"看，圣徒岩。"阿敏指着残阳下的几块巨大的岩石。

耸立在海浪里的巨岩，形状各异，凌厉陡峭，方圆无序。晚霞把它们染成了赭红色，宛若身披绛袍的圣子，面朝大海，参拜日月星辰，承接风雨雷电。它们是从海底的山峦升上来的，又经过海浪和季风的冲刷回归到海里去了。"原来有十二块的，就是十二座山峰，现在露出海面的只有七八块，其余的都坍塌了。"

"塌了，都坍塌了？"时金伴喃喃自语。

"听说还要塌，不断地塌。"

此刻，两股排浪相撞，发出巨大的轰响，在眼前形成一面坚固的水墙，倾盆而来。时金伴突然大喊：

"找到了，找到了！"

找到个啥子，让老爷子这么开心。大伙儿都纳了闷了。

只见，一座高耸入云的峰峦从排浪后面显露出来，湿漉漉的，似乎一伸手便可摸到。